W. Rüstow

Annalen des Königreichs Italien 1861 bis 1863

Zweites Buch

SALZWASSER VERLAG

W. Rüstow

Annalen des Königreichs Italien 1861 bis 1863

Zweites Buch

Unveränderter Nachdruck der Originalausgabe von 1864.

1. Auflage 2022 | ISBN: 978-3-75259-585-7

Verlag: Salzwasser Verlag GmbH, Zeilweg 44, 60439 Frankfurt, Deutschland
Vertretungsberechtigt: E. Roepke, Zeilweg 44, 60439 Frankfurt, Deutschland
Druck: Books on Demand GmbH, In de Tarpen 42, 22848 Norderstedt, Deutschland

Das Ministerium Ricasoli.

Annalen

des

Königreichs Italien.

1861 bis 1863.

Von

W. RÜSTOW

Zweites Buch:

Das Ministerium Ricasoli.

1864.

I.

Der Eintritt des Ministeriums Ricásoli.

Bettino Ricásoli, biographische Notizen.

Wer sollte die Erbschaft Cavours übernehmen? Victor Emanuel beauftragte mit der Bildung eines neuen Ministeriums den toscanischen Baron Bettino Ricásoli. Wir sind demselben in diesen Blättern bereits bei Gelegenheit des Auftretens Garibaldis in der Deputirtenkammer begegnet; jetzt liegt es uns ob, den Mann unsern Lesern in einer genaueren Darstellung vorzuführen.

Bettino Ricásoli, geboren 1809, stammt aus einer alten longobardischen, lange schon im Toskanischen begüterten Adelsfamilie. Sein Stammsitz ist das Schloss Brolio (Broglio) am Südwestfuss der Berge des Chianti, an den Quellen der Arbia, im Bezirk Siena; er verheirathete sich früh, verlor aber auch früh seine Gattin, aus dem Hause Bonnaccorsi, mit der er eine einzige Tochter gezeugt hatte. Lange ehe er auf die politische Bühne trat, hatte er im Toscanischen einen Ruf als Landwirth. Reich und unabhängig suchte er durch sein Beispiel den Landbau zu fördern und ihm durch die Einführung neuer Geräthe und Erfahrungsweisen aus den Kinderschuhen herauszuhelfen. Um die Cultur der Chiantiweine erwarb er sich Verdienste, die auch über die Grenzen seines engeren und weiteren Vaterlandes hinaus bekannt wurden, und ihm auf der Pariser Weltausstellung die grosse Medaille, bei dieser Gelegenheit dann auch das Kreuz der französischen Ehrenlegion einbrachten. Er verschmähte es nicht, den Landbau wissenschaftlich zu betreiben und schrieb geschätzte Denkschriften über die Cultur des Weines, der Oliven und des Maulbeerbaums. Er war ein gebildeter Landjunker, der bei der Verwaltung seiner weitläufigen Güter ein nicht unbedeutendes administratives Talent entwickelte, ohne dabei im geringsten einen kleinlichen Geiz zu zeigen, vielmehr immer darauf bedacht, in glänzender Weise dem Ganzen zu dienen.

Unter seinen Eigenschaften stach besonders ein stark ausgeprägter Adelsstolz im Allgemeinen und ein ebenso ausgeprägter Stolz auf das Alter seiner Familie im Besonderen hervor; dieser Stolz war die Basis des Abscheus vor erniedrigenden Handlungen und der Festigkeit, welche man ihm nachrühmte, welche wir indessen nicht überall stichfest fanden.

Die erste politische Bethätigung, welche wir von ihm kennen, fällt in die Zeit der Begeisterung für Pius IX. und die Umgestaltung Italiens, welche man von diesem erwartete, in das Jahr 1847. In dieser Zeit überreichte Ricásoli der grossherzoglichen Regierung von Toscana eine Denkschrift über die Zustände des Landes. Er zeigt sich in derselben als Monarchist, als Toscaner, will aber die Monarchie auf gesunde Verhältnisse des Landes gegründet wissen, welche den Forderungen der Zeit entsprechen. Kirchlich und katholisch verlangt er doch, dass die Kirche durch das Auftreten ihrer Glieder sich der Achtung würdig machen soll, welche er für sie fordert. Er fordert ein tüchtiges Beamtenthum, Gemeindefreiheit, Freiheit des innern Verkehrs.

Als in diesem Jahre der Herzog von Modena Fivizzano besetzte und dadurch eine grosse Aufregung im Toscanischen hervorrief, als zur Beilegung des Streites, der über die Vertheilung der Länder der Erzherzogin Marie Louise ausgebrochen war, der Grossherzog von Toscana Verhandlungen anknüpfte und Pius IX. und Carl Albert als Schiedsrichter anrief, sendete er an den letzteren Bettino Ricásoli.

Bei dieser Gelegenheit entwickelten sich in Ricásoli Ideen, welche bisher dunkel in ihm geschlummert hatten; nicht Italien, die italienischen Fürsten sollten von dem Einflusse Oesterreichs befreit und dadurch fähig gemacht werden, die Reform durchzuführen, welche die Gebildeten in den italienischen Ländern für nothwendig, damals aber auch für das einzige zu verfolgende Ziel hielten; Carl Albert sollte dazu gebracht werden, sich an die Spitze der Reformfürsten, an die Spitze einer antiösterreichischen Bewegung zu stellen, wozu er, wie es Ricásoli schien und wie es sich auch wirklich verhielt, nur wenig Lust bezeigte.

Nach seiner Rückkehr von Turin ward Ricásoli zum Gonfaloniere von Florenz gewählt. Die Bewegung trieb jetzt immer höhere Wellen. Ricásoli machte sich in dieser Zeit beim Volke nicht beliebt, welches er insbesondere durch sein hochmüthiges Wesen abstiess;

gegen die Democratie entwickelte sich bei ihm ein völliger Hass. Als im October 1848 das Ministerium Capponi abtrat, wollte der Grossherzog Ricásoli mit der Bildung eines neuen Gouvernements beauftragen; dieses stiess aber auf solchen Widerstand beim Volke, bei der jetzt mächtigen demokratischen Partei, dass Ricásoli es für klug hielt, sich zurückzuziehen. Er intriguirte jetzt, sowohl während der Grossherzog noch zu Florenz war, als nach dessen Flucht nach Siena und dann nach Gaëta, gegen die demokratische Partei im Stillen, und öffentlich tritt er erst wieder im April 1849 auf, als Mitglied der reactionären Regierungscommission, welche eine Deputation an den Grossherzog Leopold nach Gaëta sendete, um ihn zur Rückkehr in seine Staaten zu bestimmen.

Bekanntlich aber hielt es Leopold für unanständig, seine Krone von seinen Unterthanen zurückzunehmen und zog es vor, im Gefolge eines österreichischen Armeecorps in seine Staaten und seine Hauptstadt einzuziehen. Dies stimmte mit den Ansichten Ricásolis nicht, der, wie wir wissen, das Heil in der Befreiung der italienischen Fürsten von dem österreichischen Einflusse sah. Getreu seiner Ansicht zog sich nun Ricásoli ernstlich zurück und ergab sich mit doppeltem Eifer seinen landwirthschaftlichen Arbeiten. Er erkaufte jetzt auch ein bedeutendes Stück Land in den Maremmen und machte sich daran, dies aus eigenen Kräften mit Maschinen, die er in England hatte anfertigen lassen, trocken zu legen und fruchtbar zu machen. Mit dem besten Erfolg. Dabei spornte ihn nicht wenig der Gedanke an zu zeigen, dass er etwas könne, dessen die Regierung von Florenz sich unfähig bewiesen. Der Staat hatte schon verschiedene Ansätze genommen, die Maremmen auszutrocknen, ja der Grossherzog selbst hatte zu diesem Zweck eine Recognoscirungsreise unternommen, aber es war nie aus der Sache etwas geworden.

Neben seinen landwirthschaftlichen Arbeiten behielt Ricásoli begreiflicher Weise noch Zeit genug, auch dem politischen Gang der Dinge in Italien und in Bezug auf Italien zu folgen. Der Gedanke, Italien in einen grossen Staat zu vereinigen, gewann immer mehr Boden, auch Ricásoli gewöhnte sich um so mehr daran, als er wohl begreifen musste, dass beim Verbleib der österreichischen Sippschaft auf den Thronen Italiens der österreichische Einfluss nimmer zu beseitigen sein werde; aber so weit ging er durchaus nicht, an eine völlige administrative Unification zu denken. Und im Frühling 1859, als es blutiger Ernst zu werden drohte, suchte er selbst, als ihm die Hülfe Napoleons, den er als Parvenu betrachtete, unangenehm sein mochte, sich dem Grossherzog wieder zu nähern. Da dies nicht gelingen wollte, wenigstens nicht auf einer Basis, die Ricásoli annehmbar scheinen konnte, so beschloss er, mit der nationalen Bewegung zu gehen, — um sie zu mässigen. Anfangs April 1859 beschloss die conservative Partei zu Florenz, eine Adresse an den Grossherzog zu richten, in welcher sie zeitgemässe Reformen und eine italienische Politik verlangte. Ricásoli bemerkte bei dieser Gelegenheit: wenn man die Adresse beschliesse, so müsse sie doch Jemand überbringen. Wenn ihn aber dies Loos treffen solle, so könne und werde er es nicht. — Daran war rein sein persönlich vom Grossherzog verletzter persönlicher Stolz schuld.

Aber die Volkspartei, mit der die Conservativen sich zu vereinigen suchten, wollte überhaupt von der Adresse nichts wissen, sondern verlangte einfach Vereinigung mit Italien, Entfernung der lothringischen Dynastie. Unter diesen Umständen kam es zu der grossen Volksversammlung vom 27. April auf der von diesem Tage ab so genannten Piazza dell' Indipendenza. Das Volk fraternisirte mit den Truppen und zog nach dem Palazzo vecchio, um die Regierung in die Hand zu nehmen; der Grossherzog empfahl sich und verliess das Land.

Die Triumvirn, welche jetzt im ersten Augenblick an die Spitze traten, waren Ubaldino Peruzzi, Vincenzo Malenchini und der Major d'Anzini. Ricásoli war nicht dabei. Aber alsbald übergaben nun die Triumvirn die Regierung an Buoncompagni, welcher von Victor Emanuel gesendet war, um ein provisorisches Gouvernement zu bilden. Buoncompagni gab Ricásoli das Ministerium des Innern. In dieser Stellung gewann er sich die Liebe des Volkes so wenig wie früher. Das Volk sah aus seinem Hochmuth und seinen Herrschermanieren heraus, dass dieser Mann nie so recht mit ihm gehen werde. Im Uebrigen hielt sich Ricásoli mehr zu den Leuten der alten Parteien, als zu denen der neuen Zeit; mit einem gewissen Ingrimm verfolgte er beliebte Volksmänner unter dem beliebten Namen der Mazzinianer.

Ende Mai kam der Prinz Napoleon mit dem fünften Armeecorps ins Land, um sich wo möglich den Thron des Königreichs Etrurien zu erwerben. Das toscanische Volk hatte dafür nicht die mindesten Sympathieen. Aber Ricásoli konnte den Gedanken gar nicht hinunterwürgen, dass er vielleicht gar noch einmal der Minister dieses kleinen dicken Schwindelprinzen werden sollte. Er benahm sich ganz hochfahrend und widerwärtig gegen den Prinzen Napoleon, und dieser gab es ihm redlich wieder und schimpfte gewaltig auf ihn. Als das fünfte französische Armeecorps nebst der toscanischen Division Toscana verlassen sollte, wünschte Ricásoli 2000 Franzosen zurückzubehalten, da er im Fall von Unruhen kein besonderes Vertrauen zu dem Schutze des Volks hatte. Prinz Napoleon sagte bei dieser Gelegenheit: „auch nicht einmal einen Tambour liesse er für solche Minister zurück; alles wäre in Toscana gut, wenn diese Schaafsköpfe von Ministern nicht wären.“

Der Frieden von Villafranca war ein Donnerschlag für Ricásoli. Der sardinische Commissär Buoncompagni ward abberufen, Ricásoli blieb nun an der Spitze der Regierung, — aber welcher Regierung? Der Frieden von Villafranca bestimmte, dass der Grossherzog auf seinen Thron zurückkehren sollte. Aber wie? wer sollte ihn rufen? Ricásoli war gewiss gegenüber der lothringischen Dynastie genügend compromittirt, um ihre Rückkehr nicht wünschen zu können. Aber das aufgeregte Volk sprach davon, dass Ricásoli auch 1849 bei der Regierungscommission gewesen sei, welche Leopold von Gaëta zurückholte. Ricásoli fühlte sich nicht sicher und wendete sich in dieser Zeit an Giuseppe Dolfi, den beliebtesten und einflussreichsten Volksmann von Florenz. Der Bäcker Dolfi liess sich herab, dem stolzen Baron Ricásoli eine Schutzwache zu organisiren. Aber Ricásoli sah ein, dass er jetzt eine bestimmte Partei ergreifen müsse und ging auf die Ideen der Unitarier ein. Er berief eine Legislative — doch nicht auf der Grundlage des allgemeinen Stimmrechts, wie es wohl angemessen gewesen wäre, sondern nach dem alten Censuswahlgesetz. Die Legislative erklärte am 16. August das Haus Lothringen des Throns verlustig und am 20. die Herrschaft Victor Emanuels über Toscana. Am 3. September gab eine Deputation dem König Victor Emanuel davon Kunde, welcher von jetzt an, wenn auch durch die Zürcher Friedensverhandlungen noch an mehrerem gehindert, sich doch als Schutzherrn Toscanas betrachtete.

Um seine Popularität ein wenig über das bescheidene bisherige Niveau zu erheben, gestattete jetzt auch Ricásoli dem von dem Grossherzoge geächteten Guerrazzi, gegen den er eine unüberwindliche persönliche Abneigung im Jahre 1848 und 1849 gefasst hatte, die freie Rückkehr nach Toscana; ebenso Montanelli. Factisch nützte ihnen das nichts, denn in derselben Zeit hatte Bettino Ricásoli bereits eine Hetze auf die Mazzinianer begonnen. Mazzini war nach dem Frieden von Villafranca der Meinung, dass wenn nicht Alles bisher gewonnene wieder aufs Spiel gesetzt, wenn nicht die Restauration der vertriebenen Herzöge und des Papstes in Centralitalien möglich gemacht werden solle, die friedliche centralitalische

Revolution sich zu einer italischen gestalten, durch den Angriff Umbriens und der Marken, mit einstweiliger Beibehaltung des Patrimoniums Petri, sich ein grösseres Gebiet schaffen müsse; die vorbereitete Revolution Siciliens müsse dann der centralitalischen von Süden her entgegenkommen. Dafur arbeitete Mazzini mit seinen Freunden in Centralitalien vom Frieden von Villafranca ab. Turin sprach das Stichwort „Anarchie" aus und war natürlich mit den Arbeiten Mazzinis unzufrieden. An Ricásoli gelangten einige Andeutungen, als werfe man ihm vor, dass er mit Mazzini unter einer Decke spiele. Darüber gerieth nun der Baron ganz ausser sich, dass man von ihm eine solche Voraussetzung machen könne und begann, um auch den geringsten Verdacht abzuschneiden, wie gesagt, eine wilde Hetze auf die Mazzinianer, wobei er alle Federn der alten lothringischen Polizei spielen liess. Mazzini, äusserte er, werde er, wenn er ihn finge, in seinem Schlosse Brolio in sichersten Verwahrsam bringen, damit erst Italien ohne den ewigen Störenfried gemacht werden könne. Die nurnberger Voraussetzung ging natürlich nicht in Erfüllung. Mazzini aber richtete am 22. August 1859 aus seinem Versteck einen jener wundervollen Briefe an Ricásoli, in welchem er dem letztern seine ganze Ansicht von der Lage auseinandersetzte und auf die Thorheit aufmerksam machte, der Actionspartei entgegenzutreten.

Ricásoli fühlte sich einen Augenblick auf der Höhe der Zeit; er dachte an eine persönliche Zusammenkunft mit Mazzini oder an eine directe Antwort an diesen. Aber er gab den Gedanken sehr bald wieder auf und aus der directen Antwort ward eine Denkschrift an die politischen Behörden und die diplomatischen Agenten der Regierung von Toscana.

Die Aufgabe der Regierung von Toscana, hiess es darin, sei ihr scharf vorgezeichnet: unter allen Umständen die Rückkehr der lothringischen Dynastie verhindern, mitwirken zur Herstellung „eines" grossen constitutionellen italischen Staats unter dem Scepter Victor Emanuels. Vor einer bewaffneten europäischen Intervention sei man sicher, insofern die innere Ruhe nicht gestört werde. Die Regierung Toscanas habe also die nächste Aufgabe: die innere Ordnung zu erhalten.

Diese könne gestört werden:

durch die Haltung Piemonts, insofern dieses die Annexion nicht annehme, dadurch Zweifel und Misstrauen erwecke;

durch die extremen Parteien, Mazzinianer und Reactionäre, deren Bestrebungen unter Umständen zusammenlaufen möchten;

durch die Ermüdung und den Zwiespalt, welchen eine zu lange Dauer des Provisoriums mit sich bringen möchte.

Von Piemont sei das Beste zu hoffen.

Von den extremen Parteien sei wenig zu fürchten; die Mazzinianer seien verhasst, die Reactionärs verachtet.

Wenn man sage, Toscana könne sich und Italien retten, indem es zu einer Politik der Ausbreitung, der Vergrösserung schreite, so müsse darauf erwiedert werden, dass eine solche Politik nur von grösseren und constituirten Staaten ergriffen werden könne. In diesen Beziehungen sei Toscana lange nicht in derselben günstigen Lage wie Piemont. — Wenn einmal Oberitalien und Mittelitalien als ein Staat constituirt seien, so sehe Jedermann, dass die neapolitanische, venetianische, römische Frage auf natürlichem Wege gelöst werden müssten, da für diese Staaten die Aenderung ihres Regierungssystems eine wesentliche Lebensbedingung werde.

Man wolle jetzt, dass diese sichere Zukunft durch eine unzeitige Intervention in Frage gestellt werde, welche Oesterreich wieder die Thuren Italiens öffnen, und auch Russland, welches ungern das Princip der Legitimität verletzt sehe, gegen Italien in Harnisch bringen müsse. Unter solchen Umständen sollten doch alle Parteien, sollte Mazzini selbst einsehen, dass für Toscana die Erhaltung der innern Ordnung und Ruhe das dringendste Bedürfniss sei.

Dieses Schriftstück war vom 1. September; Mazzini hatte es in seinem Versteck sogleich in Händen, denn schon am 4. September schrieb er passende Bemerkungen zu demselben nieder.

Anfangs October vereinigten sich die Emilia und Toscana über die Einsetzung einer gemeinsamen Regentschaft, zu welcher der Prinz Eugen von Savoyen-Carignan erbeten wurde. Die Länder wollten sich dadurch Piemont so nahe bringen als es unter Umständen möglich war, zugleich wollten sie sich in wehrhafteren Zustand gegen etwaige Angriffe der vertriebenen Herzöge und der päpstlichen Armee setzen, vielleicht auch die liebe innere Ordnung sicherer stellen. Ricásoli vertrat bei den bezüglichen Verhandlungen Toscana. Der Einspruch Frankreichs führte dahin, dass an die Stelle des Prinzen von Carignan zunächst Buoncompagni gesetzt ward. Ricásoli erhob für Toscana Schwierigkeiten, einestheils weil der Wechsel von dem ihm widerwärtigen Kaiser Napoleon herkam, andererseits auch wohl, weil er zwar sich einem königlichen Prinzen, aber nicht dem Herrn Buoncompagni unterordnen wollte. Er ward beschwichtigt; Buoncompagni trat im November 1859 als Generalstatthalter Toscanas und der Emilia ein und Ricásoli führte unter ihm das Gouvernement von Toscana, wie Farini jenes der Emilia fort.

Den ganzen Herbst 1859 setzte bekanntlich Napoleon III. durch Agenten, die er nach Centralitalien sendete, la Ferrière, Graf Reizet, Fürst Poniatowski die Wühlereien für Etrurien und für die vertriebenen Herzöge fort, mit denen der Prinz Napoleon so wenig glücklich gewesen war. In seinem Verhalten gegen die Agenten Napoleons ward Ricásoli durch den Widerwillen, welchen er gegen jenen hatte, glücklich geleitet. Er fragte diese Agenten, ob sie seine Gewalt als legitim anerkennten und wenn sie natürlich diese Frage nicht bestimmt und ausdrücklich bejahen wollten, sagte er ihnen, dass er sie auch nicht anerkenne und etwas Besseres zu thun habe als mit ihnen zu schwatzen.

Allmählig machte sich nun der fur Italien wohlthätige Einfluss Englands geltend. Napoleon glaubte mit dem Opfer Garibaldis, dem seine Stellung durch die Einschmuggelung des ihm unangenehmen Fanti in das Obercommando der centralistischen Truppen schon verleidet war, mit dem Opfer von Savoyen und Nizza und mit dem Handelsvertrag mit England vorläufig begnügen und der Annexionspolitik einstweilen die Zügel etwas lockern zu dürfen.

So trat denn am 5. Januar Walewski, der äussere Vertreter der Politik von Villafranca, von dem Ministerium des Auswärtigen zurück, und an seine Stelle der Italien und England geneigtere Thouvenel. Sogleich berief nun auch an Stelle Ratazzis der König Victor Emanuel den Grafen Cavour an das Ruder der italienischen Angelegenheiten, welches er nach dem Frieden von Villafranca abgegeben hatte.

Es wurde ein Plebiscit in Toscana und der Emilia veranlasst, um mit den früheren Beschlüssen der Censuswahlversammlungen die Probe zu machen. Die Bevölkerung sprach sich fast einstimmig für die sofortige Annexion an Piemont aus. Der König Victor Emanuel nahm nun diese Annexion an und sendete den Prinzen von Carignan als Statthalter nach Florenz; Ricásoli blieb aber Gouverneur von Toscana. Frankreich hatte verlangt, dass mindestens Toscana noch administrativ autonom bleibe. Ricásoli, der mit der Nachricht überrascht wurde, dass der König diese Bedingung eingegangen sei, war sehr ungehalten darüber, fügte sich aber auch diesmal. Als am 2. April 1860 der König Victor Emanuel zu Turin das Parlament eröffnete, waren diese grossen Veränderungen vollbracht; die Deputirten Centralitaliens sassen in diesem Parlament.

Die Actionspartei, im Sommer und Herbst 1859 gehindert, von Centralitalien aus ihre Pläne der Verbreitung der Revolution zu realisiren, hatte sich mit doppelter Kraft auf die Revolutionirung der Insel Sicilien geworfen. Als nun die Insurrection Siciliens durch den glücklichen Erfolg der Expedition Garibaldis einen festen Boden gewonnen hatte, wurden auch die früheren Pläne der Actionspartei auf Umbrien und die Marken wieder aufgenommen. Zur Durchführung ward die Expedition Terranova formirt; das Gros derselben sollte an der Westküste des Kirchenstaats landen, während eine in Toscana gebildete Brigade und eine andere in der Romagna gebildete gleichzeitig auf dem Landwege in den Kirchenstaat einfielen.

Die toscanische Freiwilligenbrigade bildete sich unter Nicotera. Die Formation ward anfangs von Ricásoli ganz offen begünstigt; die Brigade ward in Castel Pucci casernirt und erhielt mancherlei Ausrüstungsgegenstände von der toscanischen Regierung. Als aber Garibaldi sich auf eigne Füsse stellte, sich anschickte, auf den Continent überzugehen, als das italienische Volk zu zeigen begann, dass es auch ohne das Gouvernement von Turin handeln könne, als nun die Einsprachen Napoleons III. erfolgten, als Farini, Minister des Innern zu Turin, sein berüchtigtes Circular gegen die Freiwilligenexpeditionen erliess, da zog plötzlich auch Ricásoli andere Saiten auf. Nicotera erhielt den Befehl, die Brigade aufzulösen; Ricásoli wollte ihm dies selbst durch Verhaftung abtrotzen. Nicotera fügte sich nicht; die Brigade hielt an einer streng gesetzlichen Haltung fest und so kam es denn endlich am 31. August zu einer Convention, laut welcher die Truppe in Livorno eingeschifft wurde, um nach Sicilien zu steuern. In dieser Angelegenheit benahm sich Ricásoli nichts weniger als gut. Seine Befürchtungen waren geschwunden, sein ganzer Hass gegen Mazzinianer und Demokraten war erwacht und er hütete sich nicht mehr, ihn offen zu zeigen. Pianciani, der von Sicilien nach Toscana gegangen war, um wo möglich ein neues Freicorps zum Einbruch in Umbrien und die Marken zusammenzubringen, ward von Ricásoli ausgewiesen. Mit Freuden sah es der Gouverneur Toscanas, dass nun Piemont selbst in die päpstlichen Staaten einbrach, um dort und weiter im Süden „der Anarchie ein Ende zu machen". Toscana hatte sich nach dem Abgange der Brigade Nicotera beruhigt; es war nicht viel, dort zu regieren. Ricásoli wünschte sich zurückzuziehen. In der That ward nun anfangs 1861 die Autonomie Toscanas aufgehoben, an der man bis dahin noch festgehalten, und Ricásoli in seinem Gouvernement durch den Marquis Sauli ersetzt.

Bald darauf trat er als Deputirter von Florenz in das erste Parlament des Königreichs Italien ein und wir haben gesehen, wie er sich hier zu dem Werkzeuge jener Partei machte, welche das Bedürfniss fühlte, Garibaldi öffentlich zur Rede zu stellen, ohne ihrer grossen Menge nach den Muth dazu zu haben; wir haben auch gesehen, wie Garibaldi den Handschuh aufnahm, die Sache sogleich auf das ihr gehörige Terrain führte und so dem toscanischen Baron keine grossen Lorbeern zu pflücken übrig liess.

Im Ganzen hatte Ricásoli, als er das Gouvernement von Toscana niederlegte, mehr Popularität als da er es antrat. Die friedliche Revolution Centralitaliens, die ihre Erfolge weniger den Männern an der Spitze als dem Zusammentreffen glücklicher Umstände und dem sehr ausgeprägten Willen des Volkes verdankte, ward jedoch jenen Männern als Verdienst angerechnet. In demselben Falle, wie Ricásoli, befand sich auch Farini, von dem wir späterhin ausführlicher zu handeln haben werden. Nachher, in merklich schwierigen Verhältnissen, zeigten beide, dass sie weit überschätzt worden waren.

Das Ministerium Ricásoli und sein Programm.

Jetzt nun war Ricásoli an die Spitze des italienischen Ministeriums berufen. Nach seinen ganzen Antecedentien musste man schliessen, dass er mindestens nicht willenlos sich Napoleon anschliessen, dass er emsiger die innige Verbindung mit England aufsuchen werde, welchem ihn seine Abneigung gegen Napoleon und seine torystischen Neigungen näherten. Er hatte es dahin gebracht, dass man seinen Stolz für Festigkeit erkannte, und die Portion Hochmuth, welche die Hauptbasis war, nicht so hoch als nöthig veranschlagte. Er war auch nicht unter denen gewesen, welche im Parlament für die Abtretung Nizzas und Savoyens an Frankreich stimmten. So kam es, dass er selbst von der democratischen Partei nicht mit zuviel Misstrauen und Feindschaft in seiner neuen Stellung empfangen ward.

In der Sitzung vom 12. Juni kündigte er dem Parlament an, dass das neue Ministerium gebildet sei, und zwar folgendermaassen:

Ricásoli, Präsident, Aeusseres und interimistisch Krieg, welches Departement unter seiner Verantwortlichkeit vorläufig der Staatssecretär General Cugia fortführt,

Minghetti, Inneres,

Bastogi, Finanzen,

Cordova, Ackerbau und Handel,

Menabréa, der Geniegeneral, Marine,

Peruzzi, öffentliche Arbeiten,

Miglietti, Gnaden und Gerechtigkeit,

De Sanctis, Unterricht.

Zugleich mit der Ankündigung des neuen Ministeriums stellte Ricàsoli dessen Programm auf.

„So tief die Minister, so sprach er im Wesentlichen, den Verlust Cavours fühlten, habe doch keiner von ihnen den Muth verloren; denn der grosse Entwurf des verstorbenen Staatsministers sei bereits inneres Eigenthum der ganzen italienischen Nation geworden; die Aufgabe des neuen Ministeriums sei es nun, das seiner Vollendung schon so nahe Werk mit Kühnheit, aber Vorsicht fortzuführen. Angesichts Europas müsse das Recht Italiens, sich zu ordnen und zu einigen, aufrecht erhalten und bekräftigt werden. Die immer wachsende Macht der öffentlichen Meinung, die Weisheit, das Interesse der Regierung, das immer allgemeiner gefühlte Bedürfniss, einem Zustand der Dinge ein Ende zu machen, welcher allen schädlich, vielen gefährlich ist, der wohlwollende Beistand der verbündeten Mächte, welchen die Nothwendigkeit eines starken und einigen Italiens klar sei, liessen das Ministerium glauben, dass Europa nicht zögern werde, das Recht Italiens anzuerkennen. Wie gross aber auch das Vertrauen darauf sei, Italien müsse bereit sein für alle Ereignisse, gerüstet für alle Gelegenheiten."

„Die erste Pflicht der Regierung sei es nun, die Nationalbewaffnung zu betreiben; die hiezu, sowie zur Einleitung grosser öffentlicher Arbeiten, erforderlichen Summen seien nicht durch Steuern aufzubringen; das Parlament sei daher berufen, eine Anleihe zu votiren."

„Während die Regierung den Credit in Anspruch nehme, werde sie darauf bedacht sein, das Gleichgewicht zwischen Ausgaben und Einnahmen, die Basis des Staatscredits herzustellen. Eine vernünftige Oeconomie müsse in allen Verwaltungszweigen hergestellt werden; die wohlthätigen Folgen derselben könnten sich aber freilich nicht augenblicklich zeigen, da das Parlament zu den administrativen Aenderungen seine Zustimmung geben müsse. Eine Vermehrung der Einkünfte bei billiger Vertheilung der Steuern werde sich allmälig aus der Durchführung der Entwürfe ergeben, für welche das Ministerium die Billigung des Parlamentes fordern werde."

„Während das Ministerium möglichst schnell zur Einheit in der Regierung werde zu gelangen suchen, falle es dem Parlament anheim, die Einheit in der Gesetzgebung herbeizuführen. Durch die Feststellung der Freiheit der Gemeinden und Provinzen müsse die wunschbare Decentralisation der Verwaltung erreicht werden. Das vorige Ministerium habe im Einverständniss mit der Kammercommission erkannt, dass die Gesetze über die Verwaltung und Verwaltungseintheilung in dieser Session nicht würden zu Ende berathen werden, man habe sich daher dahin geeinigt, vorerst in dieser Beziehung nur einige dringende Puncte zur Erledigung zu bringen. — Die Regierung werde immer nur aus der Verfassung und den sie ausführenden Gesetzen die Kraft zur Erhaltung der öffentlichen Ordnung zu schöpfen suchen. Verfassung und Gesetze seien der sicherste Boden der Regierungsautorität. Die Regierung wird daher die Ordnung, welche sie erhalten will, nie als Negation der Freiheit, sondern vielmehr als Bürgschaft aller Freiheit auffassen."

Dies im Wesentlichen das Programm der neuen Regierung. Jedermann wird seine Magerkeit in Bezug auf die auswärtigen Verhältnisse, die Allgemeinheit der Ausdrücke zur Bezeichnung der Stellung, welche das Ministerium zu der auswärtigen Politik einnehmen wollte, auffallen. Es ist nichts als die Wiederholung der Vertrauensadresse, welche Cavour bei jeder Gelegenheit an die öffentliche Meinung richtete, nachdem er der „Anarchie" ein Ende gemacht, das revolutionäre Feuer, dessen Italien zu seiner wirklichen Constituirung noch auf lange hin bedurfte, vorzeitig gedämpft hatte. — Jetzt liess es sich nicht einmal wiederbeleben; aber ebenso wenig konnte die

Regierung ohne dasselbe einen Schritt weiter thun, sich aus den Umarmungen Frankreichs losreissen. Auch Ricásoli konnte das nicht, so sehr es gerade mit seinen Herzenswünschen übereinstimmen mochte. Das Dilemma steht da, ein Fels, durch den man nicht hindurchschiffen kann, an dem man auf der einen oder andern Seite vorbei muss. Alle fühlen es auch. Darum immer wieder die Nationalbewaffnung an der Spitze aller Erklärungen, aller Verhandlungen! Aber jeder der Leiter in Turin erkennt nur die Nationalbewaffnung „ohne Anarchie", auf der Basis des piemontesischen regulären Heeres, auf welcher, wie doch die einfachste Betrachtung der Verhältnisse zeigt, Italien die Kraft nicht erlangen kann, deren es zur Verfolgung der ihm von der Natur der Dinge gesteckten Ziele bedarf.

Die geringe Bedeutung aller sogenannten diplomatischen Siege sollte sich sogleich im Anfang des Gouvernements Ricásoli an der Anerkennung Frankreichs zeigen, welche Viele geneigt waren für einen solchen Sieg zu erklären.

II.

Die Anerkennung Frankreichs.

Die Ankündigung in der Deputirtenkammer.

Am 12. Juni hatte Ricásoli der Deputirtenkammer die Constituirung des neuen Ministeriums angezeigt; am 25. Juni verkündete er ihr, dass der Kaiser Napoleon den König Victor Emanuel als König von Italien anerkannt habe. Italien, fügte er hinzu, erniedrige sich nicht, wenn es eingestehe, dass es Frankreich grosse Erkenntlichkeit schuldig sei, aber die Kammer werde auch nicht fürchten, dass diese Anerkennung den Rechten Italiens Eintrag thue. Keine fremde Unterstützung könne überdies die Entfaltung der eignen Macht überflüssig machen.

Der Calabrese Musolino, indem er den vielfach im Volke umgehenden Besorgnissen Ausdruck gab, interpellirte darauf den Ministerpräsidenten, ob die Anerkennung Frankreichs unter Bedingungen erfolgt sei? auf welchem Puncte sich die Verhandlungen uber die römische Frage befänden?

Ricásoli erwiderte: die Anerkennung sei an keine Bedingungen geknüpft, enthalte keine Beeinträchtigung der Rechte Italiens; die römische Frage gedenke die Regierung nicht einschlummern zu lassen; die Unterhandlungen seien in beständigem Gange.

Die wahre Bedeutung der Anerkennung von Seiten Frankreichs.

Wie es sich nun mit der Anerkennung Frankreichs und mit der thatsächlichen Wahrheit der Behauptungen Ricásolis verhielt, darüber werden wir uns übersichtlich am besten orientiren, wenn wir das Schreiben Thouvenels an den in Turin zurückgelassenen französischen Geschäftsträger zunächst ansehn, durch welches die Anerkennungsfrage entschieden ist. Dies Schreiben vom 15. Juni 1861 ist von zu grosser Wichtigkeit, als dass wir es nicht in wörtlicher Uebersetzung hier mittheilen sollten. Es lautet:

„Mein Herr! Der König Victor Emanuel hat an den Kaiser ein Schreiben gerichtet, in welchem er Seine Majestät auffordert, ihn als König von Italien anzuerkennen. Der Kaiser empfing diese Mittheilung mit den Gefühlen des Wohlwollens für Italien, welche ihn beseelen, und Seine Majestät ist um so mehr geneigt, einen neuen Beweis derselben zu geben, indem sie die Wünsche des Königs erfüllt, als im gegenwärtigen Augenblick das Abstehen davon die Veranlassung zu irrthümlichen Schlussen werden und als Anzeichen einer Politik betrachtet werden könnte, welche nicht diejenige des Kaisers ist. Aber wenn es unser Interesse ist, keine Zweifel über unsere Absichten zu lassen, bestehen immerhin gewisse Nothwendigkeiten, die wir nicht aus den Augen verlieren dürfen, und wir müssen Sorge tragen, dass diese Anerkennung in Italien oder Europa nicht ungenau ausgelegt werden könne."

„Die Regierung seiner Majestät hat bei keiner Gelegenheit ihre Ansicht über die Ereignisse verborgen, welche im vorigen Jahr sich auf der Halbinsel Bahn brachen."

„Demnach könnte die Anerkennung des aus ihnen hervorgegangenen Standes der Dinge nicht die Uebernahme einer Bürgschaft für denselben sein, sowie sie auch nicht eine nachträgliche Billigung einer Politik einschliessen könnte, betreffs deren Beurtheilung wir uns beständig die vollkommenste Freiheit vorbehalten haben."

„Noch weniger würde Italien ein Recht haben, in der Anerkennung die Ermuthigung zu Unternehmungen zu finden, welche geeignet wären, den allgemeinen Frieden zu gefährden. Unsere Art, die Dinge anzusehen, hat sich gar nicht geändert seit der Warschauer Zusammenkunft, bei welcher wir Gelegenheit hatten, Europa, sowie das Turiner Cabinet darüber aufzuklären. Indem wir damals erklärten, dass wir das Princip der Nichtintervention als leitende Regel für alle Mächte betrachteten, fügten wir hinzu, dass ein Angriff von Seiten der Italiener, welches immer dessen Folgen sein möchten, die Billigung der Regierung des Kaisers nicht finden werde. So denken wir auch noch heute und lehnen im Voraus jede Gemeinschaft mit Plänen ab, deren Gefahren die italienische Regierung allein auf sich nehmen, deren Folgen sie allein tragen müsste".

„Das Cabinet von Turin wird seinerseits den Pflichten Rechnung zu tragen wissen, welche unsere Stellung zum heiligen Stuhle uns auferlegt und ich würde es für überflüssig halten noch ausdrücklich hinzuzufügen, dass, während wir die officiellen Beziehungen mit der italienischen Regierung aufnehmen, wir in keiner Weise die Kraft der Proteste abschwächen wollen, welche der römische Hof gegen die Invasion verschiedener Provinzen der päpstlichen Staaten erhoben hat. Die Regierung Victor Emanuels kann so wenig als wir selbst es können, die Kraft der Erwägungen jeder Art bestreiten, welche sich an die römische Frage knüpfen und welche nothwendig ihren Einfluss auf unsere Entscheidungen äussern müssen; sie wird begreifen, dass während wir das Königreich Italien anerkennen, wir fortfahren müssen,

Rom besetzt zu halten, bis die Interessen, welche uns in jene Stadt geführt haben, den Schutz genügender Garantieen gefunden haben werden."

„Die Regierung des Kaisers hat es für nothwendig gehalten, sich in diesem Augenblick mit der grössten Offenheit gegen das Turiner Cabinet auszusprechen. Wir haben das Vertrauen, dass es Natur und Zweck dieser Mittheilung begreifen wird."

„Lesen Sie diese Depesche dem Baron Ricásoli vor und lassen Sie ihm Abschrift davon."

Ricásoli antwortete in einer Depesche vom 21. Juni an den italienischen Geschäftsträger zu Paris, Grafen Gropello, welche dieser dem Minister Thouvenel vorlesen und von welcher er ihm Abschrift lassen sollte. Nach einer kurzen Analyse der Thouvenelschen Depesche und einem wiederholten Danke für die jetzt grade so werthvolle Anerkennung Frankreichs, sagt Ricásoli, dass sein Programm dasjenige Cavours sei, das bekannte Programm des unbedingten Vertrauens auf den Fortschritt der öffentlichen Meinung zu Gunsten Italiens. Wegen etwaiger Streiche, die Italien der Ruhe Europas spielen möchte, könne demnach das Cabinet der Tuilerien sich vorläufig vollständig beruhigen. Nur in Bezug auf Rom müsse der italienische Minister noch hinzufügen, dass allerdings die Turiner Regierung Italien seine Hauptstadt Rom zu verschaffen gedenke, aber ohne der Hoheit der Kirche und der Unabhängigkeit ihres Hauptes etwas zu nehmen. Italien hoffe daher, dass der Kaiser in kürzester Frist seine Truppen aus Rom werde zurückziehen können, ohne dass den aufrichtigen

Katholiken Grund zu einer Besorgniss bleibe, die das Turiner Cabinet mehr als irgend ein anderes beklagen würde. Frankreichs Interessen selbst würden es zur Räumung Roms veranlassen; das Turiner Cabinet überlasse der Weisheit Napoleons das Urtheil über den Moment, in welchem er die römische Besatzung zurückziehen könne, immer bereit jedoch, den Tuilerien diese Lösung zu erleichtern und voller Hoffnung, dass die französische Regierung thätig dahin wirken werde, den Papst zur Annahme einer Uebereinkunft zu bestimmen, welche eben so wohlthätig fur die Zukunft der Religion als für die Geschicke Italiens sein werde.

Wer die Depesche Thouvenels, diese Quintessenz aller gepflogenen Verhandlungen, aller Hin- und Herreden — kaum ist es nöthig hinzuzufügen: „aufmerksam" — durchgeht, wird finden, dass die Anerkennung Frankreichs keine Anerkennung in dem Sinne war, die man in der hergebrachten politischen Sprache mit diesem Worte verbindet.

Wenn ein Staat officiell den andern anerkennt, so übernimmt er damit eine Verpflichtung für den Bestand des andern; eine Verpflichtung, auf Congressen und bei ähnlichen Gelegenheiten immer den Bestand des anerkannten Staates als Grundlage sämmtlicher Verhandlungen zu betrachten. Auf wie schwache Füsse sich diese Sache immer in der Praxis stellen möge, diese moralische Verpflichtung ist die Characteristik jeder officiellen Anerkennung von Staat zu Staat.

Davon finden wir nun aber in der französischen Anerkennung des Königreichs Italien nicht das mindeste.

„Ich erkenne an, sagt Napoleon, dass bei dieser Madonna eine Lampe gegenwärtig brennt. Ich aber habe dort keineswegs eine ewige Lampe gestiftet. Sollte sie ausgeblasen werden, so brennt sie eben nicht mehr; ja ich übernehme auch gar nicht die Verpflichtung, sie nicht selbst auszublasen. Ich weiss nicht: ihr Licht könnte mir ja eben unbequem werden. Wenn sie nun einmal nicht mehr brennen sollte, nun so brennt sie nicht mehr; ich behalte mir vor, diese Thatsache ebenso gut anzuerkennen, wie ich die andere, dass sie gegenwärtig brennt, anerkannt habe.“

Ricásoli konnte ganz gut sagen, dass Napoleon keine Bedingungen für diese seine Anerkennung gestellt habe. Wozu Bedingungen? Napoleon hatte seine Reserven gemacht. Und vor allen Dingen hatte er seine Reserven in Rom, er hatte sie in Savoyen und Nizza, einige Stunden von der Hauptstadt des Königreichs Italien, welche nicht Rom war.

Gründe Napoleons für die Anerkennung.

Wie kam Napoleon jetzt zu der Anerkennung? Man wird begreifen, dass die Beantwortung dieser Frage bedeutend an Werth verliert, wenn die Anerkennung selbst gar nichts bedeutet. Napoleon leistet keinen feierlichen Eid auf die Hostie, ein treuer Freund sein zu wollen, sondern versichert nur bei einem Begegnen auf der Strasse mit obligatem Händedruck einem guten Bekannten beiläufig, dass er sich ungeheuer über dessen Wohlbefinden freue. Indessen immerhin wollen wir auf die

Gründe, die jetzt Napoleon zu der Anerkennung bestimmten, eintreten.

Dass das Drängen sowohl Victor Emanuels als des Prinzen Napoleon dabei ins Spiel kam, steht fest. Ferner konnte sich Napoleon unmöglich öffentlich zu der österreichisch-spanischen Reactionspolitik bekennen, wie sie Rechberg und Calderon-Collantes in den von uns angeführten Noten proclamirt hatten und es lag in seinem Interesse, der Welt zu zeigen, dass ihn diese Politik nicht bestimme. Drittens kannte er die Hinneigung Ricásolis zu England, die Abneigung desselben gegen Frankreich; der diplomatische Verkehr Napoleons mit der italienischen Regierung, mit dem Ministerium musste immer beschränkt sein, solange sich kein französischer Gesandter in Turin befand, und England mochte seine Ideen in einer allzu unbeschränkten Weise dem Turiner Ministerium einträpfeln, so dass es später mindestens schwieriger ward, jenes Ministerium auf den rechten französischen Weg zurückzubringen, dass es wenigstens nicht ohne eine gewisse Verbitterung abging, die man besser vermied und vermeiden konnte. Je weniger Napoleon III. an den ewigen Fortbestand des Königreichs Italien glaubte, desto eher musste er demselben die nichtige Concession machen, welche er jetzt machte, wenn die Italiener einen Werth darauf legten. Späterhin konnte er wenigstens sagen: an mir lag die Schuld nicht, dass euer Königreich nicht gediehen ist; an mir hat es nicht gefehlt. Ich bin ja allen euren Wünschen entgegengekommen, habe Alles gethan, was ihr für nothwendig zur Consolidirung eurer Verhältnisse hieltet. Und hier blieb nun auch gewiss eine Angelegenheit nicht ohne Einfluss, die ihrer Zeit viel von sich reden machte. Wir meinen die muratistischen Wühlereien.

Prinz Murat und Neapel.

Dieselben begannen, was die neueren Zeiten betrifft, sehr lebhaft mit dem Pariser Friedenscongress von 1856. Man erinnert sich, dass hier für Ferdinand II. so zu sagen eine Verwarnung beschlossen wurde. Frankreich und England machten dem König von Neapel Vorstellungen über sein Missregiment. In Frankreich wurden damit ganz eigenthümliche Plane verfolgt. Man wusste sehr gut, dass Ferdinand II. sich an die Vorstellungen nicht kehren würde; nun wollte man eine Erhebung für Murat vorbereiten, es sollte eine französische Flotte mit Landungstruppen vor Neapel erscheinen, angeblich um den wohlwollenden Vorstellungen Napoleons Nachdruck zu geben, in der That um die Erhebung für Murat zu unterstützen. Während im Neapolitanischen gewühlt wurde, in der That von Leuten, denen es an Verstand und Muth sehr fehlte, wurden auch schon alle Vorbereitungen ausserhalb getroffen, um dem neuen französischen Vasallenstaat einen Kopf zu geben. Im Jahre 1857 fand zu Genf eine Versammlung statt, bei welcher sich der dicke Lucian Murat, der Prätendent von Neapel, dann Saliceti, Louis Mezzacapo, Johann Andreas Romeo, Stocco befanden. Cavour war im voraus von den Verhandlungen unterrichtet und mit ihnen einverstanden. Es ward hier das Project sehr lebhaft berathen, Italien in drei Stücke zu schneiden: das Königreich beider Sicilien unter Murat, der Kirchenstaat, und ein subalpinisches Königreich im Norden, aus allen den Ländern gebildet, welche Oesterreich und den österreichischen Fürsten abzunehmen wären. Späterhin ward viel hin- und hergeschrieben über das Project einer Constitution für Murats Königreich, welche derjenigen Napoleons III. für Frankreich nachgebildet war; auch ein vollständiges Ministerium für Murat ward schon gebildet, in welchem Saliceti, Pisanelli, Scialoja, Mezzacapo sitzen sollten. Die Flottendemonstration fand denn auch statt; die französische Flotte — mit Landungstruppen an Bord — steuerte nach dem Golf von Neapel. Indessen war die Rechnung ohne den Wirth gemacht. Die Flotte der befreundeten Westmacht England schloss sich der französischen an, angeblich, um den Vorstellungen Frankreichs bei Ferdinand II. Nachdruck zu geben, thatsächlich, um den beabsichtigten französisch-muratistischen Streich zu pariren. In der That sah man sich in Folge des Auftretens Englands gezwungen, die Sache aufzugeben. Es ward dann der Familienpact von Plombières abgeschlossen; die muratistischen Umtriebe ruhten nun. Nach dem Frieden von Villafranca lebten sie wieder auf; indessen trieb der Gang der Dinge die neapolitanischen Muratisten, welche sich am bemerkbarsten gemacht hatten, in das Turiner Lager und sie machten seit dem Ende des Jahres 1860 einen Hauptbestandtheil der unitarischen Consorterie aus. Als Garibaldi im September nach Neapel kam, fehlte es dort nicht an muratistischen

Agenten und muratistischen Vereinen, indessen hatten sie geringe Gewalt, und ihre Wirkung ging nur sehr vereinzelt über die Hauptstadt hinaus. Aber in dem Masse, wie die Unzufriedenheit mit dem piemontesischen Regimente stieg, gewannen auch die Muratisten wieder grössere Kraft, und schon anfangs 1861 gingen verschiedene Adressen, so oder so zusammengetrieben, an den Prinzen Lucian Murat ab, die ihn aufforderten, sich Neapels und Siciliens, seiner „angestammten Länder" anzunehmen. Darauf antwortete nun der dicke Lucian in einem Privatbriefe — der aber zur Veröffentlichung bestimmt, auch veröffentlicht wurde, — von Schloss Buzenval am 27. März 1861 datirt und an einen anonymen Herzog gerichtet, der sich zum Organ der lieben Unterthanen gemacht hatte, die sich nach der Herstellung des muratistischen Regiments sehnten. Der Prinz Lucian erklärt in seinem Brief, welcher ganz wie ein Manifest geschrieben ist, dass er kein Hinderniss für die italienische Einheit abgeben wolle, dass es aber zweierlei Art Einheit gebe, föderative und centralisirte. Er sei für die erstere und begreife sehr gut, dass die Völker Süditaliens, die, so wie er, für die föderative Einheit Italiens sein müssten, sich gern an seinen Herrn Vater und dessen Haus erinnerten. Im Falle einer Wahl durch das Volk sei er gar nicht abgeneigt, die Herrschaft seines Herrn Vaters anzutreten. Er würde dann die Einheit Italiens stützen, aber zugleich die Unabhängigkeit Süditaliens sichern, welches selbstverständlich sein besonderes Parlament haben müsse. Er würde die materiellen Interessen hegen und pflegen und kurz sich als conservativer Fortschrittler betragen. Nur so könne jene allgemeine Versöhnung herbeigeführt werden, welche von den Völkern und Regierungen ersehnt werde."

Man begreift, dass dieser Brief Reclamationen von Seiten Italiens und auch Englands zur Folge hatte, welche sich sehr wohl der frühern Pläne erinnerten und in dem Briefe nichts als ein Betasten der öffentlichen Meinung, eine Vorbereitung auf die Durchführung früherer Entwürfe sehen konnten. Die einlaufenden Anfragen und Reclamationen bewogen nun Napoleon III., dem Prinz-Prätendenten sein Missfallen über die Angelegenheit zu erkennen zu geben. Indessen hatte dieselbe damit keineswegs ein Ende, vielmehr sorgte Prinz Lucian dafür, dass noch zu wiederholten Malen neapolitanische Adressen an ihn in die Oeffentlichkeit gebracht wurden. Indem nun Napoleon grade jetzt seine sogenannte Anerkennung des Königreichs Italien darbrachte, konnte dies zugleich so verstanden werden, dass er sich von jeder Gemeinschaft mit den Intriguen seines Herrn Vetters lossage.

Wie die Anerkennung durch den Austausch von Gesandten besiegelt ward, werden wir weiter unten sehen.

III.

Finanzielle Fragen.

Verlängerungen der Budgetbewilligung und Indemnitäten.

Wir haben im vorigen Buche die finanziellen Fragen

nicht berührt, um sie nun in diesem Buche in besserem Zusammenhange behandeln zu können.

Am 31. März lief das zuletzt durch Gesetz vom 31. October 1860 festgestellte Budget ab; das Ministerium sah sich ausser Stande, noch ein Budget vorzulegen und discutiren zu lassen und forderte daher am 28. März die Bewilligung der Kammer, die Steuern bis zum 30. Juni 1861 forterheben, die Ausgaben fortführen zu können auf Grund des letzten Budgets, welche Bewilligung ihm denn auch unter Ausdehnung auf sämmtliche jetzigen Provinzen des Königreiches ertheilt ward.

Am 13. Mai verlangte und erhielt der Minister des Innern eine Indemnität für eine im Jahre 1860 und früher in seinem Departement vorgekommene Ueberschreitung des Budgets; andere Indemnitäten wurden am 25. Juni ertheilt.

Da man nun auch bis Ende Juni nicht zur Vorlage und Feststellung des Budgets gelangen konnte, verlangte und erhielt das Ministerium am 29. Juni aufs Neue eine Verlängerung seiner Ermächtigung, die Steuern zu erheben und die Staatsausgaben zu machen, bis Ende 1861.

Das grosse Buch der italienischen Schuld.

Die Gesetzentwürfe, welche die beiden wichtigsten Puncte der Finanzgesetzgebung in dieser Periode betreffen, wurden dem Parlament am 29. April vorgelegt; das eine über die Unification der Schuld, das andere über eine Anleihe von 500 Millionen Franken.

Die verschiedenen Staaten, aus denen das Königreich Italien entstanden war, hatten natürlich jeder seine eigenthümliche Staatsschuld gehabt. Diese sollten nun sämmtlich in eine einzige Schuld des Königreichs Italien zusammengezogen und in ein einziges grosses Buch der Staatsschulden eingetragen werden. Die Nutzlichkeit und Nothwendigkeit der Massregel wird nicht leicht von Jemandem bestritten werden.

Die politische Einheit des Königreichs, sagte der Minister in den Motiven zu seinem Entwurfe, dürfe von der finanziellen Einheit nicht getrennt werden, weil die productiven Kräfte des Reiches, in freier Entwicklung und in Verbindung miteinander, eine grosse Macht seien. Einer der bedeutendsten Ausdrücke der Macht sei aber der Staatskredit. Die Einheit des Kredits sei eine der wichtigsten Folgen der politischen Einheit, eine der kräftigsten Bedingungen, sie zu sichern und sie in ökonomischer und bürgerlicher Hinsicht fruchtbar zu machen. Der Staat und die Bürger würden davon die höchsten Vortheile haben; der Staat, weil das Interesse aller Rentenbesitzer an sein Bestehen geknüpft sei, und weil die Sicherheit des Bestehens, das Vertrauen in sie wiederum die Hauptbedingungen der Blüthe des Staatscredites seien. Die Bürger, weil ein einiges und starkes Italien grössere Bürgschaften biete, als die einzelnen getrennten Provinzen es gekonnt hätten und neben den Märkten der einzelnen Provinzen den grossen Markt Italiens eröffne. Der Credit müsse, wenn allmälig, doch unfehlbar sich heben durch die Aufnahme der einzelnen Staatsschulden der Provinzen in das grosse

3

Buch der italienischen Schuld. Specialgesetze müssten das Hauptgesetz entwickeln; man werde sich bei der Prüfung der einzelnen Schulden und der Art, sie zu vereinheitlichen nirgends von den durch Erfahrung geprüften Gesetzen der Nationalöconomie und der Gerechtigkeit zu entfernen haben. Von der Vorherbestimmung einer in Zeit und Art festgesetzten Amortisation sei man abgestanden; es sei diess ein überwundener Standpunct, eine unnütze Fiction; man wälze vielmehr, wie es sich doch in Wahrheit stelle, die Amortisation auf die regelmässigen Budgetgesetze, durch welche jährlich festzustellen sei, wie weit mit Nutzen die Amortisation gefördert werden könne.

Aus den Untersuchungen des Ministeriums ergab sich, dass die Schuldrente Italiens sich jährlich auf 102 Millionen Franken belaufe; jedoch mit Ausschluss der Schuld der ehemaligen Provinzen des Kirchenstaates, die man nicht hatte verificiren können, weil die Register sich zu Rom befanden. Von den 102 Millionen Franken Rente waren 97 jetzt zur Unificirung bereit, alle auf fünfprocentige und dreiprocentige Renten gebracht; die Unification von weiteren fünf Millionen war aus verschiedenen Gründen noch vorbehalten.

Die Schuldrente von 102 Millionen entspricht einem Schuldcapital von etwa 2600 Millionen Franken. Die Schuld des Kirchenstaats ward 1858 zu etwa 360 Millionen Franken angegeben, wovon man nach einem Ueberschlag 270 Millionen auf die bereits jetzt zum Königreich Italien gehörigen Provinzen des ehemaligen Kirchenstaates rechnen kann. Demnach käme das Schuldcapital des Königreichs Italien in dem Augenblick, von welchem wir gegenwärtig reden, auf gegen 3000 Millionen Franken, die wirkliche Rente, da die römischen Renten fünfprocentige sind, auf etwa 115 Millionen Franken.

Im Jahre 1859 ermittelte Kolb die Gesammtschuld der italienischen Staaten, ohne Venetien, aber mit Einschluss des gesammten Kirchenstaats zu ungefähr 2245 Millionen Franken, schlägt man davon 90 Millionen Franken fur das Stück Kirchenstaat ab, welches dem Papste 1861 noch geblieben war, so kommen für die Bestandtheile des Königreichs Italien etwa 2150 Millionen Frkn. heraus. Kolbs Ermittlung fällt in die Zeit nach dem Zürcher Frieden. Das Jahr 1860 würde also eine Schuldvermehrung von etwa 800 Millionen Franken bringen. Diese ist allerdings herauszurechnen und wir glauben das hier als einen Beweis für die grosse Zuverlässigkeit der Ermittlungen Kolbs in seinem Handbuch der vergleichenden Statistik anführen zu sollen.

Piemont allein hatte im Jahre 1835 nur etwa 100 Millionen Schulden, 1859 nach Erwerbung der Lombardei über 1200 Millionen Franken, Parma 1859 13 Millionen, Modena ungefähr ebensoviel, Toscana 1856 119 Millionen, die beiden Sicilien 1854 530 Millionen Francs.

Das Gesetz gelangte zur Discussion in der Deputirtenkammer am 19. Juni 1861. Die Einwände, welche bei der Verhandlung in Einzelheiten auftauchten, bezogen sich auf dreierlei Puncte; auf Irrthümer erstens, wie sie bei einer so zusammengesetzten Sache gewiss leicht vorkommen konnten, ohne dass man ein Recht hätte, daraus Vorwürfe gegen diejenigen herzuleiten, welche die Vorarbeiten gemacht hatten; — zweitens darauf, dass gewisse Posten als solche der Staatsschuld nicht aufgenommen waren, welche einzelne Deputirte hineingezogen haben wollten, drittens darauf, dass andere Posten als Schuldposten des Königreichs aufgenommen waren, welche einzelne Deputirte ausschliessen wollten.

Der Deputirte d'Ondes-Reggio von Girgenti erhob Einspruch dagegen, dass die Gemeindeschulden der sicilianischen Communen, welche grösstentheils für die Befreiung der Insel von der bourbonischen Macht contrahirt worden und durch ein Dictatorialdecret Garibaldis für Staatsschulden erklärt waren, nicht in das grosse Buch der italienischen Schuld aufgenommen seien. Obwohl das Ministerium dieser Interpellation gegenüber sich sehr zurückhaltend zeigte, bewies doch die ganze Discussion, dass auch die ministerielle Majorität der Kammer vollständig überzeugt sei, das Dictatorialdecret müsse ohne Weiteres als gültig anerkannt werden, die Communalschulden Siciliens, auf welche sich dieses Decret beziehe, seien folglich als italienische Staatsschulden zu behandeln und ihr gegenwärtiger Ausschluss von der Einschreibung in das grosse Buch der Staatsschuld nichts anderes, als ein Aufschub.

Der Deputirte Guerrazzi verlangte dagegen den gänzlichen oder bedingungsweisen Ausschluss einer Summe von toscanischen Staatsschulden, die in das grosse Buch der italienischen Schuld aufgenommen worden waren und von denen er behauptete, dass sie lediglich durch Kosten der österreichischen Besatzung veranlasst worden seien. Er verlangte im Lauf seines Vortrags ausserdem, das italienische Parlament solle erklären, dass es vom Tage des Beschlusses an keine Schuld mehr als gültig anerkennen werde, welche die Höfe von Wien und Rom für die von ihnen unrechtmässiger Weise noch besetzten Theile des Königreichs Italien contrahiren würden. Das italienische Parlament konnte sich nicht entschliessen, diesem Antrage beizustimmen, und wie es uns scheint, mit Recht. Es liegt hier eine grosse Principienfrage vor und wir können nicht umhin, unsere Meinung über dieselbe weitläufiger zu entwickeln.

Es scheint uns ausser allem Zweifel zu sein, dass ein Staat, der auf den wahrhaft legalen Grundlagen des wirklichen göttlichen Rechts, nämlich des Rechtes der Nationen auf einem ihrer inneren Kraft entsprechenden Stand sich aufbaut, alle Schulden der Einzelstaaten anerkennen müsse, welche die Elemente des Nationalstaates bilden, insofern diese Schulden von den Einzelstaaten auf legale Weise contrahirt worden sind. Wenn der neu entstandene Nationalstaat ein constitutioneller ist, so werden in ihm andere Bedingungen für das Schuldenmachen gesetzlich zu erfüllen sein, als sie etwa für das Schuldenmachen in einem der Einzelstaaten, welcher ein absolutistischer war, bestanden, welcher jetzt eine Provinz des Nationalstaates bildet. Die Legalität einer jeden in die allgemeine Schuld hineinzuziehenden Schuld des nunmehr zur Provinz gewordenen Einzelstaates kann nur nach den constitutionellen Bedingungen beurtheilt werden, welche zur Zeit, da die Schuld gemacht wurde, in dem betreffenden Einzelstaat existirten, nicht nach denjenigen, welche für den neuen Gesammtstaat bestehen.

Es können also nur die nach den zur Zeit der Contrahirung der Schuld in dem betreffenden Einzelstaat bestehenden Einrichtungen illegal contrahirten Schulden überhaupt in Frage gestellt werden. Nur möchten wir es keineswegs als Prinzip aufstellen, dass *jede* Schuld anerkannt werden müsse; aber allerdings setzen wir es als Prinzip hin, dass, — wenn es sich darum handelt, eine Schuld anzuerkennen oder nicht, allen Bedingungen Rechnung getragen werden müsse, und dass bei den Beurtheilungen dieser Art die Entscheidung zu Gunsten der Anerkennung fallen müsse, insofern nur der geringste Zweifel darüber entstehen kann, ob nicht die Nichtanerkennung zu Unbilligkeiten gegen Rentenbesitzer führen könne, die gar keine Schuld an der Contrahirung der betreffenden Schuld tragen.

Nehmen wir beispielsweise den Fall an, es gründe sich ein verfassungsmässiges deutsches Reich, aufgebaut auf den Grundlagen, welche nach dem Stande der heutigen Bildung und Einsicht, wenn auch nicht nach denjenigen, die aus den Thatsachen abstrahirt werden möchten, allein die Grundlagen eines verfassungsmässigen Reiches sein können.

Wenn es sich nun um die Unification der Schuld des deutschen Reiches handelte, söllten sämmtliche Schulden, welche in Preussen seit 1850 gemacht worden sind, in das Reichsschuldbuch eingeschrieben werden?

Wir glauben, die politischen Consequenzenmacher wurden darauf mit Nein! antworten; sie würden sagen, dass durch die Contrerevolution vom November 1848, durch die darauf erfolgte Umwandlung des Wahlgesetzes der ganze gesetzliche Zustand umgeworfen ist, dass man die Schulden, die seitdem und ausserdem zum Schaden der Freiheit und Einheit gemacht worden sind, — und Alles dies ist unbedenklich wahr — nicht anerkennen dürfe.

Wir aber antworten ebenso unbedenklich mit Ja! — Ja, alle diese Schulden müssen anerkannt werden. Der unzweifelhaft ungesetzliche Zustand hat so lange gedauert, und unter allen Formen der Gesetzlichkeit, dass der einzelne gegenwärtige Rentenbesitzer unmöglich für den Schaden verantwortlich gemacht werden kann, den er mitbegangen hat. Ja, er musste die Schuldtitel im Verkehr und im besten Glauben annehmen. Schliesslich betheiligte sich das Volk noch wieder bei den auf einem widerrechtlich entstandenen Wahlgesetz beruhenden Wahlen zur Kammer und legalisirte dadurch mindestens vorübergehend, — allerdings unter dem Vorbehalt seiner ewigen und eingebornen Rechte, — das widerrechtlich entstandene Wahlgesetz. Wie will man die Schulden nicht anerkennen, welche unter solchen Umständen das ehemalige Königreich Preussen widerrechtlich machte? Sie müssen sämmtlich anerkannt werden. Dagegen würde es unsers Erachtens nicht bloss der neuen aus dem Volkswillen hervorgegangenen Reichsgewalt zustehen, es würde sogar ihre Pflicht sein, alle die pflichtvergessenen Banquiers und sonstigen Speculanten, welche die Regierung des ehemaligen Königreichs Preussen bei ihren widerrechtlichen Anleiheoperationen unterstützt, welche wohl unterrichtet, doch dazu ihre Hand geboten und die Rechtlosigkeit der Sache nur benutzt hatten, um desto mehr dabei herauszupressen, folglich die Bürger desto mehr zu belasten, — alle diese Burschen, welche sich auf die leichteste Weise ermitteln lassen, beim Kragen zu nehmen und alle ihre Güter, mobile und immobile, soweit man ihrer habhaft werden konnte, in Beschlag zu nehmen, um aus dem Erlös den Staat und dessen Bürger schadlos zu halten.

Mit dem ersten Theil unserer Ansicht waren die italienischen Deputirten einverstanden; sie waren mit Recht der Ansicht, die Billigkeit, welche auch eines der Fundamente eines jeden neuen Staates ist, die Billigkeit in diesem Falle gegen die actuellen Rentenbesitzer, verlange, dass man von alten Staatsschulden anerkenne, was nur irgend anzuerkennen sei und sich dabei eher einer edlen Freigebigkeit als einer beschränkten Knickerei befleissige. Mit dem zweiten Theil unserer Ansicht, dem Beimkragennehmen der eigentlichen Schuldigen, konnten sich aus guten Gründen die italienischen Deputirten weniger einverstanden erklären. Uebrigens müssen wir hier hinzufügen, dass ihnen in dieser Beziehung auch keine Gesetzvorlage gemacht worden war.

Das von der Kammercommission revidirte, in allen wesentlichen Puncten sehr nothwendige und nützliche Gesetz ward mit 229 gegen 9 Stimmen angenommen.

Die Anleihe von 500 Millionen,

Nach einem vorläufigen Budgetanschlag fur das Jahr 1861 fand der Finanzminister Bastogi am 6. April folgendes:

Ausgaben für die alten Provinzen, Lombardei, Emilia, Toscana, Marken und Umbrien nebst Kosten des auswärtigen Departements, des Kriegs und der Marine für das gesammte Königreich Italien	627,645,514
Ausgaben für Neapel } ohne Aeusseres, Krieg u. Marine	100,493,766
Ausgaben für Sicilien }	28,331,210
Summe der Ausgaben	756,470,490
Einnahmen von Neapel	109,429,065
Einnahmen von Sicilien	21,792,040
Einnahmen der übrigen Provinzen . . .	360,260,385
Summe der Einnahmen	491,481,490
Es ergab sich also ein Deficit von . . .	Fr. 264,988,999

Neapel ergab dabei für sich allein einen Ueberschuss von etwa 9 Millionen und Sicilien für sich allein ein Deficit von etwa $6^1/_2$ Millionen. Drei Wochen später aber hatte nun der Finanzminister herausgerechnet, dass er sich getäuscht habe, dass Neapel, weit entfernt einen Ueberschuss zu liefern, vielmehr ein bedeutendes Deficit von etwa 20 Millionen biete, und dass das Deficit Siciliens auf 22 Millionen steige.

Nach dieser neuen Rechnung kamen nun die Ausgaben des gesammten Königreichs Italien auf die Summe von 805,141,894 Francs; die Einnahmen auf 490,870,036 und das Deficit für das Jahr 1861 erhob sich auf die Summe von 314,271,857 Francs.

Diese Zahlen mussten dem Leser vorgeführt werden, weil sie die Nothwendigkeit der Anleihe herbeiführten, zu welcher der Finanzminister die Ermächtigung verlangte.

Wenn die Schwere der Ereignisse, sagte der Finanzminister in den den Gesetzentwurf begleitenden Motiven, solche Folgen, — nämlich ein angenehmes, aller Wahrscheinlichkeit nach noch über den Voranschlag anwachsendes Deficit von 314 Millionen Francs nach dem Voranschlag — mit sich gebracht hätten, wenn das Bedürfniss und die Pflicht, die Nation herzustellen und zu ordnen, sie stark, geachtet, sicher zu machen, ihr eine Zukunft voll Wohlstand und Grösse zu bereiten, noch grössere Vorkehrungen erheischten, so verminderten sich nicht, träten vielmehr noch stärker hervor das Bedürfniss und die Pflicht, sich jetzt schon mit der Ordnung der Staatsfinanzen zu befassen. Dass das herausgerechnete Deficit nur durch eine Anleihe gedeckt werden könne, würde den Deputirten begreiflich sein. Aber weil die Regierung nicht auf dasselbe Mittel wieder zurückgreifen und weil sie auf alle Fälle gerüstet sein wolle, bleibe sie nicht bei den 314 Millionen des Deficits stehen, sondern verlange die Ermächtigung, so viel Rente zu veräussern, dass sie baare 500 Millionen Francs daraus in die Staatscassen hineinbekäme. Sie sei sich im Uebrigen ihrer Pflicht bewusst, die gewöhnlichen Einnahmen immer mehr zu steigern, die laufenden Ausgaben in zweckmässiger Weise immer mehr einzuschränken, um so zu dem ersehnten Gleichgewicht des Budgetz zu gelangen.

Der Gesetzentwurf ward an eine Commission gewiesen, welche aus Galeotti, Amari, Joachim Pepoli, Pasini, Broglio, Poërio, Vegezzi, Mordini und Pisanelli bestand und Pasini zum Referenten ernannte.

Die Commission stellte sich drei Fragen:

1) ob die geforderte Summe dem Bedürfniss entspreche;

2) ob man der Regierung vollständig freie Hand lassen solle, wie sie die Anleihe zu Stande bringen wolle, oder ob man nicht wenigstens für einen Theil die öffentliche Subscription anordnen müsse;

3) ob man nicht als Grundlage der Anleihe einen bestimmten Nominalwerth feststellen solle, statt der Feststellung des Baarwerthes, welcher in die Staatskassen fliessen müsse.

Die Commission erklärte sich in allen Puncten mit dem Vorschlag des Ministeriums einverstanden, gab also, um es kurz auszudrücken, demselben ein vollständiges Vertrauensvotum. Sie bemühte sich auffälliger Weise in ihrem Berichte nachzuweisen, dass das Deficit von 314 Millionen gar nicht existire, dass nur ein wirkliches Deficit von etwa 80 Millionen herauskomme, indem sie unter Zulassung von Voraussetzungen aller Art den grösseren Ueberrest für einmalige Ausgaben erklärte, die nicht wieder vorkommen könnten Man weiss, welcher Unfug auf diese Art von allen Staatsfinanziers mit dem Ordinarium und dem sogenannten Extraordinarium getrieben wird. Wenn man diese Herren hört, so sollte man fast meinen, dass die Gelder, welche sie so frei sind, extraordinär zu verlangen, eigentlich gar keine Gelder sind. Aber diese extraordinären Gelder kommen alle Jahre wieder, und unter gewöhnlichen Umständen selbst wird man es kaum erleben, dass bei dem in die europäische Finanzpolitik seit 1848 eingerissenen Schwindel die extraordinären Forderungen im folgenden Jahre sich geringer stellen als im vorhergehenden. Wir glauben, es sei einer der Hauptpuncte, auf welche die Völker jetzt einmal sehen müssen, dass die Verwaltung ihrer Finanzen in die Hände ehrlicher Männer, tüchtiger Kaufleute komme, die weniger gewöhnt sind, mit papierenen Millionen um sich zu werfen als baare Tausende zu verdienen. In Italien hat der Finanzschwindel gegenwärtig eine Höhe erreicht, welche derjenigen des französischen nichts nachgiebt. Wir sind gewiss die letzten, welche verneinen wollten, dass die Contraction einer Schuld eine Nothwendigkeit und eine Wohlthat sein könne. Aber in Europa scheint nachgerade die leichtsinnige Theorie sich einzubürgern, dass ein Staat gar nichts besseres thun könne, als recht viele Schulden machen, dass er sich um so besser befinde, je mehr Schulden er habe, gleichgültig zu welchen Zwecken dieselben gemacht seien. Etwas Blödsinnigeres lässt sich wohl kaum aushecken. Ganz unbegreiflich ist es auch, dass die Commission nichts wider die Forderung des Ministeriums hatte, es solle ihm die Art der Zustandebringung der Anleihe überlassen werden, dass sie keine Begrenzung des Nominalwerthes der Anleihe, keine Kenntniss von den etwa schon gestellten Bedingungen derselben verlangte. Wenn die Obligationen gegen 80 Procent baar ausgegeben werden, so mussen, damit 500 Millionen Franken baar in die Staatskassen einlaufen, 625 Millionen Franken Obligationen ausgegeben werden. Dabei mag nun ein ganz gutes Geschäft für einen Finanzminister, der zugleich Banquier ist und für eine ganze Masse von Hulfsjuden zu machen sein; aber für das betreffende Volk wäre es jedenfalls zuträglicher, wenn es statt 625 Millionen blos 500 Millionen Franken zu decken und zu verzinsen hätte.

Am 26. Juni gelangte das Anleihegesetz in der Deputirtenkammer zur Verhandlung. Wenn eine Regierung Geld von der Volksvertretung verlangt, so muss sie sich gebräuchlicher Weise von der Opposition ihr Sündenregister vorhalten lassen, wodurch eben alle Verhandlungen uber Finanzfragen ihr Hauptinteresse erhalten. Die Opposition in der Turiner Kammer wich, wie man sich vorstellen kann, von der Sitte Europas nicht ab.

Ferrari sagte, 500 Millionen Franken seien sicher für ein Land wie Italien eine geringe Summe, vor welcher es keine Ursache habe zu erschrecken; aber er fürchte, dass die Politik von 1848, damals verderblich für Piemont, jetzt auch für Italien fortgesetzt werden solle: mit allen Feinden, die auf dem Boden des alten Völkerrechts stehen, anzubinden, doch selbst auf dem Boden des alten Völkerrechts und der alten Institutionen stehen bleiben zu wollen, die fruchtbringende revolutionäre Hülfe von der Hand zu weisen. Diese Politik werde die Politik des

Deficits, weil der Niederlagen; von 1848 bis 1858 könne man das jährliche Deficit Piemonts auf 30 Millionen Franken annehmen, das jährliche Deficit des Königreichs Italien scheine sich auf 300 Mill. Franken feststellen zu sollen. Welchen immensen Theil der Staatseinnahme verschlinge nicht die Verzinsung — und Amortisation der Staatsschuld. Dass die gegenwärtige die letzte Anleihe sein werde, könne unter solchen Umständen kein vernünftiger Mensch sich einbilden; jede folgende Anleihe werde unter immer drückenderen Bedingungen contrahirt werden und in fünf Jahren, — man könne es voraus berechnen, — würde die italienische Schuld sich auf 5000 Millionen Franken belaufen. Man habe Rom, man habe Venedig zu erobern; nehme man das Unglaubliche an, nämlich, dass sie ohne Schlachten erobert würden, nun so würde man dafür den französischen Alliirten zu bezahlen haben. Kosten also in jedem Falle. Italien sei reich genug, alle seine Bedürfnisse zu decken; aber das System der Regierung sei fehlerhaft. Sicilien, die Insel Sardinien ermangelten noch aller Bedingungen der Entwicklung; den Unabhängigkeitskampf für seine Industrie, den Italien doch noch kämpfen müsse, habe es bisher nicht einmal begonnen. Er, Ferrari, zweifle an der administrativen Fähigkeit der Minister. Die Beweise für den Mangel der administrativen Fähigkeit finde man überall, man brauche nur blindlings hinzugreifen, in welcher Richtung man wolle. Wie solle man schlechten Verwaltern Vertrauen schenken? Die wahrhaft schreckliche Frage Süditaliens sei nicht im geringsten gelöset, nicht einmal ein Anfang dazu gemacht; man brauche sich zum Beweise dafür nicht auf die Feinde Italiens und des Ministeriums, man könne sich auf des letztern ergebenste Freunde, z. B. auf Nigra berufen. — Regierung und Parlament haben Rom zur Hauptstadt Italiens erklärt; er, Farini, habe es nicht gethan. Ob die Regierung nicht sehe, dass sie eine solche Erklärung nicht geben durfte, ohne dieselbe sogleich in die That zu übersetzen? Unterdessen kündige der Moniteur täglich an, dass die französischen Truppen Rom nicht räumen würden. Eine solche Lage blamire die Regierung, lasse dieselbe zweideutig erscheinen, und die Banquiers, welche alles berechnen, würden ihr bei der Anleihe blos deshalb 30 Procent abzwacken.

Ferrari censirt darauf die Minghettischen Gesetze über die administrative Eintheilung des Königreichs, von denen wir späterhin reden werden, Gesetze, welche drohten Alles Gewohnte über den Haufen zu werfen, und ohne ausgeführt zu werden, überall Unsicherheit verbreiteten über die Stellung, welche die Städte späterhin einnehmen würden. Er censirt das System des Verschweigens, welches das Ministerium in Bezug auf die wahre Lage des Landes befolge. Man erfahre über wichtige Ereignisse mehr aus fremden Blättern, als aus dem officiellen Journal des Königreichs. Allgemeines Misstrauen werde auch dadurch verbreitet und gross gezogen. Einzige Zuflucht für die Wahrheit sei noch das Parlament; aber auch da sehe es übel aus, bei jedem Namensaufruf fehlten 120, 150 bis 180 Abgeordnete, und diese Art von Desertion gebe sich kund nicht unter Umständen gewöhnlicher Art, in den entscheidendsten Lagen, bei den wichtigsten Erörterungen. Woher komme das? Herrsche wahrhaft Freiheit der Discussion? Schwebe nicht über dieser Versammlung ein Geheimniss, ein gespensterhaftes Etwas, was bald Stillschweigen auferlege, wenn man einmal mit der Sprache frei herauszugehen einen Anlauf genommen? ein Gespenst aus dem Jahre 1859?

Ferrari deutet hier geheime Abmachungen zwischen Napoleon und dem Turiner Cabinet an, die alles äusserlich vollendet Scheinende in Frage stellen, deren Vorhandensein jeder voraussetzt, ohne doch vom wirklichen Inhalt unterrichtet zu sein, die dem Sprechen und dem Handeln alle Sicherheit und alle Haltung, allen Glanz und alle Kraft nehmen. Mit grossem Geschick schreitet er dann zu einer Selbstanklage: er sei ein schlechter Deputirter; zum Beispiel wolle er eine Wahlreform verlangen, die Unterdrückung des Census, ein einfacheres Wahlgesetz, welches die weitläufigen und verwickelten Verificationen der Wahlen, wie sie jetzt vorkämen, unnöthig mache — und er wage es nicht. Er möchte, dass die Kammer mit so vielen Erörterungen über provincielle Details verschont bliebe, welche den Provinzialbehörden überlassen werden müssten; (man erinnere sich hiebei, dass Ferrari Föderalist ist, nicht Föderalist mit 20 Dynastieen für Italien, sondern mit einer Centralregierung, Anhänger des Cantonalsystems); er möchte Verbesserungen des öffentlichen Unterrichts fordern, aber — sein Eifer für die Sachen sei nicht stark genug. — Nur andeuten konnte der Redner dabei, dass sein Eifer nicht stark genug sei, weil es ihm an dem nothwendigen Vertrauen in den gegenwärtigen Gang der Dinge und die gegenwärtig leitenden Staatsmänner fehle. „Bei dem Misstrauen, — so schloss Ferrari, — welches die Massen im Süden beherrscht, bei den falschen Revolutionen und bei den ernsten, die da kommen könnten, wie wollt ihr, dass ich mich zu einem Act des Vertrauens entschliesse? Die Arme sinken mir; ich werde, wenn ihr es wünscht, an mir verzweifeln, aber ich kann weder glauben an euren friedlichen Krieg, noch an eure unfruchtbare Beflissenheit, noch an eure zahlreichen Reformen, welche in Wahrheit keine einzige Reform enthalten."

Nachdem der Minister de Sanctis von seinem speciellen Grundrecht, sich zu blamiren, den erforderlichen Gebrauch gemacht hatte, indem er sich gegen einzelne Bemerkungen Ferraris erhob, nahm Joachim Pepoli das Wort. Er fand den Ruin der Finanzen Italiens in dessen Bureaucratie. Im Centralbureau des Ministers der Justiz von Frankreich sind, wie er beispielsweise anführte, 107 Beamte beschäftigt, in demjenigen von Italien — wobei Süditalien abgerechnet werden muss, weil dies noch eine besondere Justizverwaltung hat — 137.

Frankreich hat 36 Millionen Einwohner; rechnen wir nun auch nicht wie Pepoli Süditalien ab, so müsste doch Italien nach dem Verhältniss Frankreichs nur 63 Beamte im Bureau des Justizministers haben, also noch nicht die Hälfte der wirklich vorhandenen; rechnen wir aber Süditalien ab, so müsste es für die übrig bleibenden 13 Millionen nur 39 Beamte nach dem Verhältniss Frankreichs im Bureau des Justizministeriums haben, also noch nicht den dritten Theil der wirklich vorhandenen. In Deutschland, welches mit einer Menge nach den Grundsätzen der sogenannten historischen Schule — besser Schule des Blödsinns, — völlig berechtigten kleinen Fürstlichkeiten gesegnet ist, ist eben deshalb die Bureaucratie sehr zahlreich vertreten. Aber allerdings Italien überstrahlt Deutschland weit und nach unserer Kenntniss einzelner Zweige dürfen wir dreist behaupten, dass in allen Fächern wenigstens dreimal soviel Beamte angestellt sind, als nach den Grundsätzen einer vernünftigen Staatsverwaltung nöthig und nützlich sein würden.

Pepoli giebt im weitern Verlauf seiner Rede zu, dass mit blossen Ersparnissen die Herstellung des Gleichgewichts im Budget nicht erzielt werden könne, dass auch neue Einnahmequellen eröffnet werden müssten. Die Steuern dürften aber auch nicht ganz beliebig erhöht werden und die Erhöhung müsse nach einem vernünftigen System geschehen, welches billig die Lasten vertheile und nicht die Armuth grade treffe. Die Getränkesteuer, welche der Finanzminister vorzuschlagen beabsichtige, sei z. B. im Widerspruch mit den guten Grundsätzen. Pepoli wünscht, dass die vielen Güter todter Hand in den Verkehr gebracht würden; er erklärt sich schliesslich für die Bewilligung der Anleihe, aber unter der Voraussetzung, dass die Regierung sich einer tüchtigen Verwaltung befleissigen werde.

Guerrazzi spricht gegen die Anleihe. Zu thun bleibe fur Italien zweierlei, das Erworbene zu bewahren, die Provinzen, welche noch unter fremdem Drucke seufzen, zu erwerben. Alle Anleihen seien als letzte angezeigt worden, und immer mit den schmeichelhaftesten Hoffnungen, dass sie wirklich zu etwas nützen würden. Die Druckerei Botta könne getrost den Satz zu den Motiven fur Anleihen ein für allemal stehen lassen, an Verwendung werde es nicht fehlen. Wenn es Pflicht der Nation sei, Gut und Blut herzugeben, sei es Pflicht der Regierung, genaue Rechenschaft über die Verwendung der öffentlichen Gelder zu geben. Die Eintracht werde gepredigt, practisch uben sehe man sie nicht; damit sie in den schwierigen Momenten vorhanden sein könne, wäre es nöthig, dass die Parteien sich über die Principien, über die Männer des öffentlichen Vertrauens, über die Mittel zum Zweck verständigen.

Bei dieser Gelegenheit spricht Guerrazzi den Zweifel aus, ob mit dem bestehenden Wahlgesetz die Kammer die Majorität des Volkes repräsentire. Er wird unterbrochen; nach Herstellung der Ruhe fährt er fort: Man möge Freiheit und Revolution nicht fürchten, — oder wenigstens mit ihrer Verabschiedung warten, bis man sie nicht mehr nöthig habe. Alles Gute, was man habe, verdanke man der Revolution und Garibaldi. — In der inneren Verwaltung herrsche jetzt ein Chaos; alle die unzähligen und vielgepriesenen, von Farini nnd Minghetti eingebrachten Gesetze hätten nur den einzigen Fehler, dass sie weder Freund noch Feind gefielen. Anstatt tüchtige Männer in die Provinzen zu schicken, um deren Einrichtungen zu studiren und auf diese Kenntniss gegründet, allgemeine Gesetze zu entwerfen, habe man alle Gesetze in Turin geschmiedet unter der Annahme, sie müssten passen. Bedürfnisse und Unzufriedenheit wüchsen trotz aller dieser Gesetze oder wegen ihrer. Süditalien sei in beständiger Aufregung; die Insel Sardinien schwebe in der Besorgniss, auch sie solle von dem Königreich getrennt werden. Wie stehe es mit der äusseren Politik? In dem Verhältniss zu Frankreich habe man bis jetzt eine blosse Gelegenheitspolitik getrieben, aus der Hand in den Mund gelebt; solle dieses Spiel fortgetrieben werden, nachdem 22 Millionen Italiener vereinigt seien? Wann werde man nach Rom, nach Venedig gehen? Will das Ministerium die Franzosen bekehren? Die Franzosen können warten, weil sie sicher im eignen Hause wohnen, — aber nicht so die Italiener; so lange sie nicht Rom haben, können sie nicht zur Ordnung gelangen, haben die Verwirrung im Innern, die Schwäche gegen aussen. Man sagt, die Dankbarkeit verbiete den Italienern nach Rom zu gehen, — aber wie könne Frankreich Italien schwach wünschen, indem es doch einen nothwendigen Verbündeten, um seine Schlachten mitzuschlagen, suche. Papst Bonifacius VIII. verkündete das Jubiläum, und zwei Millionen Pilger strömten nach Rom; kann nicht einmal das Volk ein Jubiläum gegen den Papst verkünden? Wenn 300,000 Italiener nach Rom wallfahrten, wer wird ihnen den Eintritt verweigern? Wenn Ricasoli ein anderes Mittel wisse, so solle er es sagen; so lange er aber den Mund zuhalte, würde die Linke den Beutel zuhalten. — Als Guerrazzi von Venetien zu sprechen beginnt, wird er durch grossen Lärmen unterbrochen und kann erst nach einiger Zeit wieder fortfahren, um seine Rede zu beendigen.

In der Sitzung vom 28. Juni beschäftigten die Aufmerksamkeit der Kammer in hohem Grade die Reden Crispi's und Cordova's. Der erstere critisirte den Budgetanschlag des Ministeriums in specieller Beziehung auf Sicilien und suchte nachzuweisen, dass die vom Ministerium aufgestellten Ziffern die wahre Finanzlage der Insel nicht wiedergäben. Daraus zog er nun den Schluss, dass dasselbe für die andern Provinzen der Fall sein könne, dass also das Ministerium zur Motivirung der Nothwendigkeit der Anleihe sich überhaupt auf eine in Wirklichkeit nicht bestehende finanzielle Lage des Königreichs stütze. Cordova suchte die Anführungen von Crispi im Einzelnen zu widerlegen, obwohl er zugab, dass bei einem übersichtlichen Voranschlag allerdings Irrthümer untergelaufen sein könnten.

Die Discussion hatte nun drei Tage gedauert; sie musste ausgesetzt werden, da mit dem 30. Juni das Recht Steuern zu erheben und zu verwenden für die Regierung aufhörte und diese einer neuen Ermächtigung zur Fortführung der Verwaltung bedurfte. Diese verlangte sie nun und erhielt sie, wie bereits von uns angeführt worden ist, am 29. Juni. Am 30. Juni ward die Discussion über die Anleihe wieder aufgenommen.

Musolino kündigte an, dass er gegen die Anleihe stimme. Während die übrigen Gegner derselben sich wesentlich mit der Finanzpolitik und dem Innern beschäftigt hätten, würde er von der äusseren Politik reden, weil diese seiner Meinung nach das wichtigste und die Grundlage aller übrigen Schäden sei. Die Missregierung im Innern habe im italienischen Volke nicht im Mindesten den Gedanken zurückgedrängt, dass es eins sein müsse; das einzige Uebel, was diese Missregierung erzeugen könne, wäre, dass überall das Volk mit eigner Hand sich Recht schaffe.

Hier erhob sich natürlich von den ministeriellen Bänken ein ungeheurer Scandal.

Ihr glaubt es nicht? rief Musolino dazwischen. Nun so werdet ihr's sehen. Ratazzi forderte den Redner auf, sich solcher, die Völkerschaften beleidigenden Aeusserungen zu enthalten.

Musolino fuhr fort: der Vereinigungspunkt aller Parteien, obgleich La Farina behauptet habe, die Linke habe kein Programm, sei die nationale Einheit. Umgeben von offenen Feinden und falschen Freunden könne Italien zu ihr nur gelangen auf zwei Wegen: mit Waffengewalt, mit diplomatischen Mitteln. Mit den Waffen wolle die Regierung nicht zur nationalen Einheit gelangen; sonst hätte sie nicht die vorhandene kriegerische Kraft mit Absicht geschwächt, sogar bedeutende Geldausgaben gemacht, um sie z. B. bei Auflösung der Südarmee und des alten neapolitanischen Heeres zu schwächen, während man sonst doch nur Ausgaben mache, um sie zu heben und zu stärken.

Es bleibe also der diplomatische Weg. Die ganze Diplomatie drehe sich aber um die Stellung zu

Frankreich. Neben Frankreich komme nur noch England in Betracht; dessen Unterstützung scheine aber von den gegenwärtigen Leitern der italienischen Politik nicht nach ihrem wahren Werthe gewürdigt zu werden. Wenn es nun dem Redner bewiesen werden könne, dass Frankreich aufrichtig die Einheit Italiens wolle und dass Italien auf dem Wege zur Einheit Alles der französischen Hulfe verdanke, so musse es sich mit gebundenen Händen Frankreich ergeben; — wenn es dagegen, wie er es hoffe, beweise, dass Frankreich die Einheit Italiens weder gewollt habe, noch jetzt wolle, noch jemals wollen werde, so müsse die Rechte der Linken die Hand bieten und alle gemeinsam müssten über die Mittel übereinkommen, wirklich zu dem gemeinsamen Ziele der nationalen Einheit zu gelangen. Wenn er nun von Frankreich rede, so verstehe er darunter nicht die französische Nation, deren entschiedenster Freund er sei, sondern die französische Regierung, von welcher er nicht dasselbe sagen könne. Die französische Regierung habe Italien beschützt, so lange und so weit sie in diesem nur ein geeignetes Werkzeug zur Durchführung ihrer Pläne gesehen; sobald Italien gezeigt habe, dass es seinen eignen Weg gehen wolle, habe die französische Regierung insgeheim alle Mittel angewendet, um Italien unter ihrer Leitung in der Hand zu behalten. Um ein richtiges Urtheil über die Stellung Italiens zu Frankreich zu gewinnen, müsse man auf das Jahr 1859 zurückgehen. In diesem Jahr sei eine Offensiv- und Defensivallianz zwischen Italien und Frankreich abgeschlossen worden. Der Vertrag über dieselbe sei niemals veröffentlicht; man könne sich also über seinen Inhalt lediglich eine Idee bilden aus dem veröffentlichten Programm Napoleons. Danach muss man schliessen, dass die beiden Mächte übereingekommen waren, Oesterreich solle aus Lombardei und Venetien verjagt, diese Provinzen Italiens sollten an Sardinien gegeben werden, Sardinien sollte dafür an Frankreich Nizza und Savoyen abtreten und das Drittel der Kriegskosten bezahlen. Von einer Einheit Italiens sei hier nirgends die Rede; in allen vom französischen Gouvernement inspirirten Broschüren über die italienische Frage würde vielmehr ausdrücklich der Gedanke der Einheit Italiens als Utopie bezeichnet. — Nun wird nicht einmal das napoleonische Programm erfüllt, der Friede von Villafranca tritt dazwischen, trotzdem wird Savoyen und Nizza abgetreten. In allem dem, sagt Musolino, sehe er nichts von einer beabsichtigten Einheit Italiens, nichts als den Grabstein der italienischen Nationalität.

Hier wird begreiflicher Weise der Redner wieder durch einen ungeheuren Scandal unterbrochen.

Er fährt dann fort: wenn bis zum Frieden von Villafranca Italien durch seine Schwäche bewogen werden konnte, sich unbedingt an Frankreich anzulehnen, so hätten ihm doch mit dem Frieden von Villafranca die Augen aufgehen müssen. Man führe, um Napoleon wegen des Friedens von Villafranca zu entschuldigen, die drohende Gefahr einer grossen europäischen Coalition gegen ihn an, welche sich eben damals gebildet. Als ob Napoleon die Möglichkeit einer solchen Coalition nicht schon vor dem Ausbruch des Krieges gesehen, als ob er sich blindlings in den Krieg von 1859 gestürzt, als ob er nicht im Voraus seine Massregeln ergriffen! Zuerst habe er sich mit England, dem einzigen aufrichtigen Freund Italiens, ins Einvernehmen gesetzt.

Da bei dieser Stelle der Rede Musolinos wiederum grosser Rumor entsteht, da die Consorterie nach den ihr bisher beigebrachten Begriffen von ihrer Pflicht und Schuldigkeit glaubt, sie müsse jedesmal Scandal machen, sobald nicht Napoleon III. als erste Stütze Italiens bezeichnet wird, — sieht sich Musolino zu einer Digression veranlasst, um nachzuweisen, wesshalb er England den einzigen aufrichtigen Freund Italiens nenne. Abgesehen von den Thatsachen der Geschichte, welche beweisen, dass immer, namentlich auch seit 1815, England sich der Einheit Italiens angenommen, könne von einer Rivalität Englands gegen Italien als Seemacht keine Rede sein. Der Seeverkehr verliere naturnothwendig an Wirksamkeit fur alle Staaten des Continents mit der Ausdehnung der Eisenbahnnetze, folglich auch für Italien; das gleiche Gesetz gelte aber nicht fur das Inselreich England mit seinen grossen überseeischen Colonieen; im Gegentheil. Italien ferner sei wesentlich Ackerbaustaat, England Manufacturstaat; Italien sei kein unmittelbarer Grenznachbar Englands.

Nächst England habe Napoleon Preussen gefragt und gefunden, dass dieses gegen eine Schwächung Oesterreichs nicht viel werde einzuwenden haben; er habe Russland befragt und gefunden, dass diese

Macht Oesterreich der Undankbarkeit anklage und ihm eine Demüthigung von Herzen gönne.

Daraus habe Napoleon schon im Voraus schliessen können, dass eine Coalition nicht eben sehr zu furchten sei; die späteren Zänkereien zwischen Oesterreich und Preussen hätten auch für andere Leute den Beweis geliefert, dass die Gefahr der vielbesprochenen Convention nicht gross gewesen sei. Aber Frankreich wäre am Mincio stehen geblieben.

Neuer Lärmen unterbricht den Redner. Nach dessen Stillung geht er in seiner Auseinandersetzung weiter: die Franzosen hätten ihre Vorurtheile; so meinten sie, allerdings könnten die Italiener sich zur Vertreibung der Oesterreicher aus der Halbinsel einigen, aber kaum werde das Ziel erreicht sein, so werde auch der Municipalgeist wieder aufleben, — niemals würden Neapel, Florenz, Bologna, Mailand, Turin, Genua einträchtig zusammengehen. Diese Meinung theile auch Napoleon; darum sei er lustig in den Krieg gegangen, um ein vergrössertes Piemont herzustellen, einen nützlichen, aber nicht gefährlichen Nachbar; um ausserdem dafür die Alpengrenze zu erhalten, welcher später die Rheingrenze folgen sollte, — ohne die geringste Besorgniss, dass ein mächtiger italienischer Staat an Frankreichs Grenze sich bilden könne. — Kaum aber tauchte diese Gefahr in realer Gestalt während des Verlaufs des Krieges von 1859 auf, als Napoleon den Frieden von Villafranca schloss, um nicht zu etwas mitzuwirken, was er nicht gewollt hatte, — zur Einheit Italiens.

Ganz im Sinne des Friedensschlusses von Villafranca folgten nun die Wühlereien gegen die Annexion Centralitaliens, dann Süditaliens, gegen den Einfall Piemonts in Umbrien und die Marken, welcher dem französischen Kaiser durch die officielle Lüge von dem nothwendigen Kampf gegen die Anarchie genehm gemacht werden musste.

Bei diesem Punkte wird Musolino auf einen Augenblick dadurch unterbrochen, dass Farini das Wort verlangt, welcher, wie unsere Leser wissen, sich von der „officiellen Lüge" stark getroffen fühlen muss. Musolino sieht sich durch diesen Zwischenfall zu einigen Auseinandersetzungen genöthigt, welche theilweise die Heiterkeit der Deputirtenkammer hervorrufen, und spricht dann von der Haltung, welche die französische Flotte vor Gaëta beobachtete. Nachdem Frankreich vor Gaëta der öffentlichen Meinung Europas gewichen, wirft es sich zum Beschützer Franz II. zu Rom auf. So ist Rom eine Räuberhöhle, ein Schlupfwinkel für Falschmunzer, fur die schlechteste Sorte von Menschen geworden, — Alles unter dem Schatten des glorreichen französischen Banners. Wer kann danach glauben, dass Frankreich die italienische Einheit wolle? — Aber der beste Beweis, dass Frankreich diese Einheit nicht wolle, liege in der Anerkennungserklärung, über welche die Deputirtenkammer im ersten Augenblick vor Freude getanzt habe. Diese Erklärung Frankreichs, dass und wie es das Königreich Italien anerkenne, sei das Grab der nationalen Einheit Italiens.

Hier unausbleiblicher obligater Spectakel der ministeriellen Consorterie, welche denselben mit allen ihren bisherigen Instructionen fur unauflöslich verbunden erachtet. Der Kammerpräsident beschwichtigt den Scandal von seinem Standpunct aus mit der Bemerkung, Musolino urtheile von seinem (Musolinos) Standpunct aus.

Ricásoli, fährt der Redner fort, habe auf die Anerkennungsnote Thouvenels sehr geschickt geantwortet, was habe er mehr können, als geschickt antworten, nachdem die Regierung sich in einen bedauernswerthen Schwächezustand versetzt. Ein Fehler, den Ricásoli und Minghetti gemacht, liege nur darin, dass sie so schnell, grade in dem Moment nach dem Einlaufen der Anerkennungsnote das Gesetz über die Nationalbewaffnung, nicht nach den Plänen Garibaldis, sondern nach der von der Commission ihm beigebrachten Verstümmelung zur Abstimmung gebracht, dass die Regierung hiedurch sich der Möglichkeit beraubt habe, möglichst viele Soldaten aufzubringen*). Musolino erwähnt nun auf sehr bescheidene Weise des Briefes, welchen der König Victor Emanuel an Napoleon gerichtet hat, um die Anerkennung des Königreichs Italien zu erzielen.

Dies vermag Gallenga nicht auszuhalten. Gallenga ist ein ehemaliger genuesischer Schulmeister, ein ehemaliger Radicaler, er hat sich eine Zeit lang in England aufgehalten, eine Engländerin geheirathet und nebenbei englischen Constitutionalismus gelernt. Im italienischen Parlament hat er die Specialität,

*) Wir werden bald dazu gelangen, von der Behandlung des Bewaffnungsgesetzes in der Kammer zu reden.

Schluss zu schreien; zu beantragen, dass ein Redner nur funf Minuten hinter einander sprechen dürfe und Aehnliches; selbst die Consorterie macht er sich damit langweilig. Das italienische Parlament würde ihn wohl gern an das preussische abtreten, in welchem der Köhlerglaube an liberale Kronprinzen, die in England Constitutionalismus gelernt haben, noch nicht überwunden zu sein scheint.

Gallenga bringt die nagelneue Wahrheit zum Vorschein, dass nach dem constitutionellen ABC die Acte des Königs nicht in die parlamentarische Discussion gezogen werden durfen. Ratazzi spricht das nach. Der Zwischenfall zieht sich ziemlich in die Länge. Musolino nimmt Gelegenheit, nach dem Text der Thouvenelschen Depesche vom 16. Juni zu constatiren, dass Victor Emanuel, König von Sardinien, als König von Italien seitens Frankreichs ebenso anerkannt ist, wie die europäischen Mächte die Kaiser von China und Japan in ihren Beziehungen mit denselben als Söhne des Himmels und Brüder des Mondes anzuerkennen gewohnt sind, dass Frankreich dagegen das Königreich Italien nicht anerkannt habe. Um das Königreich Italien anzuerkennen, hätte Napoleon wenigstens so gefällig sein müssen, von Rom wegzugehen. Die bekannten Gründe, aus denen er das angeblich nicht könne, obwohl er selbst es sehnlichst wünschte, verfingen nichts. Man rede von den 200 Millionen Katholiken der Welt, die Napoleon schonen müsse. Aber in der That würden sich diese 200 Millionen wenig darum bekümmern, ob der Papst eine weltliche Macht habe oder nicht. Man brauche, um sich davon zu überzeugen, nur das schöne Heer anzusehen, welches sie ihm 1860 zur Schlacht von Castelfidardo gestellt hätten, — nur den Peterspfennig, welcher selbst nach den höchsten Angaben etwa 8 Centimes auf den Kopf der katholischen Christenheit eingebracht habe. Die katholische Partei in Frankreich, von welcher so viel Aufhebens gemacht werde, sei eine minime Fraction des französischen Volkes, welches seiner grossen Masse nach gunstig fur die Einheit Italiens gestimmt sei. Auch die Nothwendigkeit, die europäischen Mächte zu begütigen, wenn sie im Anfange der italienischen Revolution vorhanden gewesen sein möge, existire nicht mehr. Die Mächte hätten sich längst beruhigt. In Wahrheit setzten sich jetzt nur zwei den berechtigten Wünschen Italiens entgegen, nämlich Oesterreich in Venetien und der Kaiser von Frankreich in Rom, und aus keinem andern Grunde blieben die Franzosen in Rom, als grade aus dem, um die definitive Reconstituirung der Italiener als Nation zu hindern, wie dies die traditionelle französische Politik sei.

Nach allem Gesagten sei der Redner berechtigt anzunehmen, dass Napoleon Rom nie habe verlassen wollen, es nicht wolle und niemals wollen werde.

Ob die Minister als Ehrenmänner behaupten könnten, dass ihnen jemals Napoleon seine Beihulfe zur Einigung ganz Italiens versprochen? Nein! die ganze französische Alliance sei jetzt nichts mehr als eine Selbsttäuschung.

Wenn die Regierung glaube, durch Frankreichs

Hulfe nach Rom zu gelangen, so befinde sie sich im Irrthum; das einzige Mittel nach Rom zu kommen, sei die Bewaffnung, sei, dass man stark werde. Ob er etwa Frankreich den Krieg machen wolle? Nein; aber Frankreich sei gegenüber Italien in einer falschen Position, aus welcher dieses Nutzen ziehen müsse. Indem Frankreich, statt durch Eroberung, vielmehr mit Zustimmung Italiens sich Savoyen und Nizza verschaffte, musste es das Princip der Nichtintervention aufstellen und muss daran festhalten. Dadurch ist es gehindert, Italien offen zu bekämpfen, es kann ihm nur auf Schleichwegen, insgeheim beikommen. Im Angesicht Europas sei Frankreich der Complice Italiens, es habe einen Theil von der Beute erhalten; es könne nicht offen feindlich gegen Italien auftreten.

Hier will Musolino untersuchen, was wohl die französische Armee thun würde, wenn man sie befehligte, gegen Italien zu kämpfen, wird aber vom Präsidenten daran gehindert, der ihn auffordert, „eine verbündete Nation zu respectiren."

Der Redner fährt dann fort: wenn Italien stark und gewaffnet sei, so könne es vernünftig mit Frankreich sprechen, gute Worte, Geld bieten für die Räumung Roms, Alles was man wolle, schliesslich aber, wenn Alles nichts hülfe, eine bewaffnete Promenade mit 40,000 M. nach Rom machen und dort anklopfen; thäten die Franzosen auf, so wäre alles gut; thäten sie nicht auf, nun so müssten die Italiener nehmen, was ihnen gehört und die Franzosen ins Bad nach Civitavecchia schicken. Die Bewaffnung sei für

Italien in jeder Beziehung das erste Bedürfniss. Ueber kurz oder lang stehe ein europäischer Krieg zu erwarten und Italien müsse bereit sein, in diesem eine würdige Rolle zu spielen, wenn es nicht dem Geschick des Besiegten verfallen wolle. Ob die Kammer wohl an den Fall gedacht hätte, dass Pius IX. oder Napoleon stürben, an die muthmasslichen Folgen eines solchen Falles? Wenn Pius IX. stürbe, würde es für Frankreich bei seinem Einflusse leicht sein, die Wahl eines ihm geneigten Papstes durchzusetzen; wenn nun dieser Papst die Reformen gäbe, die man von Pius IX. immer vergebens verlangt hat, deren Verweigerung allein eigentlich die Mächte ihm zum Vorwurf machten; wenn er ausserdem Napoleon den Gefallen thäte, zu dessen Krönung nach Paris zu gehen, würden dann nicht alle die Vorbehalte, die wegen Umbriens, der Marken u. s. w. gemacht worden sind, aufleben und Gestalt gewinnen?

Wenn Napoleon stürbe, so wäre der wahrscheinlichste Fall zunächst eine Regentschaft, und diese würde, dem Papst günstig gesinnt, alle Mittel der grossen französischen Nation in Bewegung setzen, um dem Papste seine ganze weltliche Herrschaft zurückzugeben.

Das seien die Aussichten, darum müsse Italien rüsten und immer wieder rüsten. Wolle die Regierung das, so werde ihr der Redner selbst mehr als 500 Millionen bewilligen; wolle sie es aber nicht, auch nicht einen Heller.

Die Rede Musolinos ist eine der wichtigsten, welche jemals im italienischen Parlament gehalten worden sind, wir haben sie deshalb in einem zwar verhältnissmässig sehr kurzen, aber desto genaueren Auszuge wieder gegeben. Der von Musolino aufgestellte Satz: Napoleon ist zu Rom und bleibt zu Rom, nicht im Interesse Italiens, nicht weil die allgemeine Weltlage ihm augenblicklich verbietet es zu verlassen, — sondern in seinem eigenen Interesse, mit der Absicht, die Herstellung eines starken Italiens zu verhindern, er benutzt die allgemeine Weltlage nur als höchst willkommenen Vorwand, um desto sicherer in Rom zu bleiben, — dieser Satz wird wohl heute von den meisten Leuten in und ausser Italien als richtig anerkannt werden. Aber so unglaublich es klingen mag, so wahr ist es, als Musolino seine vortreffliche Rede hielt, da war das Häuflein, welches seine Einsicht theilte und welches fähig war, von seinen Entwicklungen überzeugt zu werden, ein ungemein kleines, und es bedurfte noch mehr als eines Jahres, es bedurfte der traurigen Erfahrung des „Ereignisses" von Aspromonte mit allen seinen Folgen, um dieses kleine Häuflein zu vergrössern. Wir wollen der Geschichte nicht vorgreifen, aber wir halten es für die Pflicht des Geschichtschreibers, immer wieder an die sogenannten „überwundenen Standpuncte" zu erinnern, von denen doch in gegebenen Momenten thatsächlich sogenannte Staatsmänner die Welt zu beherrschen glaubten. Das Gedächtniss der meisten Menschen ist so kurz, dass sie binnen einem Jahre ganz vergessen, auf welches Evangelium sie vor einem Jahre geschworen haben und ganz erstaunt sind, wenn diejenigen, welche vor einem Jahre schon ihnen die wirkliche Wahrheit vorhielten, sie an diesen unschuldigen Umstand erinnern.

Am 1. Juli redete Ricásoli, um die Kammer zur Bewilligung der Anleihe zu bestimmen; er entrollte vor den entzückten Deputirten ein heiteres Bild von dem Italien, — — welches kommen soll. Die Ordnung der Verwaltung soll ruhen auf dem Grunde der Vertretung aller berechtigten Interessen: die Gemeinde ist der erste und natürliche Verein der Interessen der menschlichen Gesellschaft, sie muss diese frei verwalten. Die Provinz vereinigt die Interessen einer Anzahl von Gemeinden, sie verbindet die wenigen zu vielen. Gemeinde- und Provinzialinteressen lassen sich auf drei Kategorien reduciren: Oeconomie, öffentlicher Unterricht, und öffentliche Wohlthätigkeit. Durch die Vermittlung der Provinzialverwaltungen schliesst jede Gemeinde, jeder Einzelne sich an das grosse Staatsganze an. Wenn die Staatsverwaltung sich das Ziel setzt, das Interesse weniger mit dem Interesse Vieler, das Interesse Vieler mit dem Interesse aller zu versöhnen, so muss, scheint es, der Zweck des Staates erreicht werden: die Staatsregierung wird keine Verwaltungsmaschine sein, sondern ein Mittelpunct weiser schützender Leitung, erleuchtet von den Vorstellungen der Betheiligten, in Schranken gehalten von dem Parlamente mit seiner Vollmacht. Solchergestalt werden die Bürger ihren Heimathsort lieben lernen, sie werden in der Provinz alle Bürgertugenden üben können; diese Institutionen werden auf das politische Leben vorbereiten und die Freiheit sichern.

Die möglichst grösste Decentralisation der Verwaltung, ohne dass die Staatsgewalt in ihrer kräftigen Wirkung beeinträchtigt werde, das ist das Ziel, dem das Ministerium zustrebt. Die Gesetzgebung wird auf dem Boden der Freiheit allmälig die Einheit vollenden. Bereichert mit weisen Gesetzen und Einrichtungen, mit jeder Art von Verkehrsstrassen, mit neuen und erweiterten Häfen, wird der Staat ein neues, kräftiges und gedeihliches Leben führen. Die Völkerschaften, frei und voller Vertrauen, werden sich der Arbeit, der Industrie widmen, werden zu Land und See den alten Handel wieder aufnehmen, alle Elemente jener öconomischen Macht des vom Himmel so reich gesegneten Landes entwickeln. In die Zukunft blickend, kann man sich nur den schönsten Hoffnungen, dem höchsten Vertrauen hingeben. Tausendfach wird Italien die Opfer wieder einbringen, die ihm seine Befreiung gekostet. Aber der Segen des Landes muss geschützt werden. Und zu diesem Zwecke arbeitet die Regierung fleissig an der Bewaffnung der Nation. Die Nationalbewaffnung ist eine Lebensfrage: nicht allein auf den Schutz berechnet, sondern auch auf die Wiedergewinnung der natürlichen Grenzen Italiens. In dieser Beziehung ist die Politik der Regierung das Recht der Nation. Jetzt ist es Sache des Parlaments, der Regierung vertrauensvoll die Mittel zur Vollendung aller ihrer Arbeiten zu gewähren. Einer edlen und starken Nation fehlen auch die Freunde nicht. In der That, wenn man Oesterreich ausnimmt, steht Italien mit allen Mächten auf dem besten Fusse; die italienische Sache ist aller Welt sympathisch und Italien darf auch auf Verbündete rechnen; schon ist das Königreich von England, Frankreich, Schweden, Dänemark, Schweiz und Portugal anerkannt; bald, es steht zu hoffen, werden andere Staaten nachfolgen. Das civilisirte Europa wird Dank dem grossen Princip der Nichtintervention binnen kurzem einig sein in der feierlichen Bekräftigung der italienischen Nationalität und in der Anerkennung des unbestreitbaren Rechtes Italiens, seine Unabhängigkeit zu vervollständigen. Ich habe von Abtretungen reden hören. Erlauben Sie mir, meine Herrn, dass ich mit Entrüstung das Wort und den Gedanken zurückweise. Die Regierung des Königs, ich sage es ein für allemal, kennt keinen Fuss breit Land, den sie abzutreten hätte; sie will keinen abtreten und wird auf keinen Fall einen Fuss breit abtreten. Die Regierung des Königs sieht ein nationales Gebiet, welches sie zu vertheidigen und zurückzuerwerben hat. Sie sieht Rom, sieht Venetien, und an der ewigen Stadt und der Königin der Adria hängen ihre Schmerzen und Wünsche, die Hoffnungen und die Vorsätze der Nation. Die Regierung kennt ihre Aufgabe und wird sie erfüllen. Die Gunst der Umstände, vorbereitet und im Lauf der Zeit gefunden, wird den Weg nach Venetien öffnen. Unterdessen denken wir an Rom. Ja, wir wollen nach Rom gehen; Rom, politisch getrennt vom Reste Italiens, bleibt ein Centrum von Intriguen und Verschwörungen, eine beständige Drohung für die öffentliche Ordnung. Nach Rom zu gehen ist also für die Italiener nicht blos ein Recht, sondern eine unerbittliche Nothwendigkeit. Aber wie sollen wir dahin gehen? Die Regierung des Königs wird sich über diesen Punct mehr als über jeden andern offen und genau aussprechen. Wir wollen nicht nach Rom gehen mit aufrührerischen, unzeitigen, tollkühnen, thörichten Bewegungen, welche alles Gewonnene aufs Spiel setzen und die gethane Arbeit der Nation compromittiren können. Wir wollen im Einverständniss mit Frankreich nach Rom gehen, wie Sie es in der denkwürdigen Sitzung vom 27. März erklärt haben. Wir wollen nach Rom gehen, nicht indem wir zerstören, sondern indem wir aufbauen, indem wir der Kirche den Weg öffnen, sich selbst zu reformiren; indem wir ihr die Freiheit und Unabhängigkeit geben, welche ihr Mittel und Antrieb sein werden, sich zu verjüngen in der Reinheit des religiösen Gefühles, in der Einfachheit der Sitten, in der Strenge der Zucht, welche mit soviel Ehre und Glanz die ersten Zeiten des Papstthums ehrwürdig und ruhmvoll machten, sich zu verjüngen mit dem freien und offenen Aufgeben jener Macht, welche der durchaus geistigen Idee seiner Einrichtung ganz und gar entgegen ist. Die Regierung hält den Weg nicht für leicht, aber sie schöpft das Vertrauen und den Muth, ihn zu betreten aus der Grösse des Werkes selbst und der Kraft des öffentlichen Bewusstseins. Die italienische Revolution ist eine grosse Revolution, weil sie wahrhaft eine neue Aera begründet; sie hat die Aufgabe, die Fundamente nicht bloss der Zukunft Italiens, sondern der ganzen Menschheit zu legen. Die Heiligkeit und Gerechtigkeit unserer Sache, die Klugheit, abzuwarten, die Kühnheit im rechtzeitigen Handeln, die Kühnheit und Ausdauer in Verfolgung der Vorsätze, führten uns bis hieher, und ich vertraue, dass sie uns auch an das Ziel bringen werden."

Unsere Leser werden sich vorstellen können, mit welcher Spannung die Deputirten aller Parteien aufhorchten, als Ricásoli versprach, die Regierung werde sich offen und genau über die römische Frage aussprechen und als er dazu ein Gesicht machte, als werde er nun wirklich ein grosses Geheimniss verrathen. Und obgleich er nun gar nichts, aber auch gar nichts sagte, nichts als abgedroschene Redensarten zum Vorschein brachte, schien dennoch die Mehrheit zu glauben, dass sie etwas Neues erfahren habe. Wie allein, wie einsam aber diejenigen stehen mussten, welche in der Mitte des Jahres 1861 die Ansicht Musolinos theilten, vermag man daraus zu erkennen, dass Ricásoli ohne mitleidiges Gelächter hervorzurufen, einfach sagen konnte, er wolle im Einverständniss mit Frankreich nach Rom gehen, ohne dass er auch nur den kleinsten Versuch für nothwendig hielt, den stark begründeten Ausspruch Musolinos, dieses Predigers in der Wüste, zu widerlegen: das Einverständniss mit Frankreich sei eben nicht zu haben.

Nach der Rede Ricásolis ward der Schluss beschlossen; es kamen daher nur noch Mordini und Crispi, welche in Sachen der sicilianischen Verwaltung unter der Dictatur persönliche Bemerkungen mit dem Ackerbauminister Cordova und mit La Farina auszutauschen hatten, zum Worte. Die Versammlung war schliesslich so ungeduldig geworden, dass sie nicht einmal den Berichterstatter der Commission, Pasini, mehr anhören wollte, und im Sturme mit 242 gegen 14 Stimmen die Anleihe von 500 Millionen, deren Last nach den Ausgabepreisen der Obligationen für die Nation zu 700 Millionen geschätzt ward, votirte.

Gesetzprojecte Ricciardi's über die Einziehung der Güter zur todten Hand und den Pfennig Italiens.

In der Discussion über die Anleihe wird es unsern Lesern aufgefallen sein, dass die Frage, ob das Geld nicht auf eine andere Weise als durch die Anleihe zu beschaffen sei, so wenig, ja eigentlich gar nicht zur Sprache gebracht ward. Sie war aber allerdings auch schon zur Verhandlung gekommen. Es war insbesondere Giuseppe Ricciardi, welcher unermüdlich nach anderen Geldquellen suchte. In der Sitzung vom 18. Mai hatte er Gelegenheit erhalten, einen Gesetzentwurf über die Einziehung der Güter zur todten Hand zu entwickeln. Nach der Aufnahme, sagte er, die sein Project in der Commission gefunden, könne er schliessen, dass die Majorität demselben entgegen sei, dennoch, überzeugt von der Nützlichkeit, wolle er es nicht zurückziehen. Zur Vollendung der Einheit sei Geld nöthig, wie solle man es finden? Durch Anleihen; so z. B. durch die projektirte von 500 Millionen — von welcher wir so eben gehandelt haben, — welche wahrscheinlich zu 75 % werde ausgegeben werden. Wie lange werde der Ertrag dieser Anleihe reichen? für ein Jahr. Und was dann im kommenden, in den künftigen Jahren? Er wolle der

Kammer eine Grube zeigen, aus welcher Schätze gezogen werden könnten. — Und nun zeigte er die Goldgrube der geistlichen Güter; besonders sich auf den Ertrag der süditalischen berufend. Was das Patrimonium Petri betreffe, welches noch nicht Italien gehöre, aber ihm bald gehören werde, so seien die Schätze, welche es in seinen geistlichen Gütern biete, gradezu unberechenbar. Der erste Artikel seines Gesetzentwurfs stelle die beiden grossen Grundsätze der Gewissensfreiheit und der Unabhängigkeit der Kirche vom Staate auf; der zweite beschränke die Zahl der Diöcesen auf ein vernünftiges Maass gegenüber dem jetzt bestehenden unvernünftigen; der dritte setzt den Erzbischöfen 12,000, den Bischöfen 10,000 Franken Jahresgehalt neben der Benutzung der erzbischöflichen und bischöflichen Paläste aus; die Bestimmung des Gehalts der Canonici würde den Municipien überwiesen; alle geistlichen Orden, mit Ausnahme der Benedictiner und der barmherzigen Schwestern, würden aufgehoben, ihre Güter eingezogen, neue Kirchengüter dürften nicht gestiftet werden, die Mönche und Nonnen der aufgehobenen Orden erhielten je eine Monatspension von 60 Franken und können diese verzehren wo sie wollen, auch ausserhalb der aufgehobenen Klöster. Auch die Güter der Armenhäuser wurden eingezogen; von den Gemeinden verwaltet, später verkauft und der Ertrag in Staatsrenten umgewandelt. Aus dem Ertrage der geistlichen Güter würden die abzuschaffenden Stolgebühren gedeckt, ferner Kinderasyle, Volksbibliotheken gegründet, dem Strassenbettel ein

Ende gemacht, dem Volksunterricht die höchstmögliche Entwicklung gegeben. Von manchen Seiten sei verlangt worden, man solle die geistlichen Güter in Sicilien nicht einziehen, weil der Clerus Siciliens sich um die italienische Sache hoch verdient gemacht habe; darauf sei zu erwidern: entweder der sicilianische Clerus ist wahrhaft italienisch, dann wird er das Decret uber die Gütereinziehung mit Beifall begrüssen, oder er ist heuchlerisch, und dann darf man keine Rücksicht auf ihn nehmen. Man fürchte nicht zu sehr, den Clerus aufzuregen! Der Moment sei günstig, excommunicirt sei Italien schon, einen Fuss habe es schon in der Hölle, so möge es denn zu seinem Wohle auch den zweiten hineinsetzen.

Nachdem der Entwurf Ricciardis die erforderliche Unterstützung gefunden, erhob sich dagegen der Minister der Gnaden und Gerechtigkeit, welcher sich allerdings mit den Grundsätzen Ricciardis im Wesentlichen einverstanden erklärte, dagegen den Moment nicht günstig fand und vor dem grossen Umfange der Massregel und den Schwierigkeiten, welche die Ausführung im Gefolge haben werde, zurückschrack. Ebenso sprechen die Sicilianer Drago und Amari gegen das Gesetz. Nach der Verfassung, sagt der letztere, sei das Eigenthum ohne Ausnahme unverletzlich; ebenso ständen freiwillige Vereinigungen unter dem Schutz des Gesetzes, auch wolle er keinen besoldeten Clerus. Die Linke war nicht aufgelegt, grade bei diesem Gesetz eine Lanze zu brechen; nach kurzer Discussion wurde es von einer grossen Majorität verworfen.

Bei dieser Gelegenheit können wir es uns nicht

versagen, einige Daten über den Betrag der geistlichen Güter in Umbrien beizubringen, die uns grade vorliegen. Diese Provinz hat gegen eine halbe Million Einwohner; es befinden sich in ihr 220 Mönchs- und 121 Nonnenklöster, welche von 2388 Mönchen und 2801 Nonnen, also im Ganzen von 5189 Personen bevölkert sind, so dass mehr als ein Prozent der Bevölkerung aus Mönchen oder Nonnen besteht. Wenn man sich dabei zufällig erinnert, dass früherhin der Grundsatz aufgestellt wurde, die Armee eines Staates dürfe nicht über ein Prozent der Bevölkerung betragen, so liegt unwillkürlich der Vergleich dieser geistlichen Armee mit einer militärischen nahe. Der Schatzungswerth der Klostergüter beläuft sich auf mehr als vierzehn Millionen Franken. Dieser Schatzungswerth ist aber schon jetzt, ganz abgesehen davon, was später unter anderer Bebauung aus den Gütern werden kann, nur etwa das Drittel des wirklichen Werthes. Allein an Grundbesitz haben die Klöster 56,567 Hectaren, also ungefähr 220,000 Magdeburger Morgen, also mindestens den 18. Theil der Fläche von ganz Umbrien, und es ist nicht der schlechteste Theil des Bodens, den sie in ihren Besitz gebracht. Wenn man den Morgen nur zu 200 Francs anschlägt, so kommt für den Grundbesitz allein das ungeheure Capital von 44 Millionen Franken heraus. Umbrien hat 15 Erzbischöfe und Bischöfe. Man denke, dass z. B. auf die Bevölkerung Preussens nach diesem Verhältnisse 550 Bischöfe und Erzbischöfe kämen.

In Umbrien giebt es 1581 Mönche und Nonnen

von Bettelorden, welche der Bevölkerung jährlich 588,000 Francs, also etwa 370 Francs auf den Kopf abpressen. In Preussen würden nach dem Verhältniss etwa 60,000 Bettelmönche und Bettelnonnen existiren und eine jährliche Steuer von 22 Millionen Franken erpressen.

In der Sitzung vom 17. Juni entwickelte Ricciardi sein Gesetz über den Pfennig Italiens (danaro d'Italia), ein Seitenstück zum Peterspfennig des Papstes. Wie Garibaldi die thätige Mitwirkung der ganzen waffenfähigen Bevölkerung in dem grossen Kampfe, der Italien bevorstehe, durch sein Bewaffnungsgesetz verlangt habe, so fordere er die Mitwirkung aller Italiener durch eine freiwillige Geldsteuer, um die Finanzkräfte überhaupt zu heben, dann um für die Verwundeten und die Hinterbliebenen der im Kampfe Gefallenen zu sorgen. Viel sei in dieser Versammlung von der Befreiung Roms und Venetiens geredet, aber ohne dass durch irgend einen feierlichen Act den akademischen Reden und arcadischen Tagesordnungen Folge gegeben sei. Einen solchen Act nun wolle der Redner hervorrufen. Zur Vertheidigung seiner Idee viel zu sagen, halte er für überflüssig und wolle sich daher darauf beschränken, einigen Einwürfen entgegenzutreten. Weshalb, sei ihm eingewendet worden, man im Wege der Gesetzgebung etwas hervorrufen wolle, was die Bürger von sich aus thun könnten? Um dadurch, so antworte er, einer Nationalsubscription eine viel höhere Bedeutung und Feierlichkeit zu verleihen, als es geschähe, wenn vereinzelte Bürger die Sache in die Hand nähmen, welche ausserdem Schwierigkeiten finden würden, überall Einschreiblisten aufzulegen, welche mindestens viel grössere Ausgaben schon auf diese Vorbereitung wenden müssten, als es der Fall wäre, wenn die Gemeindebehörden und Finanzbeamten mit der Sache vertraut würden. Welche Summe nun aber, habe man ihn ferner gefragt, er mit seiner Subscription einzubringen hoffe? Darauf erwidere er, man dürfte unmöglich einen kläglichen Ausgang einer solchen, vom Parlament angeregten Sammlung annehmen, nachdem andere ähnliche so gute Resultate gegeben: so z. B. die Sammlung für die hundert Kanonen zur Armirung von Alessandria nicht hundert, sondern hundert und zehn Kanonen, die von Garibaldi angeregte Sammlung für die Million Gewehre zwei Millionen Franken, obwohl nur ein kleiner Theil Italiens daran theilgenommen. Der Redner tritt nun auf Berechnungen über den zu erwartenden Betrag ein. Wenn jeder der 193 Bezirke des Königreichs im Durchschnitte auch nur 100,000 Franken für dieses Jahr aufbrächte, so würde man schon die schöne Summe von mehr als 19 Millionen erlangen; aber selbst wenn man auf das bescheidenste Maass hinabginge und nur annehme, dass jede der 7,706 Gemeinden des Königreichs im Durchschnitt nur 1000 Francs ertrüge, so käme man immer auf fast 8 Millionen Francs. Damit könne man sicherlich schon etwas Grosses beginnen, viele Thränen trocknen; man würde die schönste Anwendung machen von der Tontine, die von einem edlen Italiener, Tonti, ihren Namen erhalten. Jeder junge Mann, der für das Vaterland die Waffen ergriff, würde sicher sein können, dass er verstümmelt nicht dem Elend anheimfiele; die Familie, der ein Mitglied im Kampf für das Vaterland entrissen würde, würde mindestens wegen des materiellen Verlustes gedeckt werden können, der ihr hieraus erwüchse. Zugleich sei nun ein Beschluss der Kammer im Sinne des Vorschlages Ricciardis ein neues und klares Mittel, dass es der Kammer mit dem, was sie so oft gesagt, dass man Rom und Venetien befreien wolle, wirklicher Ernst sei.

Ricciardis Project fand die nothwendige Unterstützung, um zur Verhandlung zu kommen.

La Farina bekämpft den Vorschlag zuerst damit, dass selbst Ricciardi von dessen Ausführung sich nur sehr bescheidene Resultate verspreche und dass das Parlament sich nicht zum Anstifter von Unternehmungen mit so ärmlichem Erfolge machen dürfe; ausserdem sei Italien jetzt in ruhigen Zeiten, wo solche Subscriptionen nie allgemeinen Anklang fänden; alle Bürger seien nur in bewegten Zeiten, wenn alle sich in besonders prägnanter Weise als Glieder eines grossen Ganzen fühlten, zu Opfern bereit.

Ricciardi erhob sich zwar mit grossem Unwillen gegen diese Behauptungen La Farinas, indessen sein Vorschlag ward bei der Abstimmung mit allen gegen nur etwa fünf Stimmen zurückgewiesen.

Von den minder wichtigen finanziellen Fragen, welche in der ersten Session des italienischen Parlamentes zur Verhandlung kamen, müssen wir wenigstens nun noch eine hier berühren, weil sie für die sonderbaren Lagen, die bisweilen Revolutionen herbeiführen, zu charakteristisch ist, als dass wir sie mit Stillschweigen übergehen dürften.

Erleichterung der Rückgängigmachung von Scheinverkäufen aus politischen Gründen.

In den Zeiten unmittelbar vor den grossen Ereignissen, welche fast die ganze Halbinsel mit dem alten Reiche Victor Emanuels vereinigten, hatten in den übrigen Ländern Italiens viele Bürger, welche sich von den damaligen Regierungen mit Confiscationen ihrer Güter und ähnlichen Vermögensentziehungen in Folge ihrer beabsichtigten politischen Handlungen bedroht sahen, mit der Wahrscheinlichkeit nach nicht bedrohten Verwandten und Freunden Scheinverkäufe abgeschlossen unter dem stillschweigenden Vorbehalt, dass sie oder ihre Erben in besseren Zeiten wieder in ihre alten Rechte eintreten sollten.

Auf Grund dieser Scheinverkäufe waren nun aber begreiflicher Weise die Einträge in die Hypothekenbücher und andere öffentliche Register gemacht worden, und als jetzt die italienische Regierung eintrat, die Verkäufer also wieder in ihre Rechte eingesetzt werden konnten, konnte dies doch nur durch förmliche Acte, also z. B. fingirte Rückverkäufe u. s. w. geschehen, auf deren Grund allein die Umänderung der Hypothekenbücher etc. möglich war. Alle solche Acte unterlagen aber nach den Gesetzen bedeutenden Steuern und Taxen verschiedener Art.

Da es nun im höchsten Grade ungerecht gewesen wäre, Leute, welche sich zu Gunsten des eben herbeigeführten neuen Standes der Dinge in der verschiedenartigsten Weise belastet, ja sich der Gefahr ausgesetzt hatten, durch einen nicht erwarteten Verlauf und einen Missbrauch des Vertrauens um ihr Alles gebracht zu werden, für sich und ihre Kinder oder sonstigen Erben, dafür noch durch neue Steuern und Taxen zu bestrafen, indem man sie zwang, Acte, die man als fingirte kannte, als wirkliche rückgängig zu machen, so brachte das Ministerium ein Gesetz ein, dem zufolge alle derartigen Scheinverkäufe unter den einfachsten Formen und nur gegen die Erlegung einer festen Taxe von drei Francs rückgängig gemacht werden konnten.

Dies Gesetz kam, von der Commission nur wenig abgeändert, am 13. April zur Abstimmung. Es ward mit 192 Stimmen gegen eine angenommen. Woher die eine Gegenstimme gekommen sein mag, können wir uns nicht erklären, wenn nicht einfach durch eine Verwechslung der Regeln.

IV.

Die öffentlichen Arbeiten.

Interpellationen wegen Eisenbahnbauten.

In derselben Lage wie betreffs der Finanzen, befinden wir uns in Bezug auf die öffentlichen Arbeiten; auch hier müssen wir auf die Kammerverhandlungen unter dem Ministerium Cavour zurückgreifen, da wir im vorigen Buch, um zusammengehörige Dinge, soweit nur irgend möglich, nicht von einander zu trennen, von den öffentlichen Arbeiten gar nicht geredet haben. Unter den öffentlichen Arbeiten, welche das Königreich Italien beschäftigen mussten, standen die Eisenbahnarbeiten begreiflicher Weise oben an. Hie und da in den Einzelländern, welche nun zum Königreich Italien gehörten, waren Concessionen ertheilt, das Ministerium von Turin hatte mit deren Prüfung und Annahme oder Verwerfung alle Hände voll zu thun. Wie in allen verschiedenen Beziehungen trat auch hier besonders störend der Umstand in den Weg, dass Rom und das Patrimonium Petri noch nicht zum Königreiche Italien gehörten, obwohl allerdings der grössere Theil des ehemaligen Kirchenstaats. Vor der Errichtung des Königreichs Italien waren für die Provinzen des Kirchenstaates Concessionen zu Eisenbahnbauten ertheilt worden und es handelte sich jetzt darum, in wie weit das Königreich Italien in diese überhaupt eintreten konnte.

Schon in der Sitzung vom 11. April hatte der Minister der öffentlichen Arbeiten ein förmliches Bombardement von Interpellationen in Eisenbahnsachen auszuhalten.

Raspori von Ravenna fragte: wie es mit dem Bau der Eisenbahnen in der Romagna stehe, ob der grosse Mires'sche Scandalprocess keinen Rückschlag auf dessen Fortgang üben werde, ob die Regierung die Bahn nach Ravenna (von Imola aus) zu bauen gedenke. Borgatti von Ferrara wollte wissen, ob die Regierung die Bahn von Bologna nach Ferrara oder diejenige von Modena nach Ferrara bauen werde. Cini von Pistoja machte auf die grosse Wichtigkeit der directen Verbindung zwischen Ancona und Livorno aufmerksam und forderte die Ansicht des Ministeriums darüber ab. Massari fragte nach dem Stande der Bauten auf der Bahn des neapolitanischen Littorals, Plotino nach den calabrischen Eisenbahnen.

Peruzzi antwortete: er hoffe, dass der Mires'sche Bankrott keinen grossen Einfluss auf den Fortgang der romagnolischen Eisenbahnen äussern werde; die Compagnie habe sich verpflichtet, die ganzen Eisenbahnen im Kirchenstaat mit dem Jahre 1860 zu vollenden, und zwar zuerst den Zweig von Ancona nach Rom (über Terni) herzustellen. Der Regierung des Königreichs Italien convenire es aber begreiflicher Weise mehr, dass unter den obwaltenden Umständen zuerst der Zweig von Bologna nach Ancona hergestellt werde, sie habe deshalb auch einen Contract abgeschlossen, demgemäss dieser Zweig innerhalb des Jahres 1861 vollendet werden solle, und es scheine, dass die Gesellschaft ihr Versprechen werde halten können. Ein grosses Hinderniss werde ihr aber bereitet durch die Expropriationen, die dort in ganz besonderem Maasse auf Schwierigkeiten und Verzögerungen stiessen, so dass die Regierung es fur dringend erachte, ein besonderes Gesetz daruber einzubringen. Die Apenninen, indem sie Italien in eine östliche und westliche Hälfte theilten, seien ein grosses Hinderniss des Verkehrs, welches allerdings durch viele Eisenbahndurchstiche gewissermassen fortgeräumt werden würde. Bei der Kostbarkeit dieser Arbeiten müsse man sich zunächst in Centralitalien mit einem solchen Durchstich, mit der Ausführung der Verbindung von Bologna (über Vergato) mit Pistoja begnügen; diese Linie werde sehr theuer und auch der Betrieb auf ihr werde sehr kostspielig sein; die Arbeiten an derselben seien sehr verzögert worden durch die vielen Projecte, welche betreffs der Durchstechung der Apenninen in Centralitalien vorgelegen hätten. An die directe Verbindung von Ancona mit Livorno dürfe man für jetzt nicht denken, der Verkehr von Ancona und Livorno müsse vorerst mit dem Umweg über Bologna und Pistoja fürlieb nehmen.

In Bezug auf die neapolitanischen Eisenbahnen versprach Peruzzi das Beste; eine Auskunft über die projectirte Bahnverbindung von Turin mit Savona behielt er sich vor, bis er sich selbst genauere Auskunft darüber verschafft, und auf eine Interpellation wegen des schlechten Zustandes des Hafens von Neapel und der etwaigen Pläne der Regierung für diesen Punct antwortete er, dass das Ministerium sich eben damit beschäftige. Die Eisenbahn von Turin nach Savona ward am 25. April wiederum behandelt. Peruzzi erklärte, dass man in Oberitalien gegenwärtig die Linien von secundärer Wichtigkeit bei Seite lassen müsse, um erst über die grosse Frage des Durchstiches der schweizerischen Alpen, über welche schon so viele Projecte in der Presse besprochen waren, ins Reine zu kommen. Mit Rücksicht darauf, dass die Kammer Sardiniens schon 1857 eine Tagesordnung angenommen hatte, durch welche das Ministerium aufgefordert war, ein Gesetzproject über die Eisenbahn Turin-Savona vorzulegen, ging man jetzt zur einfachen Tagesordnung über. Dasselbe geschah betreffs der Eisenbahn Crema-Cremona-Casalmaggiore.

Der Hafen von Ancona.

Am 2. Mai kam ein Creditverlangen für Bauten im Hafen von Ancona zur Verhandlung. Die päpstliche Regierung hatte natürlich niemals etwas für diesen Hafen gethan, ebenso wenig Franzosen und Oesterreicher während ihrer zeitweiligen Besetzung Anconas. Die ungemeine Wichtigkeit dieses Hafens für jeden Krieg mit Oesterreich, wie auch für den Handel, leuchtete indessen dergestalt ein, dass das Königreich Italien sich allerdings sofort mit ihm beschäftigen musste. Eine Commission hatte den Auftrag gehabt, die Häfen des adriatischen Meeres zu untersuchen, und zunächst ihre Blicke auf Ancona richten müssen; obgleich sie auch andere Häfen wie Bari, Brindisi und den Hafen der Zukunft, den See von Varano nicht ausser Acht gelassen, war doch Ancona wegen seiner nördlicheren Lage, der schon vorhandenen Arbeiten, der vorhandenen Befestigungen für die nächste Zukunft am wichtigsten. Das Creditverlangen der Regierung hatte bereits einer Kammercommission vorgelegen, welche die zunächst vorzunehmenden Arbeiten auf das dringendste einschränkte und vorschlug, einen Credit von 4,164,000 Franken für Ausbaggerung des Hafens, Verlängerung des Molo, Verbreiterung der Banketten und Bau eines Stapels zu bewilligen. Davon wurden auf das Budget von 1861 1,064,000 Franken; auf dasjenige von 1862 1,900,000, auf 1863 900,000, auf 1864 300,000 Franken genommen. Die Kammer nahm den Commissionsvorschlag an.

Vorlagen des Ministers der öffentlichen Arbeiten betreffs der Vervollständigung des italienischen Eisenbahnnetzes.

In der gleichen Sitzung brachte der Minister Gesetzentwürfe ein über Creditverlangen für die Anschaffung von Material zur Ausbaggerung der Häfen, über den Abschluss des Contractes, nach welchem die Eisenbahn von Bologna nach Ancona im Jahre 1861 vollendet werden soll, über die Concession zum Ausbau der Livorneser Eisenbahnen und des Zweiges von Florenz nach Arezzo, ebenso über den Bau

1) der Bahn vom Tronto nach Brindisi, durch die Abbruzzen und Apulien mit zwei Abzweigungen über die Apenninen, wovon die eine durch das Thal des Ofanto, die andere an einer noch zu bestimmenden Stelle;

2) der Bahn vom Tronto nach Ancona;

3) der Bahn von Chiusi (an der toscanisch-umbrischen Grenze) nach Orte an der Tiber, mit deren Vollendung die vollständige Eisenbahnverbindung zwischen Turin und Rom hergestellt würde.

Er zeigte ferner an, dass die Compagnie Adami, welche die Concession für die Eisenbahnen in Sicilien und Calabrien erhalten, 6 Millionen Franken Caution in die Staatscassen niedergelegt habe.

Und nun gab er unter der Voraussetzung, dass die Kammer die von ihm neu eingebrachten Gesetze annehme, eine interessante Uebersicht über den Stand der italienischen Eisenbahnen. Das Königreich Italien wurde danach haben an Eisenbahnen

im Betrieb 1859 Kilometer
im Bau 1704 „
projectirt 2650 „

somit, nachdem alles vollendet wäre, 6213 Kilometer. Die Länge des Königreichs Italien kann man nun vom Simplon über die Südspitze Calabriens bis zur äussersten Westspitze der Insel Sicilien zu 1443 Kilometer annehmen. Nehmen wir indessen 1550 Kilometer, um auch die Insel Sardinien in die Rechnung zu bringen; nehmen wir nun ferner an, dass durchschnittlich zwei Parallelbahnen in der Meridianrichtung, von Norden nach Süden, ganz Italien durchziehen, so würden auf diese beiden Bahnen 3100 Kilometer kommen und es bliebe demnach für die Querbahnen, welche die Meere in der Richtung der Breitengrade verbinden, noch dieselbe Summe übrig. Nun mag man ohne grossen Fehler die mittlere Breite Italiens zu etwa 200 Kilometer annehmen, man erhielte dann etwa 15 Querbahnen, also auf je 100 Kilometer Längenverbindung eine Querverbindung.

Geht man in Specialitäten ein, so stellt sich noch weiter folgendes Resultat heraus:

	Bahnen		
	im Betrieb Kilom.	im Bau Kilom.	Projectirt Kilom.
Piemont	850	382	—
Lombardei	347	209	—
Emilia, Umbr. Mark.	145	561	313
Toscana	375	451	89
Neapel.	142	96	1900
Sicilien.	—	—	400

So geneigt wir nun wären, die in den einzelnen Provinzen schon vorhandenen, im Bau begriffenen oder erst projectirten Eisenbahnen mit der Bevölkerungsmenge zu vergleichen und daraus Schlüsse auf den jetzigen Fortschritt und die künftig zu hoffende Prosperität zu ziehen, gebietet uns doch die Rücksicht auf nothwendige weise Beschränkung die Anstellung derartiger Vergleiche unseren Lesern zu überlassen, und nur eine Bemerkung wollen wir hier einfügen: Preussen baute in jedem der Jahre von 1844 bis 1855 etwa 300 Kilometer Eisenbahnen; Italien darf man, seine grössere Einwohnerzahl berücksichtigt, und wenn man namentlich auch erwägt, dass schon vieles im Bau begriffen ist, 400 Kilometer jährlich zutrauen. Die 4354 Kilometer im Bau begriffener und projectirter Eisenbahnen würden dann spätestens im Jahre 1872 vollendet sein. Für diejenigen von uns, die dann noch leben, wird es höchst interessant sein, das Italien jener fernen Zeit mit dem heutigen zu vergleichen.

Pulverfabriken.

Am 25. Mai bewilligte die Kammer einen Zuschuss zur Einrichtung der Pulverfabrik von Fossano von 1,094,504 Franken. Im Jahre 1857 waren für diese Pulvermühle 1,800,000 Franken bewilligt worden, sie sollte damit für die jährliche Herstellung von 600,000 Kilogramm (12,000 Zollcentner) Pulver eingerichtet werden. Jetzt hatte man den Entwurf erweitert, so dass die Fabrik jährlich 900,000 Kilogramm (18,000 Zollcentner) schaffen könne. Es war ferner im Project, der vortrefflichen ehemaligen neapolitanischen Pulverfabrik von Scafati und einem der beiden Etablissements zu Spilimbergo (im Modenesischen) oder Monte Chiarugolo (im Parmesanischen) den Piemontesischen Zuschnitt zu geben, wonach man dann die Hoffnung hegte, unter Zuhülfenahme der Privatmühlen im Toscanischen das nothwendige Pulver für die italienische Armee herstellen zu können. Obgleich der eben erwähnte Credit auf die Rechnung des Militärbudgets fällt, haben wir doch für angemessen erachtet, ihn hier bei der allgemeinen Besprechung der öffentlichen Arbeiten zu erwähnen.

Eisenbahn Florenz-Arezzo.

Am 10. Juni begann die Verhandlung über die Zustimmung, welche das Ministerium zu seinem Vertrag mit der Compagnie der Livornesischen Eisenbahnen über die Fortsetzung derselben von Florenz nach Arezzo und von dort bis zum Anschluss an die Bahn von Ancona nach Rom von der Kammer verlangte. Das Ministerium hatte angenommen, dass dieser Anschluss in der Gegend von Perugia stattfinden solle, ohne indessen die vorgeschlagenen verschiedenen Linien, denen man von Arezzo ab folgen konnte, genauer studirt zu haben. Die Kammercommission hatte daran Anstoss genommen und demgemäss das Gesetzproject abgeändert. In der Discussion kamen allerdings verschiedene allgemeine Fragen, welche bei Eisenbahnprojecten nicht ausser Acht gelassen werden sollten, zur Sprache, aber auch sehr viele Kirchthurmfragen, welche von dem Gegenstande unnützer Weise ablenkten, wie es wohl zu geschehen pflegt. Ausserdem ward diese Verhandlung durch die Zeit der Constituirung des Ministeriums Ricásoli und am 12. Juni durch die Ankundigung, dass dieses Ministerium constituirt sei, mit all dem zugehörigen Apparat von grossen Redensarten unterbrochen, so dass man erst am 13. Juni zur Abstimmung gelangen konnte. An diesem Tage ward dann der Entwurf der Kammercommission mit 194 Stimmen gegen 18 angenommen.

Ausbaggerung von Häfen, Eisenbahnstation von Turin, Brückenbau, Zellengefängniss zu Sassari.

Am 18. Juni wurden dem Minister der öffentlichen Arbeiten zwei Millionen Francs für Anschaffung von Material zur Ausbaggerung der Häfen auf die Budgets der Jahre 1861 und 1862 bewilligt; ebenso eine nicht bedeutende Mehrausgabe für Canalbauten in Toscana auf Rechnung des Jahres 1860 gutgeheissen.

Am 25. Juni erfolgte dann mit 188 gegen 22 Stimmen die Bewilligung von 2,700,000 Francs für den Bau der Eisenbahnstation der Genueser Bahn zu Turin. Die Bewilligung dieser ungeheuren Summe für einen Bahnhof ward insbesondere von Ricciardi angefochten und dieser zog sich dadurch wieder einmal den Vorwurf des Municipalismus zu. Uns scheint es indessen, dass durch dieses Hineinstecken von grossen Summen — 2,700,000 Francs für einen Bahnhof kann wohl als eine grosse Summe bezeichnet werden, — in die Grenzstadt Turin dieser eine Wichtigkeit beigelegt werde, die sie für ein italienisches

Parlament, das ernstlich nach Rom gehen wollte. nie und nimmer. haben durfte.

Eine Gesellschaft fur den Bau einer Schiffbrücke über den Po bei Cremona erhält nun ausserdem die Concession dazu auf 60 Jahre, mit der Erlaubniss, einen Brückenzoll zu erheben; jedoch mit der Bedingung, dass die Regierung die Concession aufheben könne, sobald bei Cremona eine feste oder Eisenbahnbrücke über den Po geworfen würde. Uns scheint es, dass bei den vielen Geldern, die der Regierung für öffentliche Bauten bewilligt wurden, sie auch wohl eine Schiffbrücke, die nie sehr viel kostet, wenn man vernünftig arbeitet, bei Cremona über den Po werfen konnte, diesen Fluss, der doch wahrhaftig Oberitalien nicht von Centralitalien trennen, sondern im Gegentheil die beiden miteinander verbinden sollte.

Am 1. Juli billigte die Kammer eine Concession zum Bau einer Eisenbahn von Vigevano am Tessin nach Mailand und bewilligte 500,000 Franken Staatszuschuss zur Herstellung einer bequemen Strasse in Genua vom Ladeplatz der Eisenbahn bis zum alten Molo, 400,000 Franken zur Umwandlung des sogenannten Teiches von Tortoli auf der Insel Sardinien in einen Hafen und 1,200,000 Franken behufs Errichtung eines Zellengefängnisses zu Sássari auf der Insel Sardinien.

Die Concession Talabot für die neapolitanischen Eisenbahnen.

Die wichtigste Eisenbahnfrage war diejenige der neapolitanischen Provinzen, welche wir schon einigemal beiläufig erwähnt haben. Unter der Dictatorialregierung war für Sicilien und einen Theil der neapolitanischen Provinzen der Compagnie Adami eine Concession ertheilt worden. Die Concession beruhte auf dem Princip, dass der Bewegungsplan vom Staate und auf dessen Kosten herzustellen sei, während nur die eigentlichen Eisenbahnmaterialien und Arbeiten, Schwellen, Geleise, Locomotiven, Fuhrwerke der Privatindustrie überlassen bleiben sollten. Zur Begründung sagten diejenigen, welche dieses Verfahren verfochten: es stelle auch der Staat die grossen Chausseen her und nur die Wagen, Pferde etc., welche sich auf ihnen bewegten, Waaren und Personen beförderten, seien das Eigenthum von Privaten. Die Preise des öffentlichen Eisenbahnverkehrs sollten zugleich auf diesem Wege auf das Minimum reducirt und so der Verkehr aufs äusserste belebt werden. Das System und die auf dasselbe gegrundete Concession wurden auf das heftigste, insbesondere von der Banquierpartei angegriffen; und auch die Turiner Regierung trat sofort, wie gegen Alles, was von der Dictatur ausgegangen, feindselig gegen die erwähnte Concession auf. Als Vorwand, dieselbe für sich nur als Grundlage zu betrachten, ohne irgend eine bindende Verpflichtung zu ihrer Ausführung anzuerkennen, benutzte das Ministerium Cavour den Umstand, dass in Bezug auf einen Theil der Adami bewilligten Eisenbahnen zwar nicht ältere Contracte, wie behauptet ward, aber ältere Versprechungen aus der Bourbonenzeit an eine Compagnie de la Hante vorhanden waren. Am 12. Mai schloss nun das Ministerium einen Concessionsvertrag für den Haupttheil der neapolitanischen Eisenbahnen mit der französischen Compagnie Talabot, die sich mit der Besitzerin der älteren Versprechungen fusionirt hatte, ab. Die wichtigsten Bedingungen dieses Vertrages, der vom 2. Juli ab in der Deputirtenkammer zur Berathung kam, mussen wir hier wenigstens aufzeichnen.

Die Compagnie Talabot übernimmt danach die Linien

1) von Ancona uber Termoli (am adriatischen Meer), Foggia, Barletta, Bari, Brindisi, nach Otranto, — mit einer Zweigbahn nach Tarent;

2) von Foggia uber Ascoli (in der Capitanata) und Eboli (im diesseitigen Principat) nach Salerno im Anschluss an die Linie Salerno-Neapel;

3) von Ceprano (an der Grenze des Patrimoniums Petri, Anschluss an die Linie Rom-Neapel) über Sora, Celano, Sulmona und Popoli) nach Pescara.

Die Dauer der Concession ist 99 Jahre, vom 1. Januar 1868 ab; der Staat übernimmt während der ganzen Dauer der Concession die Zinsgarantie bis auf 6 Procent und die Garantie der Amortisation des ganzen verwendeten Capitals zu 2 Procent. Es mussen von der Gesellschaft vollendet werden die Linien:

1) vom Tronto bis Ascoli (in der Capitanata) und von Salerno nach Eboli am 1. Januar 1863;

2) von Ascoli bis Eboli zum 1. Juli 1864; jedoch mit Ausnahme des Tunnels von Conza (im jenseitigen Principat), der erst bis zum 1. Januar 1865 herzustellen ist;

3) von Foggia nach Barletta bis 1. Jan. 1864;
4) von Barletta nach Bari bis 1. Juli 1864;
5) von Bari nach Brindisi bis 1. Jan. 1865;
6) von Brindisi nach Otranto bis 1. Juli 1865;
7) des Zweiges nach Tarent bis 1. Jan. 1866;
8) von Ceprano nach Pescara fünf Jahre nach der gesetzlichen Feststellung der Convention.

Den Bau der Linie von Ancona nach S. Benedetto am Tronto behielt sich die Regierung selbst mit der Bestimmung vor, dass er am 1. Januar 1863 vollendet sein solle. Die Regierung verpflichtete sich, der Gesellschaft Talabot in sechs vierteljährlichen Raten von je fünf Millionen zusammen dreissig Millionen Franken unter dem Titel einer zeitweisen Subvention zu liefern, jedoch unter der Bedingung, dass die Compagnie in jedem solchen vierteljährlichen Zeitabschnitt aus ihrem Eignen mindestens das Doppelte, also zehn Millionen aufgewendet habe. Die Compagnie Talabot zahlt dem Staat diese dreissig Millionen Subvention und die Kosten der Linie von Ancona nach S. Benedetto am Tronto, sammt den für diese beiden Titel aufgelaufenen Zinsen zu 6 Procent berechnet zurück. Wenn die Linien von S. Benedetto am Tronto bis Ascoli (in der Capitanata) und von Salerno nach Eboli in der stipulirten Zeit wirklich vollendet werden, so erhält die Compagnie Talabot eine Gratification von 3 Millionen Franken vom Staate. Tritt eine Verzögerung ein, so zahlt die Compagnie für jeden Monat Verzögerung eine Busse von einer Million Francs. Sie stellt eine Caution von drei Millionen. Der Tarif wird nach den Grundsätzen des Transportreglements für die centralitalischen Bahnen vom 8. Juli 1860 festgestellt. In Zeiten der Theurung behält die Regierung sich eine Ermässigung des Tarifs bis auf die Hälfte des Maximums für die Beförderung von Lebensmitteln vor. Soldaten und Gefangene werden zu ermässigten Preisen, Briefe, Depeschen etc. umsonst befördert. Soviel möglich wählt die Gesellschaft ihre Angestellten aus Bürgern des Königreichs Italien, nur für die höheren Stellen und für Aemter, welche Specialkenntnisse erfordern, darf von dieser Regel abgewichen werden. Die Posten für den Betrieb sollen bei sonst gleichen Umständen insbesondere entlassenen Militärs gegeben werden; mindestens ist solchen aber ein Drittel aller Stellen im Betriebsdienst zu reserviren.

Dies die wesentlichsten Bestimmungen des Vertrages. Derselbe erregte im Neapolitanischen grosse Unzufriedenheit, vielleicht um so mehr, als man im Voraus bestimmt wusste, dass die ministerielle Kammermajorität ihn ohne weiteres billigen werde.

Als er am 2. Juli in der Kammer zur Verhandlung kommen sollte, hatte man es zuerst mit einem Protest der Compagnie Adami zu thun, welche die Priorität der Behandlung für die sicilianischen und die ihr zu überlassenden Theile der Bahnen des neapolitanischen Continents verlangte. Hieraus ward eine Präjudicialfrage gemacht und ebenso aus dem Vorbehalt der Regierung wegen der Linie von Ancona nach S. Benedetto am Tronto. Peruzzi sagte, man solle keine Schwierigkeiten schaffen; die Eisenbahnen im Neapolitanischen seien ein dringendes Bedurfniss, eine politische Nothwendigkeit; die Convention mit der Compagnie Talabot gebe diese Eisenbahnen in der kürzesten Frist, und, wenn man mit ihrer Annahme andere Rechte verletze, nun so handle es sich höchstens darum, dass Italien eine Indemnität von einigen Millionen bezahle. Es sei aber besser für Italien, diese kleine Busse zu zahlen und den neapolitanischen Provinzen schnell die nothwendigen Eisenbahnen zu geben, als hierin eine Verzögerung eintreten zu lassen und die Busse zu sparen.

Diese Mahnung wirkte nun trotz aller Einreden und die Präjudicialfragen wurden beseitigt. Die Kammer trat in die Discussion über die Concession Talabot ein, welche von ihrer Commission ein wenig bestimmter gefasst worden war.

Der Deputirte Levi von Borghetto griff die Concession scharf und mit Sachkenntniss als höchst oneros für den Staat an. Brunet von Cuneo sagte, er würde gewiss für die Concession stimmen, wenn er überzeugt wäre, dass die Voraussetzung des Ministeriums zuträfe, dass man nämlich von der Gesellschaft Talabot in kürzester Frist neapolitanische Eisenbahnen haben würde; aber er glaube nicht daran. Er wies auf die Concession für die ligurischen Eisenbahnen hin und stellte Vergleiche an. Valerio und Conforti sprachen für die Concession, der letztere wendete sich insbesondere wider den Angriff der Gegner, dass man einer fremden französischen Börsengaunercompagnie eine so gewaltige Concession ertheile, in dieser Weise einen französischen Staat im italienischen Staate gründe. Er sagte, er wünsche, dass alles Capital Europas nach Italien ströme.

Wir unsererseits glauben, dass man denn doch nicht so leichtsinnig über die Einwürfe dieser Art hinweg gehen durfe, wie Conforti es that. Wenn man sich die Resultate der Theorie des *Laissez aller* bei Licht besieht, kann man beim besten Willen nicht ausserordentlich erbaut davon sein. Freiheit und Willkür sind allerdings verschiedene Begriffe, und wenn der Staat nichts weiter vermag, als dass er den Starken die Ausbeutung der Schwachen garantirt, so werden, wie es uns scheint, die Massen beim jetzigen Gange der Dinge bald auf den Gedanken kommen, dass eine solche Sorte von Staat durchaus nicht nothwendig sei, dass man entweder gar keinen oder einen andern Staat braucht.

Susani von Sondrio, einer der entschiedensten und unterrichtetsten Gegner der Concession Talabot, schätzte das ganze dieser Compagnie nothwendige Capital auf etwa 300 Millionen und meinte, dass davon sehr wenig vom Auslande herkommen würde, dass nur der beträchtliche Gewinn dorthin gehen würde; im Neapolitanischen sei die öffentliche Meinung gegen die Compagnie Talabot, wie man das schon aus der Taktik der Freunde der Compagnie sehe, welche jeden, der gegen Talabot rede, des Bourbonismus oder Socialismus verdächtigten. Susani schlägt vor, der Staat solle sich selbst an die Stelle der Compagnie Talabot setzen; man erlange dann mindestens die Sicherheit, dass die Bahnen wirklich gebaut würden, welche man mit der Compagnie Talabot noch gar nicht habe.

Peruzzi vertheidigte die Concession insbesondere gegen die Angriffe Susanis. Der Staat könne das grosse Bahnnetz, dessen Nothwendigkeit doch anerkannt sei, nicht bauen. Es fehle in Italien noch an einer genügenden Zahl von Ingenieuren für den Eisenbahnbau; die wenigen im Norden und im Centrum seien mit Arbeiten überhäuft, die Ingenieure in den Südprovinzen seien ganz unerfahren im Eisenbahnbau. Wenn man verlange, dass das Bahn- und Betriebsmaterial in Italien selbst beschafft werden solle, so würde dies allerdings sehr wünschenswerth sein, aber es sei unmöglich. Die Industrie Italiens würde sich erst in Folge der grossen Eisenbahnbauten entwickeln, gegenwärtig aber sei sie noch nicht so weit. Man solle die Fremden nicht mit Misstrauen empfangen, welche Capital und Kenntniss nach Italien brächten. Peruzzi bekämpft darauf die Besorgniss, als könnte die Compagnie Talabot ohne Weiteres ihre Arbeiten einstellen, nachdem sie dieselben begonnen, und so Italien ohne Bahnen lassen. Wenn sie es aber thäte, so würden doch immer die Anfänge der Bauten vorhanden sein und der Staat könne dieselben immer noch fortsetzen. Nach den früher von uns gemachten Angaben und auf Grund der Zeitbestimmungen des Contractes, die wir angeführt haben, berechnet Peruzzi, dass Italien binnen zwei Jahren 1500 Kilometer Bahnen baue. Wir werden später sehen, inwieweit diese Hoffnung erfüllt wurde. Wir haben, wie der Leser sich erinnert, weiter oben angenommen, dass Italien im Jahre etwa 400 Kilometer bauen werde.

Nach den Berichten S. Martinos, fährt Peruzzi fort, würde der Bau der Eisenbahnen im Neapolitanischen den besten Eindruck machen; sobald die Convention von der Kammer gebilligt sei, würden 40,000 Arbeiter angestellt und beschäftigt werden, denen man anders Almosen geben müsse. Wenn auch nicht alle Gegner der Convention Talabot Bourbonisten wären, so stehe es doch allerdings fest, dass eine Anzahl der Petitionen gegen die Convention Talabot von Bourbonisten ausgegangen, von Rom her angeregt sei, wo man nicht wunsche, dass das Königreich Italien den Wohlstand der Sudprovinzen hebe. Wenn das Hauptnetz der italienischen Eisenbahnen, mit dem die Kammer sich in der gegenwärtigen Session beschäftigt habe und noch beschäftigen werde, festgesetzt sei, so werde die Reihe an die secundären Linien kommen. Ehe man diese aber in Angriff nehme, werde man zuerst suchen, den Staatscredit auf sichere Grundlagen zu bringen. Nur mit zwei Arbeiten werde man allerdings nicht solange zuwarten: nämlich erstens mit dem Durchstich der Schweizeralpen, um das italienische Bahnnetz mit dem süddeutschen in directe Verbindung zu bringen, und zweitens mit dem Bahnnetz der bisher so vernachlässigten Insel Sardinien.

Die Gegner der Compagnie Talabot gaben sich noch keineswegs zufrieden, so dass die Discussion bisweilen einen sehr unruhigen Gharacter annahm; indessen ward am 4. Juli die Convention mit einigen unbedeutenden Abänderungen, mit denen die Compagnie sich bereits im Voraus einverstanden erklärt hatte, mit 215 gegen 19 Stimmen gebilligt.

Concession Adami für die calabrisch-sicilischen Bahnen. Andere Bahnen. Brückenbau. Arsenal von Spezzia.

In der Sitzung vom 13. Juli ward dann ferner die

Convention mit der Compagnie Adami mit 218 gegen 12 Stimmen gutgeheissen, laut welcher dieser Compagnie die Linien von Tarent nach Reggio in Calabrien, durch die Basilicata und ganz Calabrien, ferner von Messina über Catania nach Syracus, und von Catania durchs Innere der Insel nach Palermo mit Zweigbahn nach Girgenti zufielen.

Am 8. Juli billigte die Kammer den Vertrag, wonach die Gesellschaft der römischen Eisenbahnen die Strecke von Bologna nach Ancona, mit der Zweigbahn von Imola nach Ravenna baut, ferner den Betrieb der Bahn von Ceprano nach Neapel mit der Abzweigung auf Sarno und Sanseverino übernimmt, — sowie derselbe von der Commission empfohlen worden war.

Am 10. Juli erhielt die Gemeinde Casalmaggiore die Concession zum Bau einer Schiffbrücke über den Po; ferner wurden 249,000 Franken zum Bau einer Staatsstrasse von Bobbio bis zur grossen Postrasse bei Piacenza bewilligt und der Regierung Vollmacht zur Concession einer Eisenbahn von Brescia über Pizzighetone nach Pavia ertheilt, ebenso für die Eisenbahn von Turin über Carmagnola nach Savona, von welcher schon einmal die Rede gewesen ist. Am 12. Juli kam dann die Concession für die Linie von Ancona nach S. Benedetto am Tronto zur Sprache, welche sich die Regierung gegenüber der Compagnie Talabot vorbehalten hatte und nun der Gesellschaft van der Elst überliess.

Am 15. Juli wurden der Regierung 36 Millionen Franken für den Bau eines Seearsenales zu Spezzia, vertheilt auf die sechs Jahre von 1861 bis 1866 bewilligt. Anfangs erhob sich eine Opposition, insbesondere von Seiten Ricciardis; indessen die Aufklärungen, welche der Admiral Persano gab, beseitigten sehr bald diese Opposition. Persano trat namentlich dem ziemlich verbreiteten Irrthum entgegen, als ob die italienische Marine der österreichischen dreifach überlegen sei. Er erklärte, dass es sich nicht so verhalte, da es in der Kriegsmarine nicht blos auf die Zahl der Schiffe, sondern noch auf einige andere Dinge ankomme. Die verlangten 36 Millionen wurden der Regierung mit 210 gegen nur 7 Stimmen bewilligt. Wir werden bald Gelegenheit haben, etwas genauer auf die Verhältnisse der italienischen Kriegsmarine einzutreten.

Am gleichen Tage ward auch noch die Concession für den Bau der Tiberbahn von Chiusi nach Orte gutgeheissen.

Da wir in diesem Capitel soviel mit Eisenbahnen zu thun gehabt haben, wird es unsern Lesern nicht uninteressant sein, die Preise für Eisenbahnbetriebsmaterial und Baumaterial hier notirt zu finden, welche man in Italien im Jahre 1861 annahm Man rechnete nach Herstellung des Planums und sämmtlicher Kunstbauten für Beschaffung, Verlegung u. s. w. der Schienen und Schwellen, also für den Bau der eigentlichen Eisenbahn 120,000 Francs auf den Kilometer, man bezahlte ferner die Locomotiven (ohne Tender) von 60,000 bis zu 110.000 Francs, die Wagen je nach Bestimmung und Classe von 4,700 bis zu 10,000 Fr. und rechnete für Locomotiven, Tender und Wagen aller Art eine Ausgabe von durchschnittlich 45,000 Fr. für den Kilometer Bahnlänge.

V.

Der öffentliche Unterricht.

Interpellationen an den Unterrichtsminister.

Am 11. April 1861 interpellirte der Deputirte Alfieri den Unterrichtsminister über den Zustand des öffentlichen Unterrichts. Das Königreich Italien, sagte er, habe jetzt 20 Universitäten und nach der Erwerbung Roms und Venetiens werde es 22 haben, da Rom und Padua hinzuträten. Es seien an den 20 Universitäten etwa 1200 Lehrstühle; die Regierung habe diese zu überwachen; ob man tüchtige und passende Kräfte dafür fände? Das alte Sardinien habe nur vier Universitäten gehabt und, was die Wahl der Professoren betraf, habe es diese nicht blos aus seinen eigenen Provinzen, sondern aus der Emigration von ganz Italien nehmen können. Jetzt müssten sich offenbar viel grössere Schwierigkeiten finden und aus diesen erkläre es sich vielleicht, dass man Leute als Professoren anstelle, welche die Gesinnungen der Regierung nicht theilten. Er wünsche zu wissen, welches die Ansichten des Ministers über den öffentlichen Unterricht und namentlich über die Freiheit des Unterrichtes seien.

Der Abgeordnete Tommasi bemerkte zunächst, dass die Freiheit des Unterrichts für jetzt genügend sei;

auf eine grössere Freiheit müsse man Italien erst vorbereiten, indem man den Geist der Wissenschaft hinreichend verbreite, indem man dem Gedanken die völlige Freiheit lasse. Die erste Sorge für Italien müsse gegenwärtig der Volksunterricht sein, der höhere Unterricht komme erst hernach in Betracht. Der Universitäten seien allerdings zu viele und es sei daher schwer, alle Lehrstühle tüchtig zu besetzen. Man musse sich zuerst eine ordentliche Reserve von Lehrern bilden und durch Unterstützungen dafür Sorge tragen, dass passende Jünglinge an den besten Universitäten Deutschlands, Englands und Frankreichs studirten.

De Sanctis sagte: die Maschine des öffentlichen Unterrichts ginge nicht — wegen zu grossen Ueberflusses an Rädern. Jede Reform sei auch unmöglich, so lange man nicht die Maschine vereinfache und sie dadurch beweglicher mache. Es existirten auf dem Ministerium des öffentlichen Unterrichts eine solche Masse von Reglementen und Circularen, dass es auch dem geduldigsten Menschen nicht möglich sei, sich dahineinzuarbeiten, wenn er nicht unter diesen Papieren aufgewachsen sei. So bleibe die Kenntniss dieser Scharteken ein Privilegium weniger, die sich damit unnützer Weise wichtig und unentbehrlich machten. Mit Wichtigkeit behandelt und reglementarisch bestimmt würde die Einfassung eines Diplomes; zu den Prüfungen müssten die Aufgaben von dem General-Inspectorat des öffentlichen Unterrichts von Turin versendet werden, aus einem nichtigen Misstrauen gegen die Professoren, aus der eingewurzelten Neigung, Alles unsinniger Weise von einem Centrum aus leiten zu wollen. Dieses falsche System werde von Sardinien aus über alle Länder verbreitet, die durch Annexion zum Königreich Italien vereinigt wurden.

Unsere Leser sehen, es ist überall und in allen Fächern dieselbe Klage. Aber wie sollen wir es nun begreifen, dass dieselben Leute, die in ihrem speciellen Fache den ganzen Schaden fühlen, im Allgemeinen immer der piemontisirenden Unification, dieser centralisirenden überstürzten Gesetzmacherei das Wort reden, statt im Verwaltungswege auf eine tüchtige Benutzung des Vorhandenen hinzuwirken und die Regelung von wahrhaft italienischen — nicht piemontesischen — Gesetzen allmälig zu erwarten?

De Sanctis erkannte an, dass ein italienisches Gesetz über den öffentlichen Unterricht nothwendig sei, es seien ihm für ein solches viele schätzbare Materialien von seinem Vorgänger hinterlassen worden, von Mamiani; er werde dieselben mit dem grössten Eifer vervollständigen, um das einheitliche und wahrhaft nothwendige Gesetz einbringen zu können; indessen eingebracht sei das Gesetz noch nicht Gesetz; die Gesetzgebung arbeite wahrscheinlich mehrere Jahre daran, bis es ins Leben treten könne. So lange werde er von dem alten Unterrichtsgesetz das Gute in ihm erhalten und zur Anwendung bringen.

Seine hauptsächlichste Sorge werde er dem Volksunterricht zuwenden; er werde nicht eher ruhen, als bis alle Italiener lesen und schreiben könnten; die Feindseligkeit gegen das Königreich Italien in den Südprovinzen habe nur darin ihren Grund, dass die Feinde der Freiheit mit ihrem Wissen die Unwissenheit der Massen ausbeuteten. Er habe neuerdings zwei Lehrer nach dem Suden geschickt, um in der Methode zu unterrichten; die betreffenden Schulen hätten bereits 300 Schuler, und dies scheine ihm ein gutes Zeichen. Die Wiedergeburt Italiens müsse nicht blos eine politische, sondern auch eine geistige, wissenschaftliche sein, so dass Italien der Welt wieder werde, was es ihr vor 5 Jahrhunderten gewesen.

Die Freiheit des Unterrichts.

De Sanctis erklärte sich darauf für vollständige Freiheit des Unterrichtes; in der Freiheit liege die höchste Kraft und mit ihr könne man auch die zeitweiligen Nachtheile in den Kauf nehmen.

Alfieri wollte noch eine Tagesordnung einbringen, wonach die 20 gegenwärtigen Universitäten auf sieben zu reduciren wären, zog sie indessen auf mehrseitig ausgesprochene Wünsche zuruck.

Vor allem andern, was wir unsererseits über den öffentlichen Unterricht zu sagen haben, müssen wir uns über den Missbrauch aussprechen, der unseres Erachtens grade in diesem Fache mit dem Worte Freiheit getrieben wird, einem Worte, welches so edel und gross ist, dass es am wenigsten gemissbraucht werden sollte.

Was ist Freiheit, namentlich in Uebergangszeiten?

Man proclamirt auf einmal Freiheit des Handels und der Gewerbe. Aber was ist diese Freiheit? Man hat Capitalien gross gezogen unter der Herrschaft der

Unfreiheit, man hat einseitig einzelnen Classen die Herrschaft in der Fabrication und dem Gewerbe verschafft, — man hat dagegen den andern Classen unter der Herrschaft der Unfreiheit alle Fähigkeiten fur den Betrieb von Handel und Gewerbe genommen und nun proclamirt man auf einmal die vollständige Freiheit; und man denkt Wunder was man damit thut. Was thut man denn aber anders, als dass man vollends denen, die unter den früheren Zuständen die Waffen in die Hand bekommen, nun auch diejenigen völlig schutzlos in die Hand liefert, welchen früher die Waffen systematisch entwunden wurden.

Man proclamirt das Waffenrecht aller Bürger, das Recht aller Bürger, Waffen zu tragen und sich in den Waffen zu üben. Aber man conservirt dabei eine vollständig organisirte Armee, die man in den Händen einzelner Menschen, Familien, Classen lässt, und wäscht sich die Hände in Unschuld, wenn die andern Classen des Volks, denen man freilich die Freiheit, aber kein Mittel gegeben hat, sich wirklich zu bewaffnen und zu üben, trotz der gerühmten Freiheit wehrlos bleiben!

Aber der grösste Unsinn ist es doch um die Freiheit beim Unterricht in einem katholischen Staat mit einer grossen Geistlichkeit.

Wie? man hat einer zahlreichen Classe von Leuten in Jahrhunderten alle Fähigkeit in die Hand gegeben, sich nur geistig zu beschäftigen und geistig zu bilden, man hat auf alle Weise diese Classe unabhängig gemacht von der täglichen Sorge des Lebens, man hat dazu nicht blos die Mittel der Privaten verwenden lassen, sondern auch allen Schutz des Staates gewährt, — man hat darüber jede Bildung der Masse des übrigen Volks versäumt, man hat jener begünstigten Classe von Staatswegen allen Einfluss auf die Gewissen und auf den Geist der Massen verschafft. Die begünstigte Classe, der Clerus steht ausserhalb des Staats und man wagt nicht, diese extraterritoriale Stellung radical anzutasten, und nun erklärt der Staat, welcher sich eben von den Banden des Papstthums frei machen will, Freiheit des Unterrichts zu seinem Princip? Unsinn über Unsinn! Die Freiheit des Unterrichts wird die höchste Unfreiheit sein. Denn die geistig bewaffnete Macht des Clerus wird den Unterricht, — nach allen Naturgesetzen, — wenn man ihr nicht die gewaltige Macht des Staates entgegenstellt, überwältigend in ihre Gewalt bekommen.

Aber thun wir doch getrost einen Schritt weiter! Denken wir uns den freien Staat der Zukunft hergestellt, an dem jeder Bürger ein Interesse hat; es ist ein tüchtig organisirter Unterricht vorhanden, dessen jeder geniessen kann, durch den er nun fähig wird, die grossen und allgemeinen Interessen zu verstehen, die Presse ist frei, weder durch besondere Pressstrafgesetze, noch durch Cautionen und Stempelsteuern beengt, es giebt ein wirkliches Vereinsrecht, — über jede Frage und in jeder Art also kann man sich verständigen; die Einsicht, die auf diese Weise gewonnen ist, kann nun jeder vermöge eines frei und vernunftig zu übenden Wahlrechtes ausnutzen. Alle unsere Ideale sind Wirklichkeit geworden. — Und — der freie Unterricht bleibt grade noch Unsinn.

Ist es denn der Einzelne, der über die Staatsinteressen und über das Wohl des einzelnen Bürgers zu bestimmen hat? Uns scheint es grade, dass dies, diese Willkür des Einzelnen beseitigt werden müsse. Freiheit des Unterrichts wird aber so verstanden, dass jeder Schulen gründen kann, der da will, dass es folglich auch jeder unterlassen kann, dass jeder seine Kinder in die Schule schicken kann, der Lust und Gelegenheit dazu hat, und jeder sie aus der Schule heraushalten kann, der sie nicht hineinschicken will. Dass aber die jungen Bürger unterrichtet werden, das liegt im Interesse des Ganzen und das Ganze kann es unseres Erachtens gar nicht dem einzelnen Vater überlassen, ob er sein Kind will unterrichten lassen oder nicht. Die Verpflichtung zum Schulbesuch muss eintreten. Wenn diese aber der Staat auferlegt, so muss er auch für Schulen sorgen, damit die Einzelnen ihrer Pflicht nachkommen können. Es ist nun auch ferner für das Ganze nicht im mindesten gleichgültig, wie die Einzelnen unterrichtet werden, und daraus folgt, dass der Staat sich eine Oberaufsicht über den Unterricht vorbehalten muss. Dass diese nicht in Lächerlichkeiten ausarten darf, wie De Sanctis ihrer erwähnte, versteht sich von selbst. Es scheint uns aber durchaus nicht nothwendig, dass sie in solche ausarte. Denn so wenig von der Freiheit des Unterrichtes in einem wohlbestellten Staate die Rede sein kann, ebenso heilig muss die Freiheit der Wissenschaft gehalten werden. Viele Staatsbetrüger, die sehr selbstbewusst auch mit dem „freien“ Unterricht für Sonderinteressen zu wirken gedenken, lieben es, die Begriffe von Freiheit des Unterrichts und Freiheit der Wissenschaft durcheinander zu mengen, weil sie wissen, dass fur die letztere jeder vernunftige Mensch stimmen muss, und um solchergestalt nun auch ihre Sorte von Freiheit des Unterrichts in den Staat einschmuggeln zu können.

Der Volksunterricht in Italien.

Mit Recht sagte der Unterrichtsminister, dass er den Volksunterricht als die Basis des gesammten Unterrichtes betrachte und dass er seine Aufmerksamkeit daher vorerst hauptsächlich diesem zuwenden werde. Nur durch die Ausbreitung des Volksunterrichtes kann dahin gewirkt werden, dass alle Burger sich zu dem Grade innerer Freiheit erheben, um wirksam am Interesse des Staatsganzen mitarbeiten zu können, — und je grösser in einer Nation die Masse der Unterrichteten, desto höher steigt die Bluthe der Einsicht bei den bevorzugten Einzelnen, desto unmöglicher wird es, die Freiheit der Wissenschaft und damit die politische Freiheit des Volkes anzutasten.

Fur den Volksunterricht war nun aber in Italien, damit man das Recht habe von einem solchen uberhaupt zu reden, noch sehr Vieles, ja in einem grossen Theil der Provinzen so gut als Alles zu thun. Am weitesten war der Volksunterricht vorgeschritten in Piemont, Lombardei und Toscana. Dennoch sah es auch hier wenig tröstlich aus. Seit 1848 war in Piemont, wo vor diesem Jahre kaum im dritten Theil der Gemeinden Elementarknabenschulen, und Mädchenschulen fast gar nicht bestanden, sehr viel geschehen. Im Jahre 1856 gab es in Piemont 5672 Elementarschulen für Knaben, 2833 fur Mädchen und nur 145 Gemeinden waren ohne Knabenschulen, 1151 ohne Mädchenschulen. Von 17,705 Recruten konnten aber 1857 9096, also über die Hälfte weder lesen noch schreiben. Diese Verhältnisse sind ganz golden, wenn wir sie mit denjenigen in den Provinzen des neapolitanischen Festlandes vergleichen, über welche uns nähere Notizen vorliegen.

Nach den alten neapolitanischen Schulgesetzen hätten an 3094 Orten, Gemeinden und Theilen von Gemeinden, Elementarschulen sein sollen. In 1084 dieser Orte fehlte aber jeder Unterricht, in 920 war nur für Knaben, nicht für Mädchen gesorgt, in 91 nur für Mädchen und nicht für Knaben und nur an 999 Orten war ein Elementarunterricht für Knaben und Mädchen vorhanden. Rechnet man nach politischen Gemeinden, so haben deren die neapolitanischen Festlandsprovinzen 1845, und in 846 dieser Gemeinden fehlte entweder der Elementarunterricht gänzlich oder es war nur für Knaben oder nur für Mädchen Unterricht vorhanden.

Die Gesammtzahl der vorhandenen Schulen belief sich auf 2916 und besucht waren dieselben von 39,884 Knaben und 27,547 Mädchen, also im Ganzen von 67,431 Kindern.

Rechnet man das schulpflichtige Alter von 6 bis zu 14 Jahren, so belief sich die Zahl der schulpflichtigen Kinder im Neapolitanischen auf ungefähr 1,300,000. In sehr günstigen Fällen, wie sie in Neapel nicht anzunehmen sind, geniesst etwa der zehnte bis zwölfte Theil der eben erwähnten Zahl höheren Unterricht theils durch Privatstunden, theils auf Universitäten,

Academieen, Gymnasien. Schlagen wir für Neapel von den 1,300,000 überhaupt im schulpflichtigen Alter befindlichen Kindern 100,000 ab, die den Vortheil des höheren Unterrichts genossen, so bleiben noch 1,200,000, aus denen durch den Elementarunterricht etwas gemacht werden musste. Es ergiebt sich also, dass nur etwa der achtzehnte Theil der vorhandenen Kinder, die der Wohlthat des Elementarunterrichts theilhaftig sein sollten, derselben wirklich geniesst. Und wie wird nun dieser Elementarunterricht beschaffen sein? Wir glauben, auch der fernerstehende Leser wird sich einen Begriff davon machen, wenn wir anführen, was für ihn den Lehrern bezahlt wird. Die Zahl der Lehrer und Lehrerinnen betrug 3171.

An die Lehrer	wurden bezahlt	68,432	Duc.	87 Gr.
An die Lehrerinnen	„ „	47,750	„	09 „
	Also im Ganzen	116,182	Duc.	96 Gr.
	Das sind nicht ganz	494,000	Francs.	

Es kommt demnach die Durchschnittsbesoldung für einen Lehrer und eine Lehrerin auf 155 Francs im Jahre, also auf einen Carlin (42 Centimes) im Tage; auf die Summe, welche der Lazzarone in Neapel zu seinem Lebensunterhalt mindestens aufwendet und welche er sich mit dem Bettel in allen seinen Formen, Aufmachen von Kutschschlägen, Thun von ein paar Gängen, Verkauf von einigen Blumensträussen mit Leichtigkeit verdient, wobei er sich noch eine wohlthätige Motion macht, um sein Blut nicht gänzlich ins Stocken kommen zu lassen.

Die höchsten Lehrerbesoldungen waren von 120 Ducaten oder 510 Francs im Jahre; die kleinsten, bei denen natürlich von einer fortwährenden Beschäftigung gar nicht einmal die Rede sein kann, waren von 2 Ducaten 48 Gran, — das heisst zehn und einen halben Franken im Jahr, also noch nicht 3 Centimes auf den Tag!! Die gewöhnlichen, mittleren, als regelmässig angenommenen Besoldungen der Elementarlehrer aber, — was am wichtigsten ist, — beliefen sich auf 18 Ducaten, oder auf 76 Franken und 50 Centimes im Jahr, also etwa 20 Centimes auf den Tag!

Was muss unter solchen Umständen extensiv und intensiv aus dem Elementarunterricht werden! Jedenfalls wird dabei das Budget des Unterrichtsministeriums sehr gut wegkommen und jedes ernste Streben, dem Dinge abzuhelfen, wird allerdings auch sehr ernst den Säckel des Staates in Anspruch nehmen. Der Nutzen kann hier am wenigsten ausbleiben; er kann aber auch hier am wenigsten sich schnell, augenblicklich zeigen. Dennoch wäre dies sehr wünschenswerth; und wenn es Mittel giebt, um die Hebung des Volksunterrichtes zu beschleunigen, so hatte man gewiss alle Ursache, sie anzuwenden.

Dazu gehört nun die Einrichtung von Seminaren, um eine möglichst grosse Anzahl von Volksschullehrern auszubilden, wozu De Sanctis, wie wir sahen, den Anfang gemacht, wenn auch einen sehr schwachen. Die Süd- und Centralitaliener sind ein geistig sehr aufgewecktes Volk, lernen leicht und auch gern, wenn man es ihnen möglich macht. Von dem grossen Strome der Aemtersucher könnte man ohne Zweifel einen guten Theil auf den Volksunterricht zum grossen Nutzen des Ganzen ableiten, wozu aber freilich gehört, dass man die Volksschullehrer besser besoldet, als es nach den von uns eben gemachten Mittheilungen in Neapel, wie in anderen Provinzen der Fall war. Wenn man mit Recht auf die öffentlichen Arbeiten grosse Summen verwendet, und dabei weniger auf die Schwere der gegenwärtigen Ausgabe als auf die Vortheile schaut, welche die verwendeten Summen für die Entwicklung von Handel und Industrie, somit des Volkswohlstandes zukünftig verheissen, so kann man genau dieselbe Rechnung, mit demselben Rechte in Betreff des Volksunterrichtes anstellen. Ja dieser muss die öffentlichen Arbeiten ergänzen; denn die Verkehrswege und technischen Institute aller Art sind nur das Material, welches nothwendig unfruchtbar bleibt, wenn nicht erzogene Geister vorhanden sind, welche es beleben können.

Bei der Wichtigkeit, die Hebung des Volksunterrichtes zu beschleunigen, darf man gewiss nicht pedantisch bei einem einzigen Schema stehen bleiben und Consequenzenreiterei treiben wollen, sondern es wäre am Orte, von mehreren Seiten zugleich anzupacken, und so hätte sich und könnte sich noch bei dem Streben den Volksunterricht zu heben, zugleich den militärischen Bedürfnissen des Landes Rechnung tragen lassen. Man könnte nämlich Militärschulen gründen, nicht für die ganz jungen Knaben, aber doch für solche, welche dem schulpflichtigen Alter eben entwachsen sind, welche also, obgleich sie noch ihr ganzes langes Leben vor sich haben und dem Lande nützliche Bürger werden können, doch der Segnungen des verbesserten Volksunterrichtes nicht mehr theilhaftig werden würden. Diese Jünglinge von 14 bis zu 18 oder 19 Jahren blieben in der Militärschule etwa zwei Jahre, lernten hier Rechnen, Schreiben, Lesen und die sonstigen Elemente der Wissenschaften, welche man auf Volksschulen zu lehren pflegt, daneben aber Turnen, Fechten und Exerciren, sie kehrten dann in die Städte und Dörfer zurück und übernähmen, ohne dass sie jedoch in der Wahl ihres Berufs irgendwie beschränkt wären, als Aequivalent für die erhaltene Erziehung die Verpflichtung, sich an ihrem jedesmaligen Aufenthaltsort einige Stunden in der Woche als Hülfslehrer an den Schulen beim Unterricht im Turnen und Exerciren verwenden zu lassen. Vom Militärdienst im Frieden aber müssten sie befreit sein.

Auf diese Weise würde, wie man sieht, ohne dass die anderen Wege, dem Volksunterricht eine gute Grundlage und angemessene Verbreitung zu geben, versäumt würden, doch dem doppelten Zwecke genügt, die wirksame Vorbereitung für die nächste zum Handeln berufene Generation zu beschleunigen und neue Grundlagen für die Verstärkung der italienischen Kriegsmacht zu gewinnen.

Wir wollen nun eben wieder auf das Heerwesen übergehen.

VI.

Militärische Angelegenheiten.

Das Gesetz über die Nationalbewaffnung.

In dem Staate, wie ihn das neunzehnte Jahrhundert als sein Ziel vor Augen sieht, müsste es nur ein Heer und eine militärische Einrichtung geben, welche allerdings das ganze Volksleben durchdringt. So weit sind wir nun freilich noch nirgends und auch in Italien nicht und um für heutige Verhältnisse genau zu sein und für italienische Verhältnisse, müssten wir immer noch Nationalgardeangelegenheiten und Angelegenheiten des regelmässigen Heeres auseinanderhalten. Indessen soll doch wohl in Schriften dem Bürger künftiger Zeiten einiger Spielraum gewährt sein, die Dinge in deren Spiegel zu betrachten; und so gestatten wir uns denn auch immer wieder die Angelegenheiten der unnatürlicher Weise in den Büchern der Ministerien noch von einander getrennten Heere in unserem Buche zusammenzufassen.

Der wichtigste militärische Gegenstand, welcher in der Sommersession unter dem Ministerium Ricásoli der Kammer vorlag, war demnach die Berathung des von Garibaldi eingebrachten Gesetzprojectes über die Nationalbewaffnung. Während Garibaldi schon am 1. Mai wieder nach Caprera zurückkehrte, wanderte das Gesetz an eine Commission und ward von dieser gänzlich umgeworfen. Indem wir den Commissionsbericht in seinen Grundzügen durchgehen, werden wir auf die Aenderungen aufmerksam machen, welche die Commission mit dem Gesetze vornahm.

Die Commission erkennt an, dass Italien etwas Ausserordentliches für die Verstärkung seiner Streitkraft thun müsse. Es habe allerdings ein reguläres Heer, auf welches es mit Recht stolz sei, und nach den Gesetzen über die Recrutirung könne die ganze Jugend zum Dienste in demselben aufgeboten werden. Indessen die betreffenden Recrutirungsgesetze seien selbst in den alten Provinzen erst seit einigen Jahren in Wirksamkeit getreten und in dem ganzen ubrigen Italien müssten sie erst in Wirksamkeit gesetzt werden. Erst allmälig also könne das Heer die volle Stärke erhalten, um allen Bedürfnissen des Krieges zu genügen, und für die Zwischenzeit müssten ausserordentliche Massregeln die Lücke füllen. Es handle sich nicht um die Untersuchung, ob es nützlich sei oder nicht, bleibend etwas Aehnliches wie die preussische Landwehr oder die englische Miliz dem regulären Heer an die Seite zu setzen, sondern um eine zeitgemässe vorübergehende Ausnutzung der schon bestehenden Organisation der Nationalgarde durch die mobile Nationalgarde. Der von Garibaldi eingebrachte Gesetzentwurf habe diesem Gedanken Ausdruck gegeben und sei daher von der Kammer mit dem höchsten Beifall aufgenommen worden. Die Commission habe das allgemeine Princip des Entwurfs zu dem ihrigen gemacht; sie habe gefunden, dass auch die Regierung darin mit ihr einverstanden sei. Sie habe nun Garibaldis Entwurf mit den bestehenden Gesetzen über die detachirten Corps der Nationalgarde im Felddienst verglichen und habe dabei zwei Hauptunterschiede herausgefunden.

Der erste bestehe in der von Garibaldi verlangten Organisation in Divisionen, wogegen die bestehenden Gesetze nur die bataillonsweise Organisation kennten; der zweite darin, dass Garibaldi allen Bürgern von 18 bis 35 Jahren die Pflicht zum Eintritt in die mobile Nationalgarde auferlegt wissen wolle, während die Bestehenden Gesetze nicht soweit gingen. Die Commission habe sich in den beiden Puncten an das bestehende gehalten, betreffs des zweiten, indem sie eine Ausdehnung der Verpflichtung nicht, wohl aber die der Berechtigung zum Eintritt zugelassen. Damit nicht ein Chaos von Gesetzen über die mobile Nationalgarde entstehe, habe die Commission ferner alle noch in Kraft bleibenden Bestimmungen der alten Gesetze in dieses eine hinübergezogen, welches somit Alles enthalte, was sich überhaupt auf den Gegenstand beziehe.

Die Formation in Divisionen habe die Commission verworfen, weil es an höheren Officieren fehlen würde, um die Stäbe tüchtig zu besetzen und an Officieren, um die von Garibaldi verlangten Specialwaffen nach den Normen des regulären Heeres zu bilden. Wo solle man Officiere mit den nothwendigen allgemeinen und speciellen Kenntnissen für diese Bestimmungen hernehmen, wenn nicht aus dem regulären Heere? Das reguläre Heer aber, weit entfernt, Ueberfluss an Officieren zu haben, leide vielmehr Mangel daran. Ebenso verlange der Dienst der Artillerie und Cavallerie Pferde; wenn man für diese Waffen bei der Nationalgarde Pferde halte, so entstehe schon daraus ein täglicher Dienst und diese Waffen kämen schliesslich ebenso theuer, als wenn man das stehende Heer um soviel Batterien und Schwadronen vermehre. Man sehe auch überall wie die Milizen nur aus Infanterie gebildet würden. So habe ja Preussen erst noch kürzlich seine Landwehrreiterei abgeschafft und dafür die Liniencavallerie entsprechend vermehrt. Wenn aber im Princip festgehalten werde, dass die mobile Nationalgarde nur aus Infanterie bestehen soll, so schliesse dies nicht aus, dass man die Nationalgardisten im Dienste der Artillerie übe, damit sie in den festen Plätzen als Artilleristen gebraucht werden könnten und dass in pferdereichen Gegenden sich Compagnieen oder Pelotons von Nationalgarde zu Pferd formirten, welche bei vorkommenden Gelegenheiten mit grossem Nutzen zu verwenden sein würden.

Die Commission habe es auch für nothwendig gehalten, die Zahl der zu errichtenden Bataillone beschränkend zu bestimmen und zwar auf 220, so dass auf je 100,000 Einwohner ein Bataillon komme. Die dabei herauskommende Truppenmasse erscheine einerseits sehr respectabel, andererseits nicht so gross, dass die bürgerliche Oeconomie darunter leiden müsse.

Die Frage, welche Bürger zum Dienst der mobilen Nationalgarde zu berufen seien, habe die Commission bssonders lebhaft beschäftigt. Nur — nach dem bestehenden Gesetz — die auf die Nationalgarde-Listen eingetragenen? oder alle ohne Unterschied?

Sicher habe jeder Bürger Recht und Pflicht, die Waffen zur Vertheidigung des Vaterlandes zu tragen. Dieser Wahrheit des allgemeinen Wehrrechts und der allgemeinen Wehrpflicht werde indessen Ausdruck gegeben dadurch, dass alle ohne Unterschied der Aushebung für den Dienst im regulären Heer unterworfen seien. Diese Last drücke aber besonders auf die Armen, welche von der Arbeit ihrer Hände und der ihrer Kinder lebten. Die Commission fragte sich, ob es billig und zweckmässig wäre, die Classe der Tagarbeiter mit dieser neuen Last zu beschweren; sie fragte aber auch, ob man die nothwendige Zahl von Leuten für die 220 mobilen Bataillone herausbekommen würde, wenn man die Tagarbeiter bei Seite liesse. Die Commission liess sich vom Minister des Innern die ihm zu Gebot stehenden statistischen Angaben über die Nationalgarde machen. Als allgemeines Resultat ergab sich, dass die Zahl der Mobilisirbaren sich immer etwa auf drei Procent der Bevölkerung belaufe. Danach würden im ganzen Königreich ungefähr 660,000 Mann mobilisirt werden können. Wenn man nun für diese ganze Zahl dieselben Abzugsverhältnisse für körperlich Untüchtige und gesetzlich Befreite zuliesse, wie dieselben bei der Aushebung zum regulären Heer gelten, so würden von den 660,000 Nationalgardisten, die in die Categorie der zu mobilisirenden fallen, noch 34 Procent, also 220,000 Mann übrig bleiben, die wirklich in mobilen Dienst gestellt werden könnten. Um 220 Bataillone zu füllen, brauche man aber, je nachdem die Bataillonsstärke zu 500 oder 550 Mann angenommen werde, nur 132,000 oder 143,000 M.

Der Vorrath genüge also, wenn man auch die Tagarbeiter auslasse und nur aus der in die Nationalgardelisten eingetragenen Mannschaft die mobilen Bataillone formire. Der Vorrath genüge sogar, wenn man die hier angenommenen, sehr ungünstigen Grundlagen festhalte. In der That würden sich die Verhältnisse viel günstiger stellen. Die Commission habe zwei Verhinderungsgründe aus Familienrücksichten, welche nach den Recrutirungsgesetzen für das reguläre Heer Geltung hätten, nicht als Verhinderungsgründe für die mobilen Nationalgarden zugelassen; ebenso habe sie den Ausnahmegrund der mangelnden Körperlänge nur für die Hälfte derjenigen zugelassen, welche aus diesem Grund vom Dienst im stehenden Heere befreit würden. Nun zeige sich, dass wenn man für das stehende Heer denselben Grundsätzen folgen würde, welche hier die Commission befolgt habe, nicht blos 34 Procent, sondern 51 Procent der ganzen verpflichteten Mannschaft eingestellt werden würden. Ferner würden bei der Aushebung für das stehende Heer eine ganze Menge Blinder, Lahmer, Tauber, Stummer und Taubstummer mitgezählt, welche schon gar nicht in die Nationalgardelisten eingetragen würden. Alles dies berücksichtigt, ergebe sich, dass von dem gesammten Vorrath von 660,000 Italienern, welche in die Nationalgardelisten eingetragen wären, nicht blos 220,000, sondern 360,000 in die Categorie derjenigen fallen würden, welche für die mobile Nationalgarde aufzustellen wären.

Rechne man nun noch hinzu, dass sich auch viele Freiwillige für den Dienst der mobilen Nationalgarde melden würden, so könne man sicher annehmen, dass auf Grund der Nationalgardelisten und durch den nach allem gesagten vorhandenen Vorrath der Bedarf der 220 Bataillone mobiler Nationalgarde dreifach gedeckt werde.

Es sei also nicht nothwendig, den ländlichen und städtischen Arbeitern die Verpflichtung zum Dienst in der mobilen Nationalgarde aufzuerlegen. Bleibe somit vollkommen frei die Frage der Zweckmässigkeit und Billigkeit. Und diese entscheide die Commission dahin, dass es weder zweckmässig noch billig sei, dem Arbeiter, der bisher keine Verpflichtung zum Nationalgardedienst gehabt, die Verpflichtung zum Dienst in der mobilen Nationalgarde aufzuerlegen. Es sei nicht billig, die ärmeren Classen so zu belasten, es sei aber auch nicht zweckmässig. In solcherlei Milizen, wie die mobile Nationalgarde, werde der Mangel an körperlicher Gewandtheit, Uebung in militärischem Geist vielfach ersetzt durch Vaterlandsliebe und höhere Bildung. Nun müsse man aber leider gestehen, dass die ärmere Bevölkerung in manchen Theilen Italiens diese Vorzüge nicht habe, nicht durch ihre Schuld, sondern durch die Schuld der früheren Regierungen, welche diese Classen in Unwissenheit und Aberglauben aufwachsen liessen. Wie dem immer sein möge, die Thatsache stehe doch leider fest. Immerhin wolle man diesen ärmeren Classen das Recht zum Eintritt in die mobile Nationalgarde nicht nehmen und die Commission habe ihnen dazu zwei Wege eröffnet, indem sie bestimmte, dass auch Leute, welche nicht auf den Nationalgardelisten ständen, als Freiwillige mit einer Verpflichtung auf zwei Jahre in die mobile Nationalgarde eintreten könnten und zweitens — indem sie das Princip der Stellvertretung acceptirte, so dass ein Nationalgardist, der, zum mobilen Dienst berufen, ihn nicht thun mag, einen Ersatzmann — begreiflicherweise aus den nicht Verpflichteten — stellen kann.

Damit indessen auf diese beiden Weisen keine Individuen in die mobile Nationalgarde eingeschmuggelt werden könnten, welche minder geeignet und minder würdig wären in sie einzutreten, sei den Revisionsräthen das Recht beigelegt, über die Annahme oder Nichtannahme von Freiwilligen oder Stellvertretern ohne Appel zu entscheiden.

Nach den Bemerkungen, welche wir schon früher, als wir das Project Garibaldis besprachen, gemacht haben, bleibt uns nur übrig, hier darauf hinzuweisen, wie die Commission auch der mobilen Nationalgarde, aus welcher nach Garibaldis Idee eine Volkswehr werden sollte, den Character der Censusbürgerwehr bewahrt; nur in Abhängigkeit von den Censusbürgern und nur durch deren Vermittlung kann der Arbeiter in sie eintreten. Und wer weniger an die zarte Sorgfalt des Censusbürgers für den Arbeiter glaubt, als es der Commissionsbericht uns zumuthet, der wird vielleicht finden, dass der Ausschluss der Arbeiter für den behäbigen Bourgeois zugleich ein Mittel abgiebt, sich auch die Last des persönlichen Dienstes in der mobilen Nationalgarde von den Schultern zu laden. Ohne diesen Ausschluss, wenn Alle verpflichtet wären, würde es ja keine Stellvertreter geben.

Die Kammerverhandlungen über den Entwurf der Commission begannen am 20. Juni. Die allgemeine Discussion ward sehr bald zu Ende geführt, da die ministerielle Majorität die Redner, welche sie führen wollten, von Anfang an durch ungeheuern Lärm störte. In der Specialdiscussion wurden die beiden ersten Artikel des Commissionsentwurfes sehr schnell angenommen, womit die von Garibaldi gewollte Eintheilung in Divisionen hinwegfiel. Am 21. Juni kam der von der Commission aufgestellte Artikel 3 über die Dienstverpflichtung zur Verhandlung. Hier ergriff Guerrazzi das Wort gegen den Ausschluss der jungen Leute von 18 bis zu 21 Jahren und der sogenannten Nichtbesitzenden oder Arbeiter. Er wies darauf hin, was man in Kriegen um Freiheit und Unabhängigkeit grade den Jünglingen, ja Knaben weit unter 18 Jahren zu verdanken habe. Er brandmarkte die Art und Weise, wie sich der Commissionsbericht über den Ausschluss der Arbeiter ausdruckte, wie er diese mit Verachtung behandle. Auch das Volk, welches keine andere Scholle als die sechs Fuss zum Grabe besitze, habe ein Herz für das Vaterland, — man solle ihm die Waffen vertrauen, Rechte geben und es werde seine Pflichten wohl erfüllen. Handeln wollen ohne das Volk, sei ein Bauen ohne Stein und Mörtel; man mache auch Häuser aus Brettern und Wachstuch (wie z. B. das Kammergebäude), aber die seien nicht für die Dauer. — Für die Männer über 35 Jahren verlangt Guerrazzi die Berechtigung zum freiwilligen Eintritt in die mobile Nationalgarde.

Die verschiedenen Ausschlüsse wurden ausser von Guerazzi, auch von andern angegriffen, als verwerfliche Zeichen des Misstrauens; von Depretis mit einem Argument, welches man auch bei Discussionen über die Organisation regulärer Heere viel zu wenig zu berücksichtigen pflegt. Man habe, sagte Depretis, mit grosser Sorgfalt herausgerechnet, dass auch bei den Bestimmungen der Commission aus dem vorhandenen Vorrath der zum Mobilgardedienst Verpflichteten, der Bedarf für die 220 Bataillone sich sehr gut decken lasse. Ob man aber auch an den Abgang im Kriege und an dessen Deckung gedacht habe? Ob man berechnet habe, wie die Verhältnisse sich stellen würden, wenn die Aushebung für das reguläre Heer, erste und zweite Categorie, erst vollständig durchgeführt seien? Man spreche fortwährend davon, dass man das Land nicht durch zu grosse Lasten drücken wolle. Aber es würde gerade das Land erleichtert, wenn man durch die festgesetzte Verpflichtung die Grösse des Vorrathes, aus dem dann später nach den Umständen gewählt werden könne, so hoch wie nur möglich stelle.

Die Gegner einer freieren Entwicklung des Institutes der Mobilgarde argumentirten für die Commissionsvorschläge hauptsächlich mit dem Wunsche, das Land nicht so sehr zu belasten — welches reine Heuchelei ist, — dann mit dem Mangel an Cadres, der sich bei einem grossen Umfange des Institutes fühlbar machen werde; — gerade als ob nicht mit der Ausbreitung militärischer Ausbildung in einem Lande auch die Zahl der Leute sich vermehrte, welche in niederen und höheren Graden gut militärisch zu commandiren wissen.

Crispi verlangte schliesslich, im Namen von zehn andern Deputirten, dass namentliche Abstimmung stattfinden solle uber den Census als Bedingung des Eintritts in die Mobilgarde, also mit andern Worten uber Ausschluss oder Nichtausschluss der Arbeiter. Der Namensaufruf fand statt und es stimmten fur den Ausschluss der Arbeiter 191, gegen denselben 62. Der dritte Artikel ward darauf — nur mit einer kleinen unwesentlichen Redactionsänderung — nach dem Commissionsvorschlage angenommen.

Am 22. Juni suchte Crispi noch etwas zu retten, indem er hinter Artikel 3 einen andern forderte, des Inhalts, dass der dritte Artikel keine Gültigkeit haben sollte für die Provinzen, in welchen das sardinische Nationalgardegesetz noch nicht in Kraft bestehe. Er führte an, dass wie die Nationalgarde beispielsweise in Sicilien organisirt sei, sie durch den eben angenommenen Artikel 3 zu drei Vierteln aufgelöset werden würde, — und auf die Einrede, dass ja das sardische Nationalgardegesetz in Sicilien eingeführt sei, erwiderte er; dies sei richtig, aber die Statthalterschaft habe bei der Verkündung die Bestimmungen aufrecht erhalten, durch welche der Dictator 1860 die Bedingung des Census zum Eintritt in die Nationalgarde abgeschafft und das Eintrittsalter auf 17 Jahre angesetzt hatte. Crispis Antrag fiel durch.

Der Artikel 4 der Commission handelt von der Eintheilung in Bataillone, facultativ in Legionen von mehreren Bataillonen und von der facultativen Befugniss zur Errichtung von Specialwaffen. Artikel 5 giebt die Zahl der zu errichtenden Bataillone auf 220 an. Artikel 6 bestimmt, dass die Contingente nach der Bevölkerung vertheilt werden. Artikel 7 und 8 behandeln die Anlage der Listen für die Bildung der Bataillone: zuerst sollen die Freiwilligen eingeschrieben werden, dann von den Verpflichteten die jüngsten, unverheiratheten und Wittwer ohne Kinder; weiterhin wenn dies noch nicht reicht, kommen die Verheiratheten ohne Kinder, endlich und zuletzt die Verheiratheten mit Kindern an die Reihe. Artikel 9 und 10 bestimmen die Ausnahmen. Das geringste Maass ist auf 1,50 Metres (5 Schweizerfuss oder 4 Fuss 9 Zoll rheinländisch) angenommen. Artikel 11 gestattet die Stellung eines geeigneten Stellvertreters, und Artikel 12 giebt die näheren Bestimmungen. Artikel 13 handelt von den Revisionsräthen; an jedem Ort, wo ein Bataillon formirt wird, wird ein solcher eingesetzt. Artikel 14 bestimmt, dass die angelegten Listen für ein Jahr fest bleiben. Artikel 15 und 16 handeln von der ausserordentlichen und jährlichen ordentlichen Aenderung und Feststellung der Listen. Nach Artikel 17 können die Bataillone, wenn es der Regierung nothwendig scheint, in Dienst gerufen werden, aber immer nur auf drei Monate. Auf Requisition eines Chefs einer Provinz kann der Commandant der betreffenden Territorialdivision die Bataillone innerhalb derselben ganz oder theilweise in Dienst rufen, aber nur auf höchstens 20 Tage. Nach Artikel 18 können die jährlichen Exercirubungen auf einmal nacheinander oder in verschiedenen Zeitabschnitten abgemacht werden; die Exercirzeit dauert aber jährlich im Ganzen nicht über 30 Tage.

Alle diese Artikel wurden nach kurzer Discussion und mit blossen Redactionsänderungen angenommen. Dagegen veranlasste Artikel 19 eine längere Verhandlung. Zufolge desselben sollen alle Officiere der Mobilgarde vom König auf Vorschlag des Kriegsministers aus geeignet befundenen Burgern oder aus Officieren des Heeres, seien diese im activen Dienst, disponibel oder in Pension, ernannt werden.

Eine Menge Amendements dazu wurden eingebracht. Brofferio wollte, dass die Subalternofficiere und die Unterofficiere von den Mobilgardisten gewählt würden. Er benutzte die Vertheidigung seines Amendements, um das ganze Gesetz, wie es aus den Händen der Commission hervorgegangen, wiederholt als ein Gesetz des Privilegiums, in absolutem Widerspruch zu den Absichten Garibaldis, anzugreifen. Zur Sache speciell übergehend, macht er insonderheit darauf aufmerksam, dass Italien nicht piemontesisch sein wolle, und dass die Besorgniss der Provinzen, man wolle sie von Turin aus piemontesiren, aufs neue angeregt werden würde, wenn der Kriegsminister den Mobilgarden die Officiere von Turin zusende.

Da Brofferio der ministeriellen Censusmajorität sehr unangenehme Wahrheiten sagt, wird er von ihr durch häufigen und grossen Scandal unterbrochen.

Am Artikel 19 wird bei der Abstimmung nur das geändert, dass die Officiere der Mobilgarden aus den

Officieren der Nationalgarde und des regulären Heeres entnommen werden sollen. Es wird ferner der Zusatz genehmigt, dass Unterofficiere und Corporale von den betreffenden Bataillonscommandanten zu ernennen sind.

Nach Artikel 20 beschafft der Staat die Ausrustung für die Mobilgarden und magazinirt sie; Artikel 21 stellt die Mobilgarde unter den Kriegsminister statt unter den Minister des Innern, wie es ursprünglich im Entwurf Garibaldis angenommen war. Artikel 22 bestimmt, dass die Mobilgarde, wenn im Dienst, in Bezug auf Sold, Disciplin, Strafen, Belohnungen, Pensionen für Verwundete u. s. w. den Truppen des regulären Heeres gleichgestellt ist. Nach Artikel 23 erleiden die Officiere, Unterofficiere und Soldaten der Mobilgarde, welche aus fruheren Verhältnissen her eine Pension geniessen, weder an dieser noch an Sold und sonstigen Competenzen in ihrem Verhältniss in der Mobilgarde einen Abzug. Artikel 24 weist für die speciellere Regulirung der Mobilgarde auf vier Reglemente, die durch königliches Decret festzustellen sind, hin und Artikel 25 gewährt dem Kriegsminister einen Credit von 30 Millionen Franken für die Ausrüstung und Formation der 220 stipulirten Bataillone.

Ueber Artikel 25 fand Namensaufruf statt; er ward bei diesem mit 218 gegen 30 Stimmen, — zwei Deputirte enthielten sich der Abstimmung — angenommen; in geheimer Abstimmung ward dann das ganze Gesetz, wie es aus den Händen der Commission und der Kammer hervorgegangen, mit 192 gegen 32 Stimmen gebilligt.

Dies also war der Ausgang, den die Initiative Garibaldis für die Nationalbewaffnung hatte, — und selbst dieser Ausgang nur auf dem Papier zunächst, von welchem bis zur That immer noch ein gewaltiger Schritt ist.

Aushebung für das reguläre Heer. Aushebungscommissare.

Für die Verstärkung des stehenden Heeres bewilligte am 5. Juli die Kammer die Aushebung der Classe von 1841 in den alten Provinzen, der Lombardei, Emilia, den Marken, Umbrien und auf der Insel Sicilien. Von sämmtlichen Ausgehobenen sollten 24,000 Mann für die erste, die übrigen für die zweite Categorie bestimmt werden.

Auf das betreffende Gebiet kommen ungefähr 13 Millionen Einwohner; nach den in der italienischen Regierung herrschenden Ansichten, die wir früherhin weitläufiger besprochen haben, können davon zur wirklichen Aushebung auf einen Jahrgang kommen etwa 45,000 Mann. Man sieht also, dass im Gesetz etwa die Hälfte des annahmsweise disponiblen Stoffes auf die erste Categorie gerechnet ist.

Das Budget des Kriegsministeriums für 1861 ward auf sehr unsicheren Grundlagen zu 222,214,800 Fr. veranschlagt. Der wirkliche Truppenstand im Mai war dabei auf 195,880 Mann mit 29,837 Pferden veranschlagt; es war ausserdem gerechnet auf die Aushebung der Classe von 1840 in den älteren Provinzen und auf die für die neapolitanischen Provinzen bewilligte Aushebung von 36,000 Mann, wofür zusammen eine zeitweise Vermehrung des Standes um 54,000 Mann und 4700 Pferde in Anschlag gebracht war. Ebenso war der zeitweise Unterhalt von mobilen Nationalgarden berücksichtigt.

Am 14. Juni beschäftigte sich die Kammer mit einem Gesetz über den Sold der Aushebungscommissare. Nach dem Gesetze soll sich in jedem Bezirk (Circondario) eine Aushebungscommission befinden, in einem Bezirke, welcher mehr als 250,000 Einwohner hat, zwei solche Commissionen. Das Gesetz ward mehrfach angegriffen: die Gegner machten geltend, dass die Geschäfte der Aushebung, welche eine solche Commission zu besorgen hätte, unmöglich einen Beamten beständig beschäftigen könnten, man solle die Aushebung zum Geschäft der Gemeinds- und Provinzialbehörden machen, wie bisher im Neapolitanischen. Es werde beständig von der Nothwendigkeit und dem Willen geredet, die Zahl der Beamten zu vermindern, aber bei jeder Gelegenheit handle Regierung und Kammer gegen diese Grundsätze.

Trotz dieser gewiss nicht unbegründeten Einwürfe ward das Gesetz angenommen; den Einwürfen ward in beschränkter Weise durch die Bestimmung Genüge gethan, dass zu Aushebungscommissaren vorzugsweise Officiere und Beamte ausser Dienst genommen werden sollten.

Benutzung von Klöstern zu Staatszwecken.

Am 3. Juli nahm die Kammer ein Gesetz an, zufolge dem die Regierung die Klöster und die geistlichen Gebäude, insofern es der militärische oder Civildienst verlangte, auf königliches Decret hin in

Besitz nehmen könne. In solchem Falle übernimmt es die Regierung, den Forderungen des Cultus, welcher dadurch beeinträchtigt werden könnte, zu genügen, die vorgefundenen Kunstschätze zu schützen, die Glieder der geistlichen Corporationen entweder in einem Theil des in Besitz genommenen Gebäudes selbst oder auch in einem andern Kloster des gleichen Ordens unterzubringen.

Die Benutzung der Klöster, welche das Gesetz im Auge hatte, war insbesondere erstens zu Casernen, wozu sich diese weitläufigen Gebäude mit ihren Zellen, ihren geräumigen Gängen, Höfen und Stallungen ganz vorzüglich eignen, zweitens aber auch für den öffentlichen Unterricht. — Der Widerstand gegen das Gesetz kam hauptsächlich von Deputirten der Südprovinzen, welche es vom Standpunct des Eigenthums angriffen. Unseres Erachtens muss dieses Eigenthum ganz nothwendig angegriffen werden, wenn aus Italien, insbesondere aus Suditalien das werden soll, was aus ihm werden kann. Es ist uns unbegreiflich, wie dieselben Deputirten bisweilen, welche vom Gouvernement den Fortschritt in materiellen Dingen so dringend verlangen, sich dann immer wieder mit einer wahren Wuth für den Fortbestand des landverderbenden Kirchengutes erheben können. Es kann höchstens eine Frage der Zweckmässigkeit sein, in welchem Moment man grade zu einer durchgreifenden Aufhebung oder Beschränkung der Zahl der Klöster schreitet. Und indem die Regierung sich das Recht beilegte, von den Klostergütern einen bestimmten Gebrauch zu machen, ergriff sie nur eine allgemein zu billigende einleitende Massregel, in deren Sinne nachher weiter zu handeln war. Ricciardi wollte mit Rücksicht auf die möglichen Folgen einer militärischen Einquartierung einen Zusatz aufgenommen wissen, laut dem die Nonnenklöster soviel möglich zu schonen wären, nahm aber seinen Antrag zurück auf die Versicherung Ricàsolis, dass die Regierung ohnehin nach diesem Grundsatze verfahren werde. Dies Gesetz, wie so manches andere, ward, wie hier zu bemerken, vom Senat nur verstümmelt durchgelassen.

Leistungen von Gemeinden und Bürgern für militärische Zwecke.

Eine der wichtigsten Bestimmungen der Militärgesetzgebung jedes Landes ist diejenige über die Leistungen, welche der Einzelne, welche die Gemeinden für den militärischen Dienst durch Quartiere, Lieferungen etc. zu gewähren haben, und die Entschädigungen, welche ihnen dafür zustehen. Die Gesetze über diesen Gegenstand stehen in genauem Zusammenhange mit der Art der Heeresorganisation und je nach der letzteren Beschaffenheit nehmen auch sie einen verschiedenen Character an. Am einfachsten in der Ausführung, wenn auch bisweilen am zusammengesetztesten in den Schriften gestalten sie sich, wo Heer und Volk nur ein Ganzes bilden, dessen Theile beständig in einander greifen und in einander übergehen, so dass die Grenze wohl in den Büchern festzuhalten ist, aber von dem gesammten Volk kaum gesucht und ihm kaum verständlich ist.

Für die alten sardinischen Provinzen existirten über die Leistungen der Gemeinden für den militärischen Dienst, ausreichende, dem Character des Heerwesens entsprechende Gesetze. Diese mussten nun auf das Königreich Italien vorläufig ausgedehnt werden; dies geschah von der Deputirtenkammer am 15. Juli 1861 für den Zeitraum bis zum 1. Juli 1862. Da aber seit dem Erlass jener Decrete und Gesetze alle Preise gestiegen waren, wurde verordnet, dass die Entschädigung für Officiersquartiere um ein Drittel, diejenige für gestellte Transportmittel um ein Viertel gegen die früher gewährte zu erhöhen sei, die Entschädigung für gestellten ausserordentlichen Vorspann beim Uebergang über Berge und Gebirgspässe um 20 Procent.

VII.

Marineangelegenheiten.

Italiens günstige Lage in Bezug auf die Beschaffung einer tüchtigen Marine.

Die Marineangelegenheiten des Königreichs Italien haben wir bisher nur ganz gelegentlich erwähnt. Damit ein Land eine grosse und tüchtige Kriegsmarine haben könne, muss es eine grosse Küstenentwicklung, gute Häfen, eine grosse und tüchtige Handelsmarine haben, in welcher die guten Matrosen und zum Theil die guten Schiffsführer und Schiffsconstructoren sich bilden.

Wenn man die grosse Küstenentwicklung Italiens betrachtet und den Reichthum an — von der Natur — vortrefflich zubereiteten Häfen, wenn man an den alten Ruhm der griechischen Colonieen in Süditalien zu Meere, an den späteren von Venedig, Genua, Pisa denkt, auch daran sich erinnert, wie noch zu Ende des vorigen Jahrhunderts selbst der Engländer Nelson der neapolitanischen Marine seine Hochachtung zu bezeugen gezwungen war, so müsste man meinen, dass Italien alle Elemente zu einer der ersten Seemächte Europas enthält.

Aber die unselige Zersplitterung hat auch in dieser Beziehung Italien weit unter das zurückgebracht, was man erwarten sollte. Die Handelsmarine aller italienischen Staaten — Venetien, den Kirchenstaat, aber auch Nizza einbegriffen, — veranschlagte man 1858 auf 19,530 Fahrzeuge, von denen etwa 16,000 bis höchstens 17,000 auf diejenigen Provinzen kommen mögen, welche nunmehr das Königreich Italien bilden. Aber auf diese ungeheure Zahl von 19,530 Fahrzeugen kommen nur 575,000 Tonnen (zu 2000 Pfund), während z. B. auf 15,200 Fahrzeuge der französischen Handelsmarine 920,000 Tonnen und auf 37,000 der grossbritanischen gar 5,500,000 Tonnen fielen. Hätte die italienische Handelsmarine nach der Zahl ihrer Schiffe dieses Verhältniss erreicht, so würde sie mindestens 2,800,000 Tonnen gehabt haben, also fünfmal soviel als sie wirklich hatte. Daraus nun, dass sie um das fünffache hinter diesem Verhältnisse zurückbleibt, ergiebt sich ohne weiteres, dass ihre Schiffe der grossen Mehrzahl nach klein, nur auf den

Küstenhandel, nicht auf grosse Seereisen berechnet waren, ganz entsprechend dem Mangel an Verkehrsstrassen im Innern, an Industrie, an lohnendem Anbau. An Bemannung rechnete man auf die 19,530 italienischen Fahrzeuge 109,500 Mann, so dass auf je $5^1/_4$ Tonnen 1 Schiffer kommt, während z. B. in der brittischen Handelsmarine erst auf etwa 20 Tonnen ein Matrose gehört. Denkt man nun an die verhältnissmässige Menge der italienischen Handelsmatrosen, sieht man an den italienischen Küsten Alles von Fischerbooten wimmeln, auf denen Hunderttausende von Menschen von Jugend auf das Meer kennen lernen, betrachtet man die Kleinheit und den ungeschickten Bau der meisten Handelsfahrzeuge, die Schönheit, aber auch die Launenhaftigkeit der südlichen Meere, so wird man nicht zweifeln, dass sich in Italien ein Geschlecht von Matrosen heranzieht, genügend, jede Handelsflotte zu bemannen, die jemals Italien bedürfen wird, und dass es nur der Entwicklung des Verkehrs und der Industrie bedarf, die grossartige Ueberschüsse producirt und verführen kann, um eine grossartigere Rhederei hervorzurufen, der es niemals an tüchtigen, abgehärteten, gewandten Matrosen fehlen wird. Wenn nun ein grosser Staat und ein freier Staat, mit allen Hülfsmitteln daran geht, die ihm zu Gebote stehen, den Verkehr und die Industrie zu beleben, hat man nicht die schönsten Hoffnungen für das Aufblühen des italienischen Seehandels schon in der nächsten Zeit? und wenn derselbe Staat nun alle Hülfsmittel, die ihm zu Gebote stehen, aufwendet, um tüchtige Kriegshäfen zu schaffen, brauchbare Werfte, um die Construction zu beleben, wird er dann nicht eine Kriegsflotte haben können, die mindestens allen anderen Mittelmeerstaaten das Gleichgewicht hält, wenn sie nicht übertrifft? Diese Hoffnungen hat Italien. Seine nächsten Arbeiten aber in Bezug auf die Angelegenheiten der Kriegsmarine muss es auf die Herstellung passender Kriegshäfen und auf die Hebung seines grossen Seehandels richten. Wie es in anderer Beziehung grade in unserer Zeit bei der Schöpfung einer neuen italienischen Kriegsmarine begünstigt wird, werden wir alsbald sehen. Jetzt wollen wir vorerst eine Uebersicht der italienischen Kriegsmarine geben, wie sie sich im April 1861 etwa stellte.

Bestand der italienischen Kriegsmarine.

Das Königreich Italien hatte zu dieser Zeit drei maritime Departements, das nördliche mit dem Sitze zu Genua, das südliche mit dem Sitze zu Neapel und das adriatische mit dem Sitze zu Ancona.

Zu dieser Zeit bestand die italienische Kriegsmarine aus 85 Dampfern, wovon vier unbrauchbar, 8 im Bau begriffen, sechs Kanonenboote auf dem Gardasee. Unter den Dampfern waren ein Schraubenlinienschiff von 450 Pferdekraft und 70 Kanonen, sieben Schraubenfregatten ersten Ranges von 400 bis 600 Pferdekraft und 55 bis 32 Kanonen; eine gepanzerte schwimmende Batterie von 400 Pferdekraft und 30 Kanonen; zehn Räderfregatten zweiten Ranges von 300 bis 450 Pferdekraft und 6 bis 12 Kanonen; eine Schraubencorvette von 222 Pferdekraft und 27 Kanonen; vier Rädercorvetten zweiten Ranges mit 160 bis 200 Pferdekraft und 4 bis 6 Kanonen; zehn Räderboote mit 40 bis 130 Pferdekraft und 2 bis 7 Kanonen; sechs Schraubentransportschiffe zu 2 Kanonen mit 200 bis 320 Pferdekraft; sieben Rädertransportschiffe zu 2 Kanonen mit 140 bis 350 Pferdekraft; vierzehn Schraubenkanonenboote, einschliesslich der sechs auf dem Gardasee mit 3 oder 4 Kanonen und von 16 bis 60 Pferdekraft; zwei Schraubenavisos und zwei Räderavisos, alle zu 80 Pferdekraft; 4 Räderremorqueurs zu 40 und 60 Pferdekraft, — alle diese Schiffe in brauchbarem Zustand. Die ganze Dampfflotte zählte 693 Kanonen.

An Segelschiffen hatte man 76, vier davon waren unbrauchbar. Unter den Segelschiffen befanden sich zwei Fregatten ersten Ranges mit 42 und 50 Kanonen; eine Korvette ersten Ranges mit bedeckter Batterie (Kuhlcorvette) mit 27 Kanonen; 3 Korvetten zweiten Ranges mit 12 und 14 Kanonen; sieben Brigantinen mit 6 bis 18 Kanonen; 4 Transportschiffe, 2 Goeletten, 1 Prahmen, ein Kutter und zwei Bombardiergoeletten.

Dem nördlichen Departement waren zugetheilt 4 Schraubenfregatten, 1 Schraubencorvette, eine Panzerbatterie, 3 Räderfregatten, 3 Rädercorvetten, 6 Schraubentransportdampfer, 2 Schraubenkanonenboote, 4 Rädertransportdampfer, 1 Segelfregatte, 1 Kuhlcorvette, 3 Segelbriggs. Dazu kamen Avisos, Remorqueurs etc. und die sechs Dampfkanonenboote der Gardaflottille.

Dem südlichen Departement gehörten 1 Schraubenschiff, 3 Schraubenfregatten, 3 Schraubentransportdampfer, 2 Schraubenkanonenboote, 6 Räderfregatten, 11 andere Räderboote, 1 Segelfregatte, 3 Segelcorvetten, 3 Segelbrigantinen u. s. w.

Im adriatischen Departement befanden sich eine Räderfregatte, eine Rädercorvette, zwei Räderremorqueurs, vier Schraubenkanonenboote, zwei Segelbrigantinen und eine Wachtgoelette.

Das höhere Personal der italienischen Marine, auf welches in dieser Zeit eigentlich die Hauptsache angekommen wäre, befand sich keineswegs in dem wünschenswerthen Zustande. Die Marineofficiere des ehemaligen Königreichs Neapel hatten sich der italienischen Sache von Anfang an ausserordentlich günstig erwiesen und dabei sogar mit der Abneigung ihrer Untergebenen ernstlich zu kämpfen gehabt. Es befanden sich unter ihnen sehr tüchtige Seeleute; aber derselbe Fehler, welcher in allen anderen Verwaltungen begangen ward, fand auch im Marinedepartement statt. Man wollte Alles sogleich auf den piemontesischen Fuss bringen und es wurden deshalb natürlich diejenigen Männer vorgezogen, welche in der sardinischen Marine ihre Schule gemacht hatten. In Folge davon nun Eifersüchteleien und gegenseitige Vorwürfe, welche auf das Ganze nachtheilig zurückwirkten.

Ueber die Benutzung der Zeitumstände zur Reorganisation der Marine.

Grade in dieser Zeit, glauben wir, hätte man der

unwillkommenen Sache am besten begegnen können. Offenbar befindet sich das ganze Wesen der Kriegsmarine in einer grossen Revolution und das Material der italienischen Marine stand noch vollkommen auf dem vorrevolutionären Standpunct. Wenn man nun den heterogenen Elementen, welche einerseits die frühere sardinische, andererseits die frühere neapolitanische Marine zu der allgemeinen italienischen herbeibrachten, sagte, dass sie sich vereinigen müssten, um einer ganz neuen Schöpfung für Italien Leben einzuhauchen, so ward auch die innere Vereinigung zu einem fröhlichen gemeinsamen Wirken verhältnissmässig leicht erzielt.

Am 6. Juli interpellirte der Abgeordnete Valerio von Camerino (Marken) den Marineminister Menabréa über die Frage, wie sich das Königreich Italien zu der grossen Revolution im Marinewesen verhalten wolle; d. h. er fragte ihn, ob die italienische Regierung die Panzerschiffe annehmen werde.

Man weiss, dass diese Frage eine complicirtere ist, als sie den meisten Leuten erscheint, die sie ganz oberflächlich betrachten und es wird unsern Lesern, da sie sich doch im Allgemeinen leicht darstellen lässt, nicht unangenehm sein, dass wir ein wenig darauf eintreten.

Im Alterthum und Mittelalter bis in die neuere Zeit hinein waren mit wenigen Ausnahmen die Kriegsschiffe Galeeren, welche im Gefechte immer mittelst der Ruder bewegt, dadurch unabhängig vom Winde wurden. Darauf folgten die Segelschiffe, welche viel mächtiger gebaut, eine weit zahlreichere und stärkere Artillerie aufnehmen konnten als die Galeeren; daraus aber, dass sie vom Winde auch im Gefecht abhängig waren, folgte eine grosse Beschränkung ihrer Taktik, welche pedantisch auf wenige Linien und wenige Formen gebannt ward, aus denen erst Nelson, doch auch nur ausnahmsweise, das Seegefecht durch den sogenannten Colonnenangriff emancipirte. Wieder unabhängig vom Winde wurden die Schiffe durch die Einführung des Dampfes. Da man aber zuerst nur Räder- oder Schaufeldampfer baute, so kam man nicht blos bezüglich des Vortheils der Unabhängigkeit vom Winde, sondern auch bezüglich des Nachtheiles, dass nämlich die Bewegungsvorrichtungen auf beiden Seiten der Schiffe, dem feindlichen Schusse völlig ausgesetzt lagen, auf den Standpunct der Galeeren zurück. Wie die Galeeren konnten auch die Räderdampfer nur wenige Stücke schweren Geschützes auf dem Hinter- und Vordertheil aufnehmen. Dies änderte sich plötzlich durch die Anwendung der archimedischen Schraube als Bewegungsmittel. Diese war jetzt unter dem Hintertheil versteckt und der Schraubendampfer vereinigte die Vortheile von Galeeren und Segelschiffen, Unabhängigkeit vom Winde und Fähigkeit, vieles schwere Geschütz auf seinen Bordseiten aufzunehmen. Man baute nun Linienschraubenschiffe, wie früher Segelschiffe, bis zu 120 Kanonen.

Bei der ungeheuren Vermehrung der Kanonenzahl kamen die Seeleute, zuerst in Amerika, schon vor zwanzig Jahren und ehe noch die Schraubenschiffe in Gebrauch gekommen waren, auf den Gedanken, ob es nicht zweckmässig sein sollte, nur kleine, aber durchaus seefähige Schiffe zu bauen, die nur mit einer oder wenigen Kanonen bewaffnet, dafur aber vom schwersten Kaliber und mit Richtvorrichtungen, welche die Wahrscheinlichkeit des Treffens trotz der Hindernisse, die von der Bewegung der See herstammen, möglichst gross machen; diese kleinen Schiffe sollten schon aus grösseren Entfernungen die Linienschiffe zu treffen suchen, welche letzteren ja ein grosses Zielobject boten, während das kleine Schiff mit einer niedrigen Batterie nur wenig zu fürchten hatte.

In neuster Zeit endlich wurden die gezogenen Kanonen mit ihren grösseren Treffweiten, aber auch, was für den Seekrieg wichtiger ist, mit den verheerenderen Wirkungen ihrer Geschosse eingeführt. Das brachte dahin, einer anderen Einrichtung, die auch schon früher aus anderem Grund theilweise eingeführt war, eine ausgedehntere Anwendung zu geben, nämlich die Schiffe zu panzern.

Da Landbatterieen immer einen viel sicherern Schuss auf weitere Entfernungen haben als schwimmende, so durfte man sich von einem Bombardement einer Festung vom Meere aus wenig Erfolg versprechen, denn entweder musste man soweit entfernt bleiben, dass man nichts traf oder man musste so nahe herangehen, dass man sämmtliche hölzernen Schiffe trotz ihrer schwereren Geschütze dem fast sichern Verderben Preis gab. Dies bestimmte Napoleon III. zur Aufstellung der schwimmenden Panzerbatterieen, also von Schiffen, die mit schweren und starken Eisenplatten belegt und bedeckt waren. Vermöge dieser

Einrichtung, welche sich beispielsweise vor der Feste Kinburn bewährte, konnten die Schiffe so nahe heran gehen, dass sie die Wirkungen ihrer schweren Geschütze auszunutzen vermochten ohne die Gefahr sichern Untergangs für sich selbst.

Die Einführung der gezogenen Geschütze führte nun aber dahin, dass man sagte: gegen diese kommt kein hölzernes Schiff mehr auf; jetzt müssen alle Schiffe gepanzert, d. h. mit starken Eisenplatten auf allen sichtbaren Flächen belegt werden.

Bei der Kostbarkeit dieser Einrichtungen aber und bei der Schwierigkeit sie herzustellen, die mit der Grösse der Flächen wächst, musste natürlich die amerikanische Idee, der kleinen wenig zahlreich aber schwer bewaffneten, ausserordentlich gut bedienten Schiffe mit verdoppelter Kraft erwachen, zumal wenn man bedachte, dass die Panzerplatte, die heute noch gegen jedes Geschoss gehalten, vielleicht morgen gegen ein neu erfundenes nicht mehr halten würde. Unter diesen Umständen hatte man gewiss allen Grund, die Schnelligkeit der Bewegung und die Kleinheit der Zielfläche, welche man dem Feinde bot, zum eignen Schutze zu Hülfe zu nehmen.

Wenn es sich daher heute um die Frage der Panzerschiffe handelt, so müsste stets, was allerdings nicht geschieht, selbst von den Fachleuten nicht, unterschieden werden, ob man einfach die Panzerung auf alle vorhandenen Schiffe oder Schiffsarten anwenden oder ob man zu gleicher Zeit das Schiffsystem ändern, das System der kleinen amerikanischen Höllenbatterieen adoptiren will.

Uns scheint es nun, möge sich übrigens späterhin für gewisse Fälle eine Ueberlegenheit der grossen gepanzerten Linienschiffe über die kleinen Höllenschiffe immerhin herausstellen, dass eine junge Seemacht, die sich eben erheben will, gar nicht über den Weg in Zweifel sein könne, den sie einzuschlagen habe. Sie muss den günstigen Moment ergreifen, um sich die kleinen Panzerschiffe anzueignen; sie hat dabei für ihre Kräfte noch am ersten die Aussicht, sich schnell den grösseren Seemächten soweit gleichzustellen, als es ihr überhaupt möglich ist. Nur, das versteht sich eigentlich von selbst, wird aber doch oft genug übersehen, die Panzerschiffe, die sie baut, müssen jedenfalls so gross sein, dass sie völlig die hohe See halten können, sie dürfen nicht zu Kanonenbooten für den blossen Küstenschutz hinabsinken.

Menabréa erwiderte auf die Frage Valerios: schon Cavour habe den Bau von zwei Panzerschiffen angeordnet, man dürfe damit aber nicht ohne weiteres vorgehen, weil es nothwendig sei, zuerst noch die Frage in ernstliche Erwägung zu ziehen. Bei der sich entspinnenden Discussion sprach sich Bixio mit Recht gegen die Panzerfregatten aus. Es kam auch zur Sprache, wo die Schiffe gebaut würden, dass man so wenig als möglich im Auslande bestellen dürfe; es ward bei dieser Gelegenheit erwähnt, dass die italienischen Werfte für die Constructionen grosser Schiffe nicht ausreichten, aber wohl für die kleinen, — was Alles nur doppelt für unsere Ansicht spricht. Im Uebrigen schritt die Kammer mit der Einladung an das Ministerium, alles Nothwendige zu thun, um die Kriegskraft Italiens zur See zu heben, zur Tagesordnung.

Aushebung für die Marine. Der nautische Unterricht.

Schon am 2. April hatte die Kammer ein Gesetz über die Aushebung von 500 Matrosen in den alten Provinzen und in den Bezirken Ancona und Ravenna angenommen. Bei dieser Gelegenheit war erwähnt worden, dass das Gesetz über die Matrosenaushebung sehr mangelhaft sei; das Ministerium hatte dies zugegeben und legte demnächst ein neues vor, welches von der Commission modificirt, am 11. Juni von der Kammer gebilligt ward.

Am 6. April ward ein Gesetz über Marinepensionen, am 1. Mai ein solches über die Gründung einer Invalidencasse für die Handelsmarine angenommen.

Am 5. Juli interpellirte Bixio den Minister für Ackerbau und Handel über den Stand des nautischen Unterrichts in Italien. Für die Segelschifffahrt sei etwas, für die Dampfschifffahrt absolut gar nichts von Unterricht vorhanden. Man könne kaum begreifen, wie die Dinge dennoch so gingen. Die ganze Marinewissenschaft sei von Italien ausgegangen; das heutige Italien aber kenne kaum die Bücher, die seine grossen Männer über diese Wissenschaft geschrieben. Man solle eine Commission einsetzen, um den Gegenstand gehörig zu studiren; aber nicht etwa eine solche von ministeriellen Beamten, von denen man nie etwas Anderes zu hören bekomme, als dass alle Dinge sich im vortrefflichsten Stande und Gange befinden; alle Gesetze, die bisher über den nautischen Unterricht erlassen worden seien, verdienten nichts weiter, als dass man sie verbrenne. Es fehle in Italien an Schiffsbaumeistern, es fehle an Kenntnissen der Hydrographie, für deren Erweiterung dagegen England beispielsweise jährlich zwei Millionen ausgebe. In dieser Beziehung müsse man sich also an die ausländischen Ermittlungen halten und wie wolle man verlangen, dass die italienischen Seeleute, die nicht einmal italienisch lesen könnten, noch obenein in fremden Sprachen sich unterrichten sollten? Die italienischen Astronomen, statt dem Beispiel Aragos zu folgen und ihre Wissenschaft zu popularisiren, beschäftigten sich lediglich mit unpractischen Dingen. In Genua existire ein gutes technisches Institut, für das die Handelskammer jährlich 25,000 Francs ausgebe, der Staat aber schiesse nur die erbärmliche Summe von 5000 Francs zu. Kenntniss der englischen und französischen Sprache seien dem Seemann unentbehrlich; der Redner begreife aber nicht einmal, wie die Officiere der Kriegsmarine sich die ihnen nothwendigen Kenntnisse verschafften, viel weniger, wie diejenigen der Handelsmarine.

Der Minister des Handels und Ackerbaus gab zu, dass die süditalische Handelsmarine sich in einem bejammernswerthen Zustand befinde und viel für sie gethan werden müsse; er habe allerdings seine Aufmerksamkeit auch dem nautischen Unterricht zugewendet und neue Seeschulen gegründet, von 20 überhaupt existirenden seien 7 vom Handelsministerium eingerichtet; in Süditalien fehle freilich fast noch Alles. Man habe ein Reglement nach dem Muster des englischen entworfen, welches aber den Verhältnissen Italiens anpassende Abänderungen erleiden müsse. Er werde eine Commission für die Berathung des Unterrichtsprogrammes berufen, könne aber nicht für die Aufstellung einer Parlamentscommission stimmen.

Menabréa fügte hinzu, dass allerdings auch in der Kriegsmarine noch Manches fehle, indessen doch auch Vieles für sie geschehen sei. Cavour habe sich nicht blos mit dem höheren Unterricht beschäftigt, sondern auch mit der Instruction der Schiffsjungen und Steuerleute. Für die Förderung der hydrographischen Kenntniss, für einen nautischen Almanach werde gesorgt werden und es seien bereits entsprechende Massregeln ergriffen. Auch Menabréa erklärte sich gegen eine Parlamentscommission. Diese, meinte er, möchten für England gut sein, für Italien passten sie noch nicht.

Es erhoben sich allerdings noch einige Vertheidiger der Parlamentscommissionen, indessen ohne Erfolg, und die Discussion ward mit der Annahme einer von Bixio vorgeschlagenen Tagesordnung geschlossen, durch welche die Kammer Act nahm von der Erklärung des Ministeriums, dass es eine Commission zur Prüfung des nautischen Unterrichtes berufen und die betreffenden Verbesserungen vorschlagen werde.

VIII.

Der Stand der Dinge in den neapolitanischen Provinzen während des Sommers und Herbstes 1861.

Die Statthalterschaft S. Martinos.

Wir haben den Grafen Ponza di San Martino im vorigen Buche auf seinen Statthalterposten nach Neapel begleitet. Die Hoffnungen, welche das Ministerium auf ihn gesetzt haben mochte, gingen, wie man sich leicht vorstellen kann, nicht in Erfullung. Der tiefe Widerstreit der Meinungen trat grade in der Zeit, da S. Martino sein Amt übernahm, in zwei Addressen an das Tageslicht. Die eine von ihnen, von der Actionspartei schon seit dem zweiten April in Umlauf gesetzt, erläuterte den Sinn, in welchem Neapel das Plebiscit vom October 1860 genommen habe und erklärte, dass Neapel auch die piemontesische Auslegung acceptirt habe, aber nur unter der Bedingung und Voraussetzung, dass die Turiner Regierung schleunigst Gerechtigkeit, öffentliche Ordnung und Wohlstand schaffe. Die Addresse verlangte dann vom Parlament, dass es schleunigst diese Bedingungen Neapels erfülle. Die zweite Addresse war ein Memorandum von 19 ministeriellen neapolitanischen Deputirten, ursprunglich vom 1. Mai datirt und an Cavour gerichtet; es schob die Schuld aller Missstände auf das üble Regiment der Bourbonen vor der Constitution, dann auf die Uebergangszustände unter der erneuerten Constitution und unter der Dictatur Garibaldis, endlich auf die unruhigen Köpfe und die — schlechte Presse. Der Anklage, welche die Actionspartei gegen die Consorterie erhob, schleuderten die Ministeriellen eine andere entgegen wider die Actionspartei.

Den Missständen im Neapolitanischen war und ist, wie unsern Lesern längst klar sein muss, nicht im Handumdrehen abzuhelfen; die Brigandage, obgleich seit den Vorfällen von Melfi im grossen Maassstabe nicht hervortretend, aus Gründen, welche wir bald vorführen werden, wüthete doch im Detail beunruhigend und ermüdend in allen Provinzen fort; die Beamten blieben schlecht und unzuverlässig, die öffentlichen Arbeiten stiessen auf selbst ganz unerwartete Hindernisse der Ausführung.

Der Regent, welcher Neapel aus seinen Wirren herausführen sollte, hätte ein Mann sein müssen, wie sie der verkehrte Erziehungsdualismus unserer Zeit nur so äusserst selten aufkommen lässt, Soldat und Civiladministrator in einer Person, von grossem politischen Blick, fähig alle Parteien zu würdigen und das Gute aus ihnen herauszuziehen, das Unnütze und Schlechte unschädlich zu machen. Garibaldi vereinigte einen grossen Theil dieser Eigenschaften in sich und da seine Persönlichkeit ausserdem den höchsten Zauber auf die Bevölkerungen Neapels übte, wäre er wohl der Mann gewesen, der hier das Gute bis in die Wurzeln hinein schaffen konnte, aber doch auch nur unter einer Bedingung — dann nämlich, wenn er das Glück hatte, von vornherein von guten und tüchtigen Männern umgeben zu sein; mit der Umgebung, wie sie Ende 1860 zum grössten Theil beschaffen war, hätte auch er nichts ausgerichtet, trotz aller der Vortheile, welche ihm die Meinung der Neapolitaner über seine Person in die Hand gab.

San Martino war ein guter Administrator; in einer anscheinenden äusseren Ruhepause, welche das Räuberwesen machte, war er eben nach Neapel gesendet worden, um die Verwaltung des Landes zu ordnen und ihm so grössere Kraft zu geben, neuen Stürmen zu trotzen. Einseitig Administrator, wünschte sich San Martino Ruhe im Aeussern, da es offenbar leichter ist, vom Schreibtische aus die Administration einzurichten, als mit einer Hand die Feder zu führen, während die andere kräftig das Schwert hält.

Er wollte, um sich Ruhe zu schaffen, die Parteien versöhnen. Da er aber von Geburt und Gesinnung Aristocrat war, gedachte er zunächst seine Versöhnungsideen nur anzuwenden auf die dem neuen Regiment mehr oder minder feindlich gesinnte Aristocratie des Landes. Mit den alten Bourbonisten knüpfte er freundschaftliche Verbindungen an; sie erschienen auf den Bällen und bei den anderen geselligen Vereinigungen, die er häufig veranstaltete, einige gewannen in der Unterhaltung Einfluss auf ihn und benutzten diesen Einfluss, nicht um durch seine Vermittlung sich der Turiner Regierung anzuschliessen, sondern um, gedeckt durch die persönliche Freundschaft des Statthalters oder die Bekanntschaft mit ihm, desto besser für Franz II. arbeiten zn können.

Während auf der einen Seite San Martino glaubte.

sich über Minghetti, den Minister des Innern, zu beklagen zu haben, der ihn bei der Durchführung seiner administrativen Massregeln nicht gehörig unterstützte, während in Turin ihm auch Farini entgegenarbeitete, bewegt theils durch persönliche Feindschaft, die aus amtlichen Berührungen zur Zeit, da Farini die Emilia verwaltete, herstammte, theils durch den Neid, der ihn nicht gern sehen liess, dass in Neapel, wo er selbst nichts geschaffen, ein anderer etwas schaffe, während so San Martino auch auf seinem eigentlichen Felde mehr Hindernisse fand, als er gefürchtet, begünstigte er durch seine Hinneigung zu der bourbonischen Aristocratie die Ausbreitung und Befestigung der Umtriebe, durch welche der Bürgerkrieg mit den Waffen in der Hand auf neapolitanischem Boden verewigt werden sollte.

Das Centrum der Brigandage war Rom. Hier vereinigte der Papst seine Bemühungen mit denen seines Schützlings, Franz II. Beide machten gemeinschaftliche Sache; das Interesse der kirchlichen und der dynastischen Legitimität verschmolz sich in Papstthum und Bourbonen, in Pius IX. und Franz II. Der Peterspfennig gab die finanziellen Mittel zu der Organisation der Briganden, soweit solche nöthig waren und nicht von den Provinzialcomités beschafft werden konnten. Das Generalcomité für die Organisation der Brigandage hiess religiöser Verein, befand sich in Rom und stand unter dem Grafen von Trapani, Oheim Franz II.; ein jüngerer Bruder des letztern, der Graf von Trani, spielte die Rolle eines Kriegsministers der Briganden, der General Clary war Generalsecretär. Durch seine Hände gingen vornämlich die Geschäfte. Filialcomités bestanden in der Hauptstadt Neapel, sowie in verschiedenen Provinzialhauptstädten, sie vermittelten unter Beihülfe der Geistlichkeit und der Aristocratie die Werbung von Mannschaft, die Ertheilung von Breveten und Instructionen, den Verkehr mit dem Centralcomité. Die Wirksamkeit dieses Centralcomités ward durch das Verfahren San Martinos erheblich erleichtert.

In Erinnerung an die Zeiten des Cardinals Ruffo, vielleicht auch auch an die neueren Garibaldis, gedachte man im Uebrigen auch eine Macht zusammenzubringen, die man von aussen her, durch Landungen an die neapolitanischen Küsten und in die Provinzen Neapels werfen könnte.

Ausser in Rom befanden sich Bureaus zur Anwerbung von Kämpfern für Thron und Altar auch in Triest, in Marseille, in Malta. Dass die österreichische Regierung dem kein Hinderniss in den Weg stellte, ist begreiflich, handelte es sich doch für sie darum, dass ihrem Feinde, Italien, soviel Schaden als möglich gethan werde. In Malta liessen die englischen Gesetze dem Treiben der Bourbonisten, wenn auch sehr wider den Wunsch der englischen Regierung, grosse Freiheit. Aber sehr wunderbar musste es erscheinen, dass bei dem Despotismus und der Polizei Frankreichs, ein bourbonistisches Werbebureau zu Marseille bestehen konnte; man durfte wohl nichts dagegen einwenden, wenn in Italien gar manche meinten, dies werde nur dadurch möglich, dass die französische Regierung ein Auge zudrücke, ja dass sie die Sache wohl gar insgeheim begünstige, da es ihr ganz lieb sei, wenn die Unruhen in den neapolitanischen Provinzen nicht blos fortdauerten, sondern auch einen entschiedenern Character annähmen, wodurch ihr ein erwünschter Grund zu einer bewaffneten Einmischung geboten werden mochte.

An dem guten Willen der Papaliner und Bourbonisten lag es gewiss nicht, wenn alle ihre Unternehmungen erbärmlich scheiterten, vielmehr an der Nullität der Menschen, welche die Leitung dieser Angelegenheit hatten, an dem geringen Fundament, welches die öffentliche Meinung heute noch dem Legitimismus aller Art bietet und folglich an der moralischen Unreinlichkeit des weitaus grössten Theiles der Menschen, welche vornämlich aus den Ländern der katholischen Christenheit Lust bezeigten, sich zu Kämpfern für Thron und Altar aufzuwerfen.

Ward auch von den Führern des Räuberthums zu Rom Neapel als der hauptsächlichste Schauplatz für dasselbe betrachtet, so wollten sie doch keineswegs sich auf diese Provinzen beschränken, sondern sannen darauf, dasselbe gleichzeitig auf Umbrien und die Marken, ferner auf das Modenesische auszudehnen, um dadurch Anlass zu einem geregelten bewaffneten Einschreiten unter günstigen Umständen zu gewinnen, zu welchem im Modenesischen als Avantgarde jene estensischen Truppen verwendet werden konnten, welche 1859 mit ihrem Herzoge ausgewandert, jetzt von österreichischem Gelde ihr Leben fristeten.

Die Vorbereitungen zur Wiederbelebung der

Brigandage in den neapolitanischen Provinzen konnten im Wesentlichen *San Martino* ebenso wenig ganz verborgen bleiben, als die Ereignisse, welche täglich bekundeten, das wenigstens im Detail die Brigandage fortlebe. Um jeden Preis wollte er sich Ruhe für seine administrative Reorganisation verschaffen.

Die Reactionärs, welche ihn umlagerten, brachten ihm bei, dass es dazu einer *Verstärkung* der *regulären Truppen* bedurfe. Verwende man die *Nationalgarden* gegen die Reaction und die Brigandage, so schure man dadurch die Zwietracht und die Parteiwuth und mache jedes civile Zusammenleben der kaum noch beschwichtigten Parteien immer unmöglicher. Es lag allerdings etwas Wahres darin, aber nur insofern man eine vernunftige Organisation *mobiler* Nationalgarden verschmähte. San Martino war seinen ganzen bureaucratisch-aristocratischen Anschauungen nach sehr geneigt zu der *reinen* Verwendung *regulärer Truppen*, als Zopf und Aristocraten waren ihm alle sogenannten *irregulären* Truppen verhasst. Er hörte daher gern auf die Einflüsterungen der *Bourbonisten*, welche so sehr mit *dem* übereinstimmten, was er selbst im Innersten des Herzens dachte.

Er hatte im Neapolitanischen 57 Bataillone der regulären Armee; aber sie waren vereinzelt. Er verlangte nun von der Turiner Regierung noch 60 und bald darauf 70 weitere Bataillone derselben, um gegen die *Brigandage*, die *vorhandene* und die *erwartete*, erfolgreich operiren zu können. Diese Forderung erschreckte die Turiner Regierung. Durfte man denn die Hälfte der regulären italienischen Armee lediglich in die neapolitanischen Provinzen werfen und dadurch sich zu einer Schwäche verdammen, welche den verschiedenen theils offenen, theils versteckten Feinden theils Muth zu einem Angriff, theils zu der Anspannung ihrer Anforderungen an das neue Königreich machen mochte? Sollte man die Hälfte der Armee in einem ruhmlosen Kriege ermüden und erbittern, ihr die Zeit zur Vollendung ihrer Organisation nehmen? Waren denn nicht wirklich 57 Bataillone eine schöne Macht, welche nur verständig, zweckmässig gebraucht, verstärkt durch die minder regulären Kräfte, welche die Provinzen selbst boten, dem Räuberwesen wohl ein Ende machen konnten? Fehlte es nicht blos an dem gehörigen Gebrauch, der gehörigen Leitung der vorhandenen Kraft, um sie vollständig genügend erscheinen zu lassen?

Cialdini wird Commandant des 6. Armeecorps. Biographische Notizen über Cialdini.

Diese Fragen legte sich die Turiner Regierung vor und das Resultat war, dass sie den General Cialdini, denjenigen der italienischen Generale, welcher nächst Garibaldi — an den natürlich zu Turin nicht gedacht werden durfte, — den höchsten Ruf hatte, zum Commandanten des in den Südprovinzen stationirten sechsten Armeecorps ernannte und ihn mit weitgehenden Vollmachten zur Erstickung der Brigandage nach Neapel sendete.

Heinrich Cialdini ward am 10. August 1813 in Castelvetro im Modenesischen geboren; seinen ersten Unterricht erhielt er in Reggio (di Modena) bei den Jesuiten; eine Ungezogenheit zog ihm die Relegation zu. Er ward darauf von seinem Vater selbst, welcher Ingenieur war, eine Zeit lang unterrichtet und dann nach Parma gesendet. Er sollte Medizin studiren. Indessen kam das Jahr 1831 dazwischen. Cialdini trat in die nationalen Freiwilligenschaaren und flüchtete, nachdem der Aufstand sein unglückliches Ende gefunden, von Ancona nach Marseille und dann nach Paris, wo er seine Studien fortsetzte.

Als der Streit um die portugiesische Krone ausgebrochen war, liess es Cialdini in Paris keine Ruhe mehr. Nachdem er eben die Cholera überstanden, ging er nach Portugal und liess sich im März 1833 in der Armee Dom Pedros als Grenadier anwerben; er machte die Vertheidigung von Oporto, später die Belagerung von Santarem und mehrere Gefechte mit und rückte zum Unterlieutenant auf. Nach der Auflösung des Regimentes, in dem er in Portugal gedient hatte, blieb er nicht lange in Unthätigkeit; im October 1835 trat er in spanischen Dienst über und zwar als Oberlieutenant in das von dem Genueser Borso di Carminati commandirte Regiment der Jäger von Oporto. Bald ward er zum Adjutanten Borsos, schon 1836 zum Hauptmann ernannt; zeichnete sich öfters aus, erhielt aber nach übertreibender spanischer Sitte noch mehr Orden und Ehrenzeichen, als ein Mann Gelegenheit haben kann, zu verdienen. Im Jahre 1841 ward er auf den Verdacht hin, an der Verschwörung gegen Espartero theilgenommen zu haben, zuerst verhaftet, dann in Inactivität versetzt, endlich noch einmal in dem ihm zum Aufenthalt angewiesenen Barcellona verhaftet. Darauf ward ihm Valenza zum Aufenthalt bestimmt. Hier verlobte er sich. Im Jahre 1843 nahm er die Stelle eines Adjutanten bei Narvaez an und marschirte mit diesem gegen Madrid; als die Hauptstadt eingenommen war, ward er als Oberstlieutenant in das Regiment S. Fernando versetzt, trat aus demselben 1844 in die Gensdarmerie uber und wurde in ihr 1847 zum Legionschef befördert.

Der Herzog von Ahumada, Chef der gesammten spanischen Gensdarmerie, sendete Ende 1847 Cialdini nach Paris, wo er die Einrichtungen der französischen Gensdarmerie studiren sollte, damit nach deren Muster auch die spanische eingerichtet werden könne. Cialdini befand sich in Paris, als die französische Februarrevolution von 1848 ausbrach. Bald drangen die Nachrichten von der Erhebung Italiens zu ihm. Es zog ihn nach der Heimath; er verliess den spanischen Dienst und suchte zuerst in Modena, dann in Mailand eine Anstellung, in der er seine Fähigkeiten verwerthen könne. Wie es gewöhnlich zu geschehen pflegt, die für ihn passenden Stellen waren bereits von unfähigen Schreiern in Besitz genommen; die Mailänder provisorische Regierung hatte nicht die mindeste Einsicht in das, was ihr noth that. Cialdini ging zu Durando nach Vicenza und traf bei diesem am Tage vor dem Sturme der Oesterreicher ein. Er machte den Kampf auf den berischen Hügeln an der Seite d'Azeglios mit, welcher hier commandirte, und ward tödtlich verwundet. Nach dem Abschlusse der Capitulation musste er in Vicenza zurückgelassen werden und gewann sich dort die Achtung des strengen d'Aspre. Noch nicht vollständig geheilt ging er nach dem Waffenstillstand Salasco nach Piemont und ward daselbst an die Spitze des aus Parmesanern und Modenesen gebildeten 23. Regiments gestellt. Er wusste in dieses aus sehr heterogenen und nicht den besten Bestandtheilen formirte Regiment die nothwendige Disciplin zu bringen, um es 1849 bei Vigevano und Novara mit Ehren ins Feuer führen zu können.

Als anfangs 1850 das 23. Regiment aufgelöset ward, erhielt der Oberst Cialdini das Commando des 14. Regiments.

Im Jahre 1855 machte Sardinien 15,000 Mann mobil, um an dem Kriege der Westmächte gegen Russland Theil zu nehmen. Cialdini erhielt das Commando der dritten provisorischen Brigade dieses Corps. Er schiffte sich im Mai nach der Krim ein, wo er noch in demselben Monat eintraf. Er hatte mehr Gelegenheit, in der Aufrechthaltung der guten Ordnung als in der Leitung der Truppen im Gefecht seine Fähigkeit zu zeigen. In der Schlacht an der Tschernaja kam die dritte Brigade gar nicht ins Feuer. Für den Sturm auf Sebastopol ward sie zwar der vierten französischen Division zu dem Angriff auf die Mastbastion zugetheilt, hatte aber nur unthätig das russische Feuer in den Tranchéen auszuhalten.

Aus der Krim zurückgekehrt, ward Cialdini zum Inspector der Bersaglieri an Stelle des dort verstorbenen Alexander Lamarmora und zum Adjutanten Victor Emanuels ernannt; auch inspicirte er zeitweise die Militärschule zu Ivrea und leitete die Uebungen der auf 40 Tage einberufenen Soldaten der zweiten Categorie im Lager von S. Maurizio.

Im Jahre 1859 ward ihm anfangs die Oberleitung der Organisation der Alpenjäger und der Apenninenjäger übertragen. Darauf erhielt er das Commando der vierten Division des activen Heeres. Diese Division kämpfte unter seinem Befehle am 30. Mai bei Palestro zur Deckung des Flankenmarsches der französischen Armee auf Novara.

Cialdini ward für dieses Gefecht zum Generallieutenant befördert. Weder an der Schlacht von Magenta, noch an derjenigen von Solferino nahm er Theil. Er bildete mit seiner Division während der letzten Zeit des Feldzuges eine Art Reserve der Alpenjäger Garibaldis.

Als nach der Annexion von Centralitalien die Eintheilung der subalpinischen Armee in Armeecorps erfolgte, erhielt Cialdini das Commando des 4. Corps mit dem Hauptquartier zu Bologna. Dies Corps bildete den linken Flügel der italienischen Armee, welche im September 1860 unter Fanti in die päpstlichen Staaten einfiel. Am 19. September schlug Cialdini die päpstlichen Truppen unter Lamoricière bei Castelfidardo und zwang deren Reste am nächsten Tage zu einer Capitulation im freien Felde.

Nachdem Ancona gefallen war, rückte das vierte Armeecorps unter dem jetzt zum commandirenden General (Generale d'armata) beförderten Cialdini in die neapolitanischen Provinzen ein.

Cialdini kündigte an, dass er jeden bewaffneten

Bauer erschiessen lasse und nur den Soldaten Quartier gebe. Er inaugurirte damit ein System, welches in der italienischen Armee bis in die untersten Commandosphären hinab viele Anhänger fand, die damit ihre Energie zu beweisen gedachten. Was Cialdini betrifft, so liess er es übrigens fast bei den Drohungen sein Bewenden haben. Nach den Gefechten am Macerone bei Isernia und am Garigliano rückte er Ende October vor die Festung Gaëta, deren Einschliessung, — zunächst nur von der Landseite — und Beschiessung alsbald ihren Anfang nahm.

Nachdem Gaëta, dann auch Messina und Civitella del Tronto gefallen waren und somit der Krieg ein Ende genommen, kehrte der General nach Bologna, in das Friedenshauptquartier des vierten Corps zurück. Obwohl zum Deputirten erwählt, nahm er doch, durch seine zahlreichen Amtsgeschäfte gehindert, seinen Sitz im Parlamente nicht ein. Wir haben gesehen, wie er es bei Gelegenheit des Erscheinens Garibaldis im Parlamente für nothwendig hielt, diesem den Fehdehandschuh hinzuwerfen, wie dann eine äusserliche Versöhnung folgte. Der Brief an Garibaldi war der einzige Flecken, der in der öffentlichen Meinung dem sonst höchst populären General anklebte und sogar dieser verschwand ziemlich durch die angebliche Versöhnung, an deren Wahrheit die Masse des Volkes glaubte.

Cialdini ist eine nervöse Natur, leicht in verschiedenen Richtungen aufzuregen und zum schnellen Handeln bereit; in wichtigen Dingen giebt ihm gerade seine Nervosität die nothwendige Kälte zum Ueberlegen und Handeln. Er ist ein ebenso tüchtiger Soldat als

Führer, hat viel Glück und weiss, dass Klappern zum Handwerk gehört. Seine äussere Erscheinung unterstützt seine Einwirkung auf den Soldaten sehr. Gegen Garibaldi fühlte er in der letzten Zeit unverkennbar einen gewissen Neid. Obgleich aller Ehren voll, welche das officielle Königreich Italien ertheilen kann, sah er doch vermöge seiner allgemeinen Bildung, seines feinen Taktes, der Poesie, die ihm nicht fremd ist, dass er Garibaldi nicht erreichen könne.

Cialdinis Ernennung zum Statthalter von Neapel.

Dieser Mann also ward jetzt von dem Ministerium Ricásoli zunächst als Commandant des 6. Armeecorps, aber wie schon gesagt, mit grossen Vollmachten nach Neapel gesendet, um dem Räuberwesen ein Ende zu machen. Am 7. Juli traf Cialdini in Neapel ein. S. Martino kannte nicht sobald die Vollmachten des Generals, als es ihm schien, dass er durch dessen Erscheinen überflüssig gemacht und in seiner Art von Pacification gestört werde. Auf ein Schreiben, welches er in diesem Sinne an das Ministerium richtete, erhielt er zur Antwort: er möge sich nur in Allem nach dem Urtheile Cialdinis richten. Er erwiderte, indem er seine Entlassung eingab. Diese ward angenommen und nun Cialdini zum Statthalter Neapels ernannt; der Graf Cantelli ward ihm für die Civilverwaltung beigegeben.

Am 19. Juli übernahm Cialdini sein neues Amt mit der nachfolgenden Proclamation:

„Neapolitaner! die Regierung des Königs hatte mich mit dem besondern Auftrage zu euch gesendet, euer schönes Land von den Räuberbanden zu reinigen, welche es befehden. Es kam nun die beklagenswerthe Entlassung des Grafen Ponza di San Martino und jetzt gefiel es Seiner Majestät mich durch königliches Decret vom 14. d. M. zum Statthalter in diesen Provinzen zu ernennen; ohne Zweifel in der Absicht, Civil- und Militärgewalt in einer Hand zu vereinigen und so den Erfolg meines Auftrages zu erleichtern. Ich trete das Amt an ermuntert durch einen freundlichen Beweis des Wohlwollens, welchen mir das Municipium Neapels geben wollte, indem es mich zu eurem Mitbürger machte. Eine meinem Herzen so schmeichelhafte und theure Ehre, legte mir eine Pflicht der Dankbarkeit auf und ich kam um sie zu erfullen. Aber wenig oder nichts würde ich ohne euch vermögen; mit euch kann ich Alles. Zwischen dem, der euch bestiehlt und mordet und dem, der euer Leben und Eigenthum vertheidigen will, scheint mir eure Wahl nicht zweifelhaft. Das natürliche Urtheil des guten neapolitanischen Volkes und der verständige Sinn seiner Nationalgarde giebt mir also Vertrauen. Mit Vertrauen rufe ich an und erwarte die Unterstützung aller Theile der grossen liberalen Partei, weil die vorliegende Frage eine sachliche, keine formelle, von allgemeinem, nicht von einem Sonderinteresse ist. Mögen also die aufreizenden Zänkereien verstummen. Wer die Freiheit unter der Bürgschaft kräftig aufrecht erhaltener, mit Billigkeit angewendeter Gesetze will, wer ein freies und einiges Italien mit dem Könige Victor Emanuel will, der sei mit mir, weil ich etwas Anderes nicht verlange, nicht will, nicht verfechte. Ein Ruf, ein blosser Ruf aus voller Brust, nur gleichzeitig und einmüthig, wird einen mächtigen Widerhall wecken vom Tronto bis zum griechischen Meere; er wird genügen, um binnen kurzem die reactionären Banden zu zerstreuen und den zu entmuthigen, der sie von fernher bezahlt, bewegt und leitet. Wenn der Vesuv brüllt, zittert Portici!"

Zur Erläuterung dieser letzten Phrase fügen wir nur bei, dass das Filialbrigaudencomité von Stadt und Provinz Neapel seinen eigentlichen Sitz zu Portici am Fusse des Vesuv hatte.

Die Brigandage im Principat im Juli.

Das Erscheinen und Auftreten Cialdinis ermuthigte die neapolitanische Bevölkerung wieder. Es war aber auch nöthig, denn grade zur Zeit der Ankunft des Generals hatte im jenseitigen Principat, in der Gegend von Avellino, das Räuberwesen wieder eine Gestalt angenommen, die es gross und drohend erscheinen liess.

Mehre kleinere Brigandenbanden, zum Theil durch den General Pinelli in die Enge getrieben, zum Theil dadurch nur gefügiger gemacht, sich unter einem gemeinsamen Befehl zu vereinigen, concentrirten sich in der Terra di Lavoro und brachen aus dieser Provinz und dem Benevent in den ersten Tagen des Juli in das jenseitige Principat ein. Am 7. Juli besetzten sie Montefalcione, von dort aus Lapio, Chiusano, Salsa, S. Potito, alle diese Ortschaften östlich Avellino. Ueberall wurde hier Franz II. ausgerufen, das savoyische Kreuz entfernt, die weisse bourbonische Fahne entfaltet. Die Bevölkerung der umliegenden Gegend schwebte schon seit mehreren Tagen zwischen Furcht und Hoffnung. Hätte eine gute Organisation mobiler Nationalgarde existirt, so hätte diese leicht aus der dichtbevölkerten Gegend zusammengerufen und so dem Scandal ein Ende gemacht werden können. Aber die Nationalgardeorganisation, welche grade in diesen Gegenden im Herbst 1860 entstanden, war statt entwickelt zu werden, in Verfall gerathen. Das Institut litt an dem Fehler zu grosser Rechnung auf die Freiwilligkeit. So kam es, dass wohl in einzelnen Gemeinden einige muthige Männer zusammentraten, um den Nachbarn zu Hulfe zu eilen, aber vereinzelt, in zu geringer Zahl, um sich allein an die Brigandenhaufen und den Theil der Bevölkerung, welcher mit ihnen gemeinschaftliche Sache machte, wagen zu können.

Der Nothschrei der Liberalen drang nach Avellino; der Gouverneur de Luca traf hier zunächst Anstalten zur Erhaltung der Ordnung in der Stadt, die man nach den einlaufenden Nachrichten selbst fur bedroht halten musste und in deren Strassen sich verdächtiges Gesindel zeigte, dann telegraphirte er um Hulfe nach Neapel, und als er darauf keine genügende Antwort von San Martino erhielt, direct nach Turin. Von Turin aus ward erwidert, dass die ungarische Legion, welche in Nocera in Garnison lag, auf Avellino marschiren werde, dass auch Cialdini in Neapel angekommen sein müsse und die nöthigen Massregeln ergreifen werde. Ermuthigt durch diese Nachrichten rückte de Luca am Morgen des 8. Juli mit einem Theil der Nationalgarde von Avellino, welcher sich unterwegs diejenigen von Ajello, Cisinali und Atripaldi auschlossen, aus, um das Land zu befreien. Die Briganden räumten bei seiner Annäherung S. Potito, Candida, Chiusano und warfen sich auf Montefalcione zurück Nun versuchte de Luca einen Angriff auf Montefalcione, ward aber hier von den Briganden und der Bevölkerung übel empfangen, zurückgetrieben und gezwungen, sich in ein Kloster ausserhalb des Ortes einzuschliessen. Hier ward er von den Briganden förmlich belagert; erst am 10. Juli brachte die herankommende ungarische Legion den ersehnten Entsatz. Sie nahm darauf Montefalcione mit Sturm und übte blutige Repressalien. Von Montefalcione marschirte de Luca mit den Ungarn und der Nationalgarde auf Monte Miletto, kam aber zu spät, um hier die scheusslichsten Gräuelscenen zu verhindern.

Ein Theil der Nationalgarde von Monte Miletto war am 7. Juli, unterstützt von fünf Soldaten der Linie, auf die erste Kunde von den Vorfällen zu Montefalcione in der Richtung auf dieses ausmarschirt, aber auf die Nachricht von der Stärke der Briganden und des Aufstandes umgekehrt. Die Häupter der liberalen Partei, eines Angriffs der Briganden gewärtig, schlossen sich nun in den Palast Fierimonte ein, um nicht vereinzelt den Räubern in die Hände zu fallen und um mindestens ihr Leben theuer zu verkaufen. Einige Einwohner des benachbarten Torre delle Nocelle schlossen sich ihnen an. In der Nacht vom 8. auf den 9. Juli überfielen die Briganden Monte Miletto, verstärkten sich durch das niedere Volk und schlossen alsbald den Palast Fierimonte ein. Nach längerem Kampfe legten sie endlich Feuer an denselben, zu dessen Unterhaltung die Weiber die Reisigbündel herbeitrugen; durch die verbrannten Thore und Verbarricadirungen drangen sie nun ein und begannen ein furchtbares Gemetzel. Siebenzehn Menschen wurden niedergemacht, darunter der Nationalgardehauptmann Tarantino und der Erzpriester Leone. Als de Luca mit den Ungarn sich am 10. Monte Miletto näherte, floh ein grosser Theil der Bevölkerung aus der Stadt und suchte eine Zuflucht in den Buschen und im Korne.

Am 13. Juli kehrte de Luca mit vierzig Gefangenen nach Avellino zurück.

Characteristik der Verwaltung Cialdinis.

Cialdini, sobald er zum Statthalter ernannt war, beschloss ernstlich gegen die Briganden aufzutreten. In der Einsicht, dass es mit der rein militärischen Action nicht gethan sei, wollte er zugleich ernstlich gegen die mächtigen und geheimen Begünstiger der Reaction auftreten, die bisher unter den Flügeln San Martinos Schutz gefunden hatten. Andererseits zeigte er sich anfangs geneigt, durch Entgegenkommen sich mit der Actionspartei zu verbinden, um deren Thatkraft auszunutzen.

In ersterer Beziehung entfernte er mehrere zweifelhafte oder unbeliebte Beamte aus ihren Stellen, darunter auch den der Actionspartei besonders verhassten Spaventa; er nahm Verhaftungen von Reactionärs vor, wobei es allerdings ohne Willkürlichkeiten nicht ablief. Auf die Bitte einer Anzahl von Arbeitervereinen setzte er am 31. Juli den Oberreactionär Cardinal-Erzbischof von Neapel auf ein Schiff und schickte ihn weg. Der Erzbischof begab sich nach Rom. Cialdini trat in Verbindung mit dem „Mazzinisten“ Nicótera und kam mit ihm über die Errichtung einer mobilen Nationalgarde überein. Nicótera eröffnete die Listen für die Einschreibung; indessen diese Freude dauerte nicht lange. Die Consorterie erhob ein furchtbares Geschrei, mit Verdächtigungen aller Art gespickt. Nicótera trat zurück und Cialdini gab sich eben keine grosse Mühe, das begonnene Werk in irgend einer Weise fortzuführen.

Mehrfach gab er überhaupt, durch Einwürfe und Hindernisse gelangweilt, die besten Vorsätze schnell wieder auf.

Wie man sich denken kann, wollte Neapel den Jahrestag des Einzuges Garibaldis, jenen siebenten September feiern, von welchem es seine Befreiung datirt. Cialdini hatte den guten Takt, weit entfernt, dieser Feier irgend welche Schwierigkeiten in den Weg zu legen, sie vielmehr auf alle Weise zu begünstigen. Bei dem Danke, den er nachher dem Municipium für die Feier des 7. September aussprach, nahm er die Gelegenheit wahr, ihm verschiedene Vorsorgen für die Ordnung und Sicherheit in der Stadt ans Herz zu legen und es zur beförderlichen Zustandebringung einer Anleihe zu ermahnen, von welcher schon lange die Rede und welche nothwendig war, um die wünschbaren ordnungspolizeilichen Massregeln durchführen zu können. Durch diese Ermahnung machte er sich die aus Bourgeois und zum Theil aus Reactionären bestehende Municipalbehörde von Neapel nicht zum Freunde, wie man leicht begreifen kann. Sie liess es ihn schon in der offenen Antwort deutlich merken, wie sehr sie sich verletzt fuhle, und in den geheimen Antworten, welche in dem geläufigen, durch die Consorterie betriebenen Intriguenspiel lagen, fand sich gewiss nicht der geringsten Grunde einer, welche der Statthalterschaft Cialdinis ein fruhzeitiges Ende bereiteten.

Ueberall ging es unter Cialdinis Leitung ein wenig willkurlich zu, ohne dass indessen diese Willkurlichkeit mit besonderem Rechte hätte angefochten werden können. Besonderen Lärmen machte die Entsetzung des neapolitanischen Obergerichtspräsidenten Tofano, welcher späterhin, selbst Deputirter, seine Sache vor das Parlament brachte.

Um der Aemterjägerei ein Ende zu machen, war man auf den Gedanken gekommen, die Namen derjenigen, welche um Beamtungen nachsuchten, durch das officielle Blatt zu veröffentlichen. Diese Maassregel ward aus verschiedenen Grunden angefochten. Mit Recht wohl bemerkte man, dass bei der allgemeinen Durchführung derselben auch mancher tuchtige Mann, der uneigennützig und zum wahren Vortheil des Landes seine Dienste demselben widmen wollte, an den Pranger gestellt werden könnte, — dies durchaus nicht zum Nutzen des Landes. Aber es ward noch ein ganz eigenthümlicher anderer Grund gegen die Veröffentlichung der Namen der Aemterjäger vorgebracht, der wirklich für die neapolitanischen Provinzen characteristisch ist. Man bemerkte nämlich, dass ganz nichtsnutzige Bursche in kleinen und entlegenen Städten des Landes sich unendlich darüber freuten, ihre Namen gedruckt, obenein im officiellen Journal gedruckt zu sehen und strahlend durch alle Gassen liefen, die Zeitung in der Hand, um dieses Ereigniss an sich, — ohne weitere Rücksicht auf den dabei obwaltenden Zweck und die Bedeutung — allen ihren Bekannten und Nichtbekannten anzuzeigen. Diese Leute verstanden es selbst, sich in ihren Gemeinden mit der Vorzeigung des Prangers, an welchen sie gestellt waren, Wichtigkeit und Ansehen zu verschaffen.

Die Brigandage: Pontelandolfo und Casalduni; Viesti. Das zarte Herz Napoleons III.

Die Vertilgung der Brigandage war der eigentliche Zweck, zu welchem die Regierung Cialdini ins Neapolitanische gesendet hatte. Darauf musste der General wohl hauptsächlich seine Kraft und sein Augenmerk richten. Beständig von Rom aus und auf den Landwegen genährt, hatte jetzt das Räuberwesen in den nordwestlichen Provinzen eine besondere Kraft. Hier war auch die Bevölkerung am wenigsten entschlossen, selbst mit ihm ein Ende zu machen. Cialdini, auf diese augenblickliche Lage der Dinge, welche keineswegs, wie wir es noch genügend sehen werden, für alle Zeiten durchschlagend war, sein Augenmerk richtend, beschloss durch die Besetzung der Strasse von Neapel nach der Capitanata über Avellino auf Foggia die Nordprovinzen von den südlichen zu trennen; in den ersteren mit grossen Abtheilungen zu wirken, die Erstickung der verschiedenen Versuche in den Südprovinzen aber theils der Bevölkerung, der liberalen Partei selbst, theils kleinen Truppendetachements zu überlassen, welche für jene einen festen Kern abgeben konnten.

In Calabrien benahm sich die liberale Partei, die grosse und kleine Bourgeoisie, ziemlich muthig und gut.

Die Briganden, welche im Anfang Juli aus der Gegend von Avellino vertrieben worden waren, hatten sich zuerst ins Beneventanische und dann, da ihnen auch hier keine Ruhe gelassen ward, in die Berge des Matese geworfen. Sie blieben aber dort in beständiger Beziehung und Verbindung mit den Reactionärs der neuen Provinz Benevent und der anstossenden Theile der Provinzen Molise, Principato ultra und Terra di Lavoro. Von den Reactionärs gerufen, bemächtigten sie sich am 7. August der drei, neuerdings zur Provinz Benevent geschlagenen, ursprunglich zu Molise gehörigen Ortschaften Pontelandolfo, Casalduni und Campolattaro. Vor Pontelandolfo zog ihnen das Volk unter Führung der Geistlichkeit nach der Kapelle San Donato ausserhalb der Stadt entgegen; die Geistlichkeit ertheilte den Räubern den Segen und begleitete sie dann unter dem Jubel des Volks in den Ort, wo nun sogleich Gräuel aller Art gegen die wenigen liberalen Familien ihren Anfang nahmen. Bei dieser Gelegenheit können wir die Bemerkung nicht unterdrücken, dass der Titel, welchen man dem König Victor Emanuel beilegte: Re Galantuomo, nicht wenig dazu beitrug, vieler Orten die Parteiung einschneidender und blutiger in ihren Folgen zu machen. Das arme neapolitanische Volk nennt jeden einen „Galantuomo", der einigermassen anständig angezogen ist; die Armen gegen die Reichen aufzureizen ist eines der Kunststücke, welche von den Revolutionärs aller Arten in der verschiedensten Weise und ohne grosse Unterscheidung des wirklichen Sachverhaltes angewendet werden. Die Reactionärs der neapolitanischen Provinzen gebrauchten nun den Kunstgriff, den Re galantuomo als den König der Galantuomini, der wohlhabenden und gutgekleideten Menschen, der Bourgeois in allen Schattirungen darzustellen (was cum grano salis nach dem italienischen Statut allerdings richtiger war, als blödsinnige Pfaffen es zu begreifen vermochten). Dem Re galantuomo ward dann Franz II. als der König der Armen und Leidenden entgegengesetzt und auf diese Weise die Begeisterung der Armen und Leidenden für ihn gewonnen. Immer die ärmsten und verkommensten Ortschaften sind es daher, in denen die Brigandage und die Reaction mit einigem Erfolge auftreten.

Aus Pontelandolfo machte die in diese Gegenden eingefallene Brigandenbande ihr Hauptquartier. Von hier aus raubte sie, verstärkt durch das arme Landvolk, im Lande ringsum. Am 11. August ward der Lieutenant Bracci mit 40 Mann des 36. Infanterieregiments und 4 Carabinieren nach Pontelandolfo gesendet, um dort die Ordnung herzustellen. Er rückte mit 42 Mann, zwei waren unterwegs zurückgeblieben, auf Pontelandolfo, traf aber daselbst auf einen hartnäckigen Widerstand und ward bald dergestalt in die

Enge getrieben, dass er den Rückzug antreten musste. Ein Priester hatte ihm gesagt, dass in Casalduni ein starkes Truppendetachement stehe. Der verrätherischen Nachricht trauend richtete Bracci seinen Rückzug auf Casalduni, welches nur eine kleine Wegstunde von Pontelandolfo entfernt ist. Alsbald folgte ihm die ganze Bevölkerung der Ortschaft; diejenige von Casalduni fiel ihm in den Rücken. Bracci ward vollständig umzingelt, er mit seiner ganzen Mannschaft bis auf einen einzigen Mann, welcher durch eine frühzeitige Flucht sich rettete und die Trauerbotschaft nach Benevent brachte, wurden erbarmungslos niedergemacht. Nun wurden ernstlichere Massregeln ergriffen. Der Oberstlieutenant Negri rückte aus der Terra di lavoro mit 500 Mann Infanterie und 2 Kanonen gegen Pontelandolfo und Casalduni vor, 400 Bersaglieri und Nationalgarden blieben in Reserve beim Pass von S. Lupo.

Negri, der beim Einrücken in Pontelandolfo keinen Widerstand fand, erfuhr bei der Untersuchung alle Details der von den Kannibalen verübten Gräuel, von den ermordeten 42 Menschen waren nur noch verbrannte Knochenstücke über; der Lieutenant Bracci, verwundet in die Hände der Banditen gefallen, war volle acht Stunden auf das scheusslichste gequält worden, ehe er starb. Allgemein war, wie man sich denken kann, die Empörung der italienischen Officiere und Soldaten; sie schrieen nach Rache für ihre schmählich gemordeten Kameraden. Negri liess Pontelandolfo und Casalduni niederbrennen bis auf den Grund und berichtete nach Neapel:

„Pontelandolfo und Casalduni ist ihr Recht widerfahren.“

In der Capitanata war die Brigandage mit dem Juli, ungefähr zu derselben Zeit, als die Ereignisse um Avellino sich zutrugen, besonders lebhaft geworden, namentlich um Bovino und auf dem Monte Gargano, wo in Wäldern und Schluchten die Räuber viele Schlupfwinkel fanden.

Anfangs nur in kleinen Banden agirend, welche reiche Leute abfingen und ihnen Lösegeld abpressten oder auch einfach raubten, schlossen sie sich bald zu grösseren Haufen zusammen. Ein solcher Haufe, 280 Mann stark, überfiel Sonntags, den 27. Juli, im Einverständniss mit den Reactionärs die Stadt Viesti an der Meeresküste, zog die weisse Fahne auf, plünderte, mit dem niederen Volke verbündet, die Häuser der Liberalen, raubte, erpresste und mordete. Hier kam es vor, dass die Kannibalen ihren Namen im prägnantesten Sinne verdienten; sie frassen das Fleisch eines abgeschlachteten Knaben. Glücklicher Weise waren die Gräuel von kurzer Dauer. General Pinelli, von ihnen unterrichtet, eilte schon am 29. Juli mit 500 Mann herbei, um die Ruhe herzustellen. Die Briganden räumten Viesti und warfen sich, von den Truppen verfolgt, zuerst in die Umbriberge, von dort auf die Ortschaft Vico, welche sie gleichfalls ausplünderten, worauf sie sich vorläufig zerstreuten.

Wie bemerkt, in allen Provinzen liess die Brigandage sich verspüren, hier mehr, da minder; sie wagte sich mit ihren Versuchen bis in die nächste Nähe der Hauptstadt; zu Somma am Vesuv, am

Posilipp waren Brigandennester. Chiavone betrieb, stets vorsichtig den Rücken an die päpstlichen Besitzungen gelehnt und getreu den Vorschriften, die er sich selbst gegeben und bisher getreulich befolgt hatte, sein Geschäft in der Gegend von Sora und an der grossen Strasse von Rom nach Neapel. Es wäre weder unterhaltend noch ist es wichtig, dass wir die Räuberei in alle Details und an allen Orten verfolgen. Wir müssen uns darauf beschränken, einzelne Ereignisse und Umstände, die besonders characteristisch für das ganze Wesen sind, hervorzuheben.

Es ergiebt sich schon aus dem früher Gesagten, dass auch die Truppen bei der Bekämpfung der Brigandage nicht mit Glacéhandschuhen anfassten. Wenn man die Schändlichkeiten der Banditen von Viesti, Pontelandolfo, Casalduni erwägt, welche sich an so vielen Orten, wenn auch in kleinerem Massstabe wiederholten; erwägt, wie die Briganden den Truppen so oft ungreifbar erschienen, sich bei deren Ankunft verflüchtigten, ernstem Kampfe nicht standen, so dass die Anstrengungen schwieriger Märsche ohne Lohn blieben, so wird eine grosse Erbitterung von Soldaten und Officieren begreiflich und man braucht kaum noch hinzuzunehmen, dass manche Führer wohl Härte mit Kraft und Geschick verwechselten und sich durch eine bis zur Grausamkeit gesteigerte Strenge beliebt zu machen gedachten. Obwohl doch auch dies vorkam.

In einzelnen Fällen, wo Androhungen von Erschiessen zu reichlich gespendet wurden, war es wohl mit der Ausführung nicht so scharf gemeint; die Truppencommandanten wollten einschüchtern und sofern ihnen dies damit gelang, hatten sie mit den scharfen Androhungen Recht. So verhielt es sich wohl mit einem Proclam des Militärcommandanten zu Teramo, Oberst Galateri, welcher drohte, jeden erschiessen zu lassen, der einen Briganden verbergen würde, und jedem das Haus über dem Kopf anzünden und plündern zu lassen, welcher der Behörde nicht behülflich sein würde, das ihm bekannte Versteck eines Briganden zu finden. Galateri ward in Folge dieses Befehls von seinem Posten abberufen.

Ein anderer Truppencommandant soll befohlen haben, dass jeder Landmann, der zur Arbeit im Felde Brot dort mit hinausnähme, erschossen werden solle. Wir haben nicht ermitteln können, ob daran etwas Wahres sei. Ursache der Drohung konnte nur dies sein, dass öfters die Landleute, im Einverständniss mit den Briganden, diesen Lebensmittel zuführten, die sie ihnen auf dem freien Felde überlieferten, wenn die Räuber sich nicht getrauten, in die mit Truppen besetzten Ortschaften zu kommen. Wir würden dieser Sache gar nicht Erwähnung gethan haben, wenn sie nicht Veranlassung gegeben hätte zu einem Briefe des Kaisers Napoleon an den eben damals in ausserordentlicher Mission an den König Victor Emanuel zu Turin befindlichen General Fleury, — einem Briefe, in welchem Fleury angewiesen ward, gegen die Grausamkeiten der italienischen Truppen zu reclamiren.

Wir begreifen, wir müssen es gestehen, wenig, woher der Mann des zweiten December und von Cayenne diese zarten Gefühle nahm; wir begreifen es ebenso wenig, wie das englische Parlament denselben

Gegenstand mit „sittlicher Entrüstung“ behandeln konnte, welches doch auch den indischen Aufstand nicht eben zu lange hinter sich hatte.

Die importirte Brigandage. Borjes.

Ende August nun war die fremde Brigandage, die von aussen her zu importirende der Kämpfer für Thron und Altar so weit organisirt, dass auch sie sich bemerkbar machen konnte. Einer ersten Nachricht von einem Landungsversuch in der Gegend von Benedetto del Tronto folgten andere Nachrichten von Landungsversuchen oder gelungenen Landungen einzelner kleiner Banden in Calabrien und Sicilien. Obwohl wir damit schon aus der Statthalterschaft Cialdinis hinaus und bis in den Winter hineinkommen, wollen wir hier doch den Zug des Spaniers Borjes durch die neapolitanischen Provinzen im Zusammenhange kurz erzählen, um dann für einige Zeit die Brigandage bei Seite lassen und uns anderen Dingen zuwenden zu können, welche ein noch weit höheres Interesse haben und uns wieder mitten in die grosse italienische Politik, die innere und die äussere hineinversetzen werden.

José Borjes *), geboren 1803, war der Sohn eines alten Officiers, der 1823 auf Seite der Roya-

*) Anm. Mit uns erinnert sich wohl noch mancher andere Leser der abenteuerlichen Vermuthungen, die bei Borjes Erscheinen über denselben aufgestellt wurden. Wir hörten unter anderem einmal behaupten, er sei der hannoversche Minister Graf Borries, dann wieder, er sei einer der Redacteure der Augsburger Allgemeinen Zeitung, der Dr. Orges, bekanntlich früherer Officier.

listen war und erschossen ward. Er selbst diente unter Don Carlos, musste 1839 nach Frankreich flüchten und trieb dort den Buchhandel, später kehrte er nach Spanien zurück und führte dort den Brigandenkrieg auf eigene Faust, war aber nach zwei Jahren gezwungen, wiederum seine Zuflucht in Frankreich zu suchen. Hier ward er im Jahre 1861 von dem päpstlich-bourbonischen Comité von Marseille für den Kampf um Thron und Altar angeworben. Alter Royalist, ein höchst loyaler Character, ein tüchtiger, im Parteigängerkrieg erfahrener Soldat, schien er eine besonders werthvolle Acquisition. Seine Instructionen erhielt er am 5. Juli vom General Clary. Laut denselben sollte er in Calabrien landen und hier die Regierung des Königs Franz II. proclamiren, die Civilregierung in den Städten, deren er sich bemächtigen würde, demgemäss einrichten, die Soldaten des ehemaligen neapolitanischen Heeres zu den Fahnen zurückrufen. Mit diesen, den Leuten, die er mitgebracht hatte und zu versammelnden Recruten, sollte er zunächst eine Brigade von vier Bataillonen, deren Benennungen sogar angegeben waren, bilden und sogleich die militärischen Operationen beginnen.

Nach den Versprechungen, welche Borjes gemacht wurden, musste er glauben, dass es ihm an Mannschaft, Waffen, Mitteln jeder anderen Art gar nicht fehlen könne. Die Thaten stimmten freilich wenig mit den Worten.

Nachdem Borjes eine Anzahl Officiere aus aller Herren Ländern zusammengeworben, schiffte er mit diesen nach Malta, verschaffte sich dort mit Muhe und Noth einige Waffen und ging dann mit seinem Gefolge an Bord eines Segelschiffs, einer Speronara, am 10. September Abends in See. Am 13. Abends gelangte er auf die Höhe von Brancaleone, an der Ostseite des sudlichsten Theils von Calabrien; es trat eine Windstille ein, das Schiff konnte nicht weiter und Borjes beschloss, auf gut Glück zu landen, was er denn auch ausfuhrte. Er fand bald einen kundigen Fuhrer, lagerte die Nacht im Freien in der Nähe von Brancaleone und marschirte am 14. September Morgens nach Precacore. Dort als Wiederhersteller der Regierung Franz II. empfangen, gewann er etwa 20 Recruten und ging nun ostwärts auf Caraffa, eine kleine Gemeinde von 1200 Einwohnern. Unterwegs hatte er einen Angriff der in Sant Agata befindlichen Mobilgarden des Landes abzuschlagen, bei dem ihm seine Rekruten davonliefen, und auch in Caraffa lauerte, wie er bald erfuhr, Verrath; er vermied es daher, diesen Ort zu betreten und beschloss die Brigandenbande des Mittica aufzusuchen, von welcher ihm Kunde geworden war.

Borjes und Mittica.

Um über diese Bande nähere Nachrichten einzuziehen, welche, wie es hiess, die Mönche von Bianco geben konnten, richtete er seinen Marsch zunächst auf den letztgenannten Ort, und dann nach den Anweisungen des Abtes des Klosters Bianco auf Natile. Von hier ward er in die Gegend von Cirella in das Lager der etwa 120 Mann starken Bande von Mittica geführt. Mittica empfing ihn mit Misstrauen, behandelte ihn gewissermassen als Gefangenen und verlangte zunächst Proben von ihm. In der Nacht vom 16. auf den 17. September marschirte Mittica zum Angriff von Plati oder Motta Plati, einer Ortschaft von 2400 Einwohnern, und Borjes und die Seinen mussten mitziehen. Der Angriff auf Plati verunglückte, da eben eine Compagnie italienischer Truppen eingerückt war. Nun marschirte Mittica auf Cimina, entwaffnete diese Gemeinde, ward dann aber benachrichtigt, dass eine starke feindliche Truppenmacht in der Nähe sei und nahm vorsichtig sein Lager auf den Höhen oberhalb Cimina. Von dort schlug er sich, mehrmals von den Italienern angegriffen, am folgenden Tage auf die Ebene von Geraçe durch, wobei der grösste Theil seiner Bande auseinanderlief.

Borjes marschirte, von Mittica bald gänzlich verlassen, nordwärts durch Calabrien weiter über Giffone, la Serra nach Torre. Hier erhielt er am 20. September einen Rekruten in der Person eines früheren Soldaten von dem ehemaligen 3. neapolitanischen Jägerbataillon.

Bei Catanzaro, Taverna, Cosenza vorbei, immer Wald und Bergwege suchend, den schwachen Besatzungen und Mobilgarden an seinem Wege ausweichend, oft mit Hunger, Durst und Mangel an Beschuhung kämpfend, gelangte Borjes am 30. September in die Gegend von le Rose und Castiglione nördlich von Cosenza. Hier machte er einen längeren Aufenthalt, ohne jedoch immer den gleichen Lagerplatz zu behalten, vielmehr wechselte er denselben alle Tage. Die Italiener suchten ihn, ohne ihn zu finden. Am 29. September schon war er mit einem Agenten des Prinzen von Bisignano in Verbindung getreten, von welchem, so wie von andern ihm Hoffnungen auf den Zuzug von Rekruten gemacht wurden. Diese Hoffnungen aber verschwanden immer sehr bald wieder. Vier Wochen fruher war in diesen Gegenden noch eine Bande von 1000 Mann zusammen gewesen, jetzt aber war diese auseinandergelaufen; die Leute hatten sich zum Theil den Italienern gestellt, waren zum Theil selbst in die Mobilgarden eingetreten. Die verschiedenen Bandenchefs, welche Borjes sprach, wollten von einer allgemeinen Erhebung nichts wissen und erklärten sie fur unmöglich, wann nicht Franz II. in Person erschiene.

Erst am 8. October setzte Borjes sich wieder nordwärts in Marsch, ging vom rechten auf das linke Ufer des Cratiflusses über, folgte eine Strecke der Consularstrasse und zog sich dann zuerst links oder westlich in die Gebirge, nachher östlich zwischen Castrovillari und Francavilla hindurch marschirend. Am 11. October erreichte er die Grenze der Basilicata in der Gegend von Terranova. Er war sehr niedergeschlagen und dachte kaum noch an etwas anderes als glücklich die römische Grenze zu erreichen.

Am 13. mit einem Angriff der Nationalgarden von Rotondella bedroht, dem er indessen glücklich aus dem Wege ging, überschritt er den Sinno und dann am 15. den Agri und die Salandrella. Bei dem Uebergang über den ersten Fluss war er in Gefahr, von den Nationalgarden von Sant Arcangelo gestört zu werden, an welche ihn die Bauern verrathen hatten. Die guten Royalisten, welche er in diesen Gegenden fand, waren noch bessere Spitzbuben; fast aller Orten vermisste Borjes einige von seinen Piastern. Am 16. October erreichte er Grassano, wo sich eine kleine italienische Garnison befand, und ruhte an der Nordseite dieses Ortes, am 17. südlich von Tricarico. Von hier gedachte er das jenseitige Principat sobald als möglich zu gewinnen.

Borjes und Crocco.

In der Nacht auf den 19. October im Walde von Lagopesole angekommen, erhielt er die Nachricht, dass sich nur zwei deutsche Meilen entfernt der uns hinlänglich bekannte Crocco mit einer starken Bande befinde. Borjes schickte einen seiner Begleiter, den Franzosen Capdeville mit zwei Soldaten zu ihm. Die Soldaten kehrten ohne Capdeville mit der Nachricht zurück, Borjes möge zu der Bande Croccos kommen. Borjes schloss sich ihm wirklich an. Dass aber Crocco, der sich ja selbst als General Franz II. betrachtete und die stolze Rolle, die er im Frühjahr zu Melfi gespielt, keineswegs vergessen hatte, keine grosse Lust bezeigte, sich dem Spanier, der mit einer Handvoll Leuten zu ihm kam, unterzuordnen, wird der Leser begreifen. Crocco führte auch noch an, dass man nothwendig einen „französischen" General, der gegenwärtig zu Potenza sei, erwarten müsse, um weitere Beschlüsse zu fassen. Dieser französische General, ein gewisser Langlois, ein frecher Abenteurer, kam denn auch bald und gerirte sich, was seine Ansprüche betraf, als Obercommandant, ohne indessen die mindesten Fähigkeiten dazu zu zeigen. Borjes nahm ihn endlich vor und fragte ihn nach seinen Instructionen. Langlois musste eingestehen, dass er schriftliche Instructionen nicht habe und benahm sich nun äusserlich bescheidener gegen Borjes; jedoch sah dieser wohl ein, dass er ohne eine ihm gehorchende materielle Streitkraft keinen Schritt weiter kommen werde und bedauerte schmerzlich, dass er nicht wenigstens über einige hundert Mann unbedingt verfügte. Jetzt war er ein Subalterner Croccos. Am 25. October erfolgte ein Angriff italienischer Truppen von Potenza her. Crocco trat sofort den Rückzug mitten in die Wälder an; Borjes mit seinen Begleitern und einigen der muthigeren Leute von Crocco nahm das Gefecht an und machte die Nachhut. Im Schutze der Wälder entgingen die Briganden den Italienern, Borjes hatte aber mehrere Leute verloren.

Crocco zeigte sich einer militärischen Organisation durchaus abgeneigt; er sah wohl ein, dass sobald er eine solche zuliesse, er sich Borjes würde unterordnen müssen. Der letztere hatte Crocco überdies im Verdacht, dass er sich den Italienern stellen und sich durch den Verrath an Borjes und den übrigen Fremden Straflosigkeit und den ungestörten Genuss der von ihm zusammengeraubten Schätze erkaufen möchte. Ausser dass ein liberaler Geistlicher Crocco Anträge dieser Art gemacht hatte, war auch der Vater Croccos mit dem von Salerno herbeigekommenen Commandanten der italienischen Truppen, General della Chiesa, in Verbindung getreten.

Ueber diese Verhandlungen fehlt es noch an Licht.

Crocco hatte die Frechheit zu behaupten, dass La Chiesa ihm versprochen habe, gegen eine Geldsumme ihm die Basilicata zu überlassen. Möglicher Weise empfing Crocco eine Geldsumme gegen das Versprechen, seine Bande aufzulösen. Der General La Chiesa erklärte Ende October die Reaction in der Basilicata für unterdrückt und kehrte nach Salerno zurück. Nun brach am 31. October Crocco südwärts auf und bemächtigte sich der Stadt Trevigno östlich von Potenza am 3. November und von dort aus am 4. des Ortes Castelmezzano. An beiden Orten Mord und Erpressungen, an welchen sich ohne einen Unterschied der Parteistellung der Gebrandschatzten zu machen, auch der Franzose Langlois erheblich betheiligte. Am 5. November wurden die Orte Calciano und Garaguso besetzt und gebrandschatzt. Am 6. wurde Salandra genommen, welches italienische Truppen und Mobilgarden vertheidigten. Borjes that bei dem Angriff das Beste, die übrigen aber bei der nachher folgenden Plünderung.

Von Salandra ging es über die Serra di Cocorello und Craco nach Aliano, welches nach einem Gefechte mit den Nationalgarden am 8. November Abends besetzt ward. Das niedere Volk, die Priester an der Spitze, empfing die Briganden mit Lebehochs auf Franz II. Trotzdem entging auch Aliano der Plünderung und Excessen aller Art nicht. Am 10. November Morgens ward Borjes benachrichtigt, dass sich in der Nähe von Aliano ein italienisches Truppendetachement zeige. Borjes, dem Crocco überall dort, wo es das Gefecht galt, die Leitung ziemlich willig überliess und der durch sein Benehmen in den vorhergehenden Gefechten auf den besseren Theil der Briganden einen solchen Einfluss gewonnen hatte, dass es ihm möglich geworden war, in diesen eine Art von Organisation zu bringen, rückte mit 400 Mann, wobei auch ein Detachement einer Art von Cavallerie, nordwärts an den Saurobach, und diesen überschreitend, an die Taverne dell' Ancinello auf der Strasse nach Stigliano vor; er schätzte den Feind auf 500 bis 600 Mann, gewann aber bald die Ueberzeugung, dass der Fuhrer des feindlichen Detachements seine Sache nicht verstehe und schritt zum Angriff; er lieferte den Italienern ein glückliches Gefecht und zwang sie zum Rückzug. Er verfolgte sie bis auf eine italienische Meile von Stigliano. In seinem Bivouak erhielt er alsbald eine Aufforderung des Volks von Stigliano, der Stadt einen Besuch zu machen. Geleitet vom Volk und der Priesterschaft hielt er einen triumphalen Einzug in Stigliano. Erst am 12. November brach die Bande, der sich nach dem Gefecht an der Taverne dell' Ancinello auch Crocco wieder angeschlossen hatte, von Stigliano auf, um die Liberalen der beiden Gemeinden Cirigliano und Gorgoglione zu entwaffnen. Italienische Truppen, welche sich zeigten, unternahmen nichts und am Abend fanden die Briganden eine Zuflucht in den Schluchten von Monte Piano im Norden der beiden ebengenannten Gemeinden.

Am 13. marschirte Borjes auf Acettura und nahm ausserhalb der Stadt in Ordnung ein Lager, erwiderte auch eine Aufforderung der Priesterschaft, in der Stadt einer Messe beizuwohnen, höflich ablehnend. Und dies that noth, da in der That italienische Truppen ganz in der Nähe waren, die, wenn sie die wirkliche Stärke der Briganden gekannt hätten, wohl einen ernstlichen Angriff auf sie hätten machen dürfen. Die Nacht brachte Borjes im Walde bei Acettura zu und am 14. brach er nach Grassano auf, einer Stadt von fast 6000 Einwohnern, in welcher Cantonnirungsquartiere genommen wurden. Die italienischen Truppen drohten auch an diesem Tage wieder, ohne zur Action zu schreiten. Sie liessen auch am nächsten Tage, am 15., die Strasse nach S. Chirico frei, wohin Borjes sich wendete. Man wird bemerken, dass Borjes, soweit er die Operationen in der Hand hatte, dieselben immer wieder nach Norden und Westen, also gegen die römische Grenze hin richtete, der beste Beweis dafür, dass er auf dauerhafte Erfolge nicht rechnete und die beschränkte Disposition über eine grössere Anzahl von Mannschaften wesentlich nur benutzte, um seinen Rückzug auf das päpstliche Gebiet so lange und so weit als möglich zu sichern.

Von S. Chirico rückten die Briganden noch am 15. gegen Vaglio und machten in der Nacht eine italienische Meile vom Orte halt, um den Tag zu erwarten. Am Morgen, nachdem die zur Vertheidigung höchst günstige Position von Vaglio recognoscirt war, schritt Borjes zum Angriff. Die Besatzung, vom äussern Umfange des Ortes vertrieben, ward gezwungen, sich in einen Palast im Innern der Stadt zurückzuziehen und auch auf diesen war der Angriff bereits mit Glück von den Briganden begonnen, als durch ein Versehen Generalmarsch geschlagen ward, worauf ihre verschiedenen Abtheilungen das Gefecht einstellten, um sich zu sammeln.

Die Bande verliess nun Vaglio und wendete sich nordwärts auf Pietragalla; der Ort ward bis auf das herzogliche Schloss genommen, in welches die Nationalgarden sich zurückzogen: Raub, Plünderung und Excesse hier wie überall. Crocco hatte auf dem ganzen Zuge nur daran gedacht, Geld und Geldeswerth zusammenzuscharren. Er drang nun darauf, dass man nach dem Walde von Lagopesole marschire, in welcher Gegend der edle Mann, wie wir wissen, seine Sippschaft, seine Hehler, und wie wir vielleicht noch vergessen haben zu sagen, auch sein Liebchen hatte. Am 17. ward, da die Richtung auf Lagopesole auch eben diejenige war, welche Borjes convenirte, dorthin aufgebrochen. Als man daselbst angekommen war, entfernte sich Crocco unter dem Vorwand, Brot herbeizuschaffen, in der That aber, um seinen Raub in Sicherheit zu bringen und seinen Schatz zu besuchen. Den ganzen 18. blieb er aus, und da kein Brot kam und ein grosser Theil der Bande aus diesen Gegenden war und ähnliche Gründe zu Besuchen in der Heimath hatte, wie Crocco auch, so verlief sich etwa die Hälfte, so dass nur noch ungefähr 350 Mann zur Verfügung von Borjes blieben.

Crocco kehrte am 19. Morgens mit dem Plane ins Lager zurück, Avigliano zu nehmen. Borjes erklärte sich dagegen: erstens, weil Avigliano eine Stadt von 16,000 Einwohnern ist, die viel grössere Widerstandsmittel haben musste, als dass die Briganden, insbesondere bei ihrer jetzigen geringen Zahl, sich mit Aussicht auf Erfolg daran wagen konnten, zweitens aber auch wohl deshalb, weil man, um Avigliano anzugreifen, sich wieder südwärts wenden, also eine ganz andere Richtung einschlagen musste als diejenige, an welcher Borjes' Herz hing.

Crocco that dergleichen, als ob er auf Borjes' Einwürfe eingehe, brach aber doch vertrauend darauf, dass Borjes die Gegend nicht kannte, nach Avigliano auf. Der Angriff lief höchst unglücklich für die Briganden ab. Die Einwohner von Avigliano, unterstützt von der Nationalgarde des benachbarten Ruoti, wehrten sich brav, und gaben dadurch für künftige Fälle ein Beispiel. Crocco musste abziehen und dieser Nichterfolg hatte wiederum die Folge, dass viele Briganden die Bande verliessen. Crocco selbst entfernte sich von Borjes. Statt seiner erbot sich jetzt der Häuptling Ninco Nanco, dem Spanier als Führer und Helfer dienen zu wollen. Zwist und Widersetzlichkeit riss ein. Langlois war die Seele aller Intriguen, welche sich gegen Borjes erhoben. Borjes gab seine Demission und bestimmte seine Officiere zu demselben Schritt. Nun trat Langlois offen als Chef der Bande auf und die bisher von Officieren von Borjes commandirten Compagnieen wurden an Brigandenchefs gegeben. Borjes mit den Seinen folgte der Bande ohne Amt.

Am 21. November brach Langlois aus dem Wald von Lagopesole auf, marschirte zuerst durch die Gegend von Rionero und wendete sich dann südwärts auf Bella. Vor diesem Orte kam man am 22. um

Mittag an. Langlois trug jetzt Borjes an, er möge für den Angriff auf Bella das Commando übernehmen. Borjes aber verweigerte dies. Langlois ordnete darauf den Angriff, aber so ungeschickt, dass erst gegen Abend etwa der dritte Theil des leicht zu erobernden Ortes genommen war, in welchem Feuer angelegt ward.

Am 23. fand sich Crocco wieder bei der Bande ein und amüsirte sich, die Höfe um Bella zu plündern und niederzubrennen. Gegen Mittag marschirten die Briganden von Bella gegen Muro ab. Hier kam es zu einem Gefecht gegen Nationalgarden, die aus verschiedenen Ortschaften der Nachbarschaft herbeieilten. Langlois benahm sich sehr schlecht und es riss die höchste Unordnung in seine Truppe ein. Am Abend marschirte er darauf nach Balvano, wo er vom Volke mit Illumination empfangen ward, während der Bischof, einige Priester und die Nationalgarde sich in das Castell einschlossen. Nach Uebereinkunft hielten die Briganden in Balvano Ordnung. Nicht so in Recigliano, der Nachbarstadt, wohin sie sich am 24. November wendeten, obgleich sie auch hier mit Oelzweigen empfangen wurden.

Hier hatten die Briganden am 25. ein Gefecht gegen eine Compagnie italienischer Truppen zu bestehen, welche bei ihrer Schwäche allerdings nichts Ernstliches unternehmen konnte. Die Briganden indessen wussten dies nicht und traten den Rückzug auf Pescopagano nordwärts an. Sie erstürmten diesen Ort, der noch in der Basilicata, aber hart an den Grenzen des Principates liegt, am 26. November.

Am Morgen des 27. zeigten sich nun vor Pescopagano bedeutende Abtheilungen von Italienern. Borjes drang bei Crocco auf den schleunigen Abmarsch. Endlich ward dieser angetreten und zwar in die nahen Wälder.

Crocco war längst der Art von grösseren Operationen und militärischer Ordnung überdrüssig, zu welcher es Borjes gebracht hatte. Er wollte wieder zu der eigentlichen Brigandage zurückkehren; zur Einleitung liess er durch seine alten Banditen am 27. und 28. die von Borjes angeworbenen und geordneten Briganden entwaffnen und deutete ihnen an, sie sollten sich zerstreuen.

Borjes Ende.

Unter diesen Umständen war nun für Borjes auch die letzte Hoffnung geschwunden, noch irgend etwas von Bedeutung unternehmen zu können. Zum Spiessgesellen Croccos wollte er nicht werden. Er marschirte noch bis zum 30. mit der Bande und trennte sich dann von ihr mit 22 Begleitern, meist Officieren, die er mit sich gebracht, um sich auf das päpstliche Gebiet zu werfen. Schnell gewann er die Abruzzen, und, obwohl beständig gehetzt von italienischen Truppen, Nationalgarden, Carabinieren, erreichte er doch am 4. December die Gegend von Peschio Asserolo. Von hier aus hätte er zwei Wege einschlagen können, entweder die grosse Strasse nach Avezzano längs dem Fucinersee, oder Bergpfade, die ihn ins Thal des Liri und in die Gegend von Sora brachten. Der letztere Weg wäre unbedenklich für ihn der sicherere gewesen; aber die Gebirge waren so mit tiefem Schnee bedeckt, dass nicht daran zu denken war, ihn zu nehmen. Borjes folgte daher nothgedrungen der Strasse an den Fuciner See und längs dessen westlichem Ufer auf Avezzano. Hier fiel die Möglichkeit weg, passende Verstecke zu nehmen. Der Marsch der Spanier wurde verfolgt.

Am 7. December spät Abends erhielt der Major Franchini, Commandant eines Bersaglieribataillons zu Tagliacozzo, vom Unterpräfecten des Bezirkes die Nachricht, dass Borjes am Morgen von Paternò, nördlich des Fuciner Sees, auf Scurgola an der Strasse von Avezzano nach Tagliacozzo marschire. Am 8. December Morgens kam von dem Commandanten der Carabinieri die weitere Meldung, dass Borjes am 7. um 8 Uhr Abends den Weiler Capelle passirt habe und dass er nach seinen Erkundigungen zu schliessen, wahrscheinlich den Weg über Sante Marie, nordwestlich von Tagliacozzo, nach Tufo, am Monte Paglia Bovi und der obern Maura, dicht an der römischen Grenze, einschlagen werde. Franchini sendete eine starke Patrouille nach Scurgola und eine andere nach Sante Marie; die erstere erfuhr gar nichts, die letztere kehrte lange nicht zurück. Unterdessen erfuhr Franchini am Abend, dass Borjes bereits ganz stille Sante Marie passirt und die Richtung auf la Lupa, einen grossen Hof eines Herrn Mastroddi, genommen habe. Er brach nun am Morgen des 9. December um 2 Uhr mit 30 Bersaglieren, die ihm zunächst unter die Hände kamen, unter dem Officier vom Piket, nach Sante Marie auf. Hier erhielt er von seiner früher dahin gesendeten Patrouille und den Einwohnern genauere Nachricht über den Marsch der Spanier, fand auch bald im Schnee ihre Spuren. Mit seinen Bersaglieren und einigen Nationalgarden von Sante Marie, die sich ihm anschlossen, brach Franchini nun ohne Säumen nach la Lupa auf; um 10 Uhr Vormittags näherte er sich dem Hofe. Nichts verrieth, dass derselbe besetzt sei; indessen sah man nach kurzem Beobachten einen Bewaffneten auf der entgegengesetzten Seite fliehen; Franchini gewann ihm den Vorsprung ab, verrannte ihm den Weg und machte ihn nieder, die nachkommenden Bersaglieri tödteten sogleich noch fünf andere Spanier, die sie ausser dem Hause fanden. Borjes mit den übrigen hatte sich im Hause verrammelt; es entspann sich nun ein lebhaftes Schiessgefecht. Als dies ohne grossen Erfolg eine halbe Stunde gedauert hatte, forderte Franchini die Eingeschlossenen zur Uebergabe auf, indem er für den Weigerungsfall drohte, das Haus anzünden zu wollen. Borjes wollte nichts von Uebergabe hören; als nun aber Franchini wirklich Anstalten traf, seine Drohung wahr zu machen, streckten die Spanier die Waffen. Sie wurden sämmtlich am Nachmittage des 9. December zu Tagliacozzo erschossen. So fand Borjes mit den Seinen ein trauriges Ende, nur 1½ deutsche Meilen von dem römischen Gebiete, auf welchem er Sicherheit gefunden haben würde. An einem einzigen Tagemarsch, ja, wie er selbst behauptete, vielleicht nur an einer Stunde früheren Aufbruchs von la Lupa, hing sein Schicksal. Capdeville, der krank in der Basilicata hatte zurückbleiben müssen, ward erst einen Monat später in seinem Verstecke entdeckt und verhaftet.

Eine andere von einem Fremden commandirte Expedition fand ein sehr schleuniges Ende. Alfred von Trazegnies, ein französischer Edelmann, mit dem päpstlichen Kriegsminister de Merode verwandt, fiel von Ceprano aus über den italienischen Grenzposten zu Isoletta am Liri her, vertrieb denselben, wendete sich dann längs der Grenze südwärts nach S. Giovanni in Carico, ward aber hier bei den Excessen, die er verübte, ergriffen und ohne Weiteres erschossen.

Eine englische Flotte vor Neapel.

Wir müssen nun eines Ereignisses hier erwähnen, welches zu der Brigandage mindestens in naher Beziehung steht. Ende August sendete plötzlich die englische Regierung acht Schiffe mit 684 Kanonen in den Hafen von Neapel. Wie sich von selbst versteht, geschah dies nicht ohne Vorwissen, ja nicht ohne Ansuchen der Turiner Regierung, Ricasolis. Napoleon fühlte den wahren Sinn dieser Massregel wohl, die officiöse französische Presse fiel mit Vorwürfen über die italienische Regierung und über das perfide Albion her. Misstrauen gegen Frankreich war in der That die Ursache der Sendung des englischen Geschwaders. Die Brigandenrüstungen, welche in dieser Zeit zu Rom und insbesondere auch zu Marseille betrieben wurden, deren Erfolg man sich, wie es zu geschehen pflegt, weit grösser vorstellte, als er in der That war, deuteten darauf hin, dass sich eine grosse reactionäre Bewegung im Neapolitanischen vorbereite. Das ganze Verfahren Napoleons aber in den italienischen Angelegenheiten, von 1859 ab, seine wohlbekannten Ideen von einer alleinseligmachenden Conföderation einer gewissen Anzahl italienischer Staaten, womöglich unter dem Papst als Ehrenpräsidenten, welcher dann wieder unter der Oberpräsidentschaft des französischen Kaisers stand, gaben trotz der Aufstellung des „Princips" der Nichtintervention durchaus keine Bürgschaft dafür, dass er den gebotenen Anlass so oder so nicht benutzen werde, sich neuerdings auf eine sehr entschiedene Weise in die italienischen Angelegenheiten einzumischen. England wollte sich nicht von Ereignissen überraschen lassen, deren Entwicklung im Voraus sich gar nicht abschätzen liess, und deshalb sendete es vorsichtig sein Geschwader auf die Rhede von Neapel. Einen ganz besonderen Lärmen erhoben die französischen Journale über den Umstand, dass mit Erlaubniss der italienischen Militärbehörden der englische Admiral einigemale Marinetruppen ans Land gesetzt hatte, um sie exerciren zu lassen. Die französischen Zeitungen hatten nicht übel Lust dies als eine bewaffnete Intervention mit einer grossen englischen Landarmee zu betrachten, welche entweder die Italiener im Kampfe gegen die Briganden unterstützen oder auch den Kampf gegen die Briganden, die Sicherung des Landes gegen sie allein übernehmen sollte, um die italienische Armee für die Eroberung Roms frei zu machen.

Die neapolitanischen Eisenbahnen und die Compagnie Talabot.

Mit einer wirklichen Calamität wurden die neapolitanischen Provinzen durch das Zurücktreten der Eisenbahncompagnie Talabot von ihrem Vertrage bedroht. Wir haben gesehen, wie dieser Vertrag auf einen nicht unerheblichen Widerstand gestossen war. Mit überraschender Schnelligkeit ward nun bewiesen, wie wenig der Widerstand ein unberechtigter gewesen.

Am 15. August sollte die Compagnie Talabot ihre Arbeiten beginnen; sie hatte dieselben schon früher angefangen, erklärte nun aber am 15. August, dass sie dieselben einstellen werde, wenn nicht verschiedene Vertragsbestimmungen geändert würden. Sie machte insbesondere die Bedingungen, dass sie von der Rückzahlung der Kosten des Baues für die Strecke von Ancona nach S. Benedetto del Tronto, die sich der Staat vorbehalten hatte, befreit werde, dass sie die ihr vom Staat vorzuschiessenden 30 Millionen erst an einem spätern Termine, als bei Eröffnung der Bahnen zurückzuzahlen habe; sie verlangte Zinserleichterungen in Betreff dieser Summe; spätere Termine für die Eröffnung der Strecken von Salerno nach Eboli und von S. Benedetto nach Candele, und das Zugeständniss, dass sie in den von der Brigandage heimgesuchten Provinzen die Arbeiten in grossem Massstabe erst dann zu beginnen habe, wenn sie die Ruhe dort für hergestellt erachtete.

Die italienische Regierung konnte unmöglich auf diese Bedingungen eingehen, da ihr, wie dem

Parlament ohnehin schon der Vorwurf gemacht war, dass sie die Compagnie Talabot viel zu günstig behandelt, ihr viel zu grosse Zugeständnisse gemacht hätte.

Die Regierung nahm also unter den legalen Vorbehalten das Zurücktreten der Compagnie vom Vertrage an und der Minister der öffentlichen Arbeiten, Peruzzi, eilte selbst nach Neapel, um zunächst unter directer Leitung des Staates die Arbeiten fortsetzen zu lassen und zuzusehen, inwiefern einzelne Linien anderen Compagnieen zu übergeben sein möchten.

In Neapel und in den neapolitanischen Provinzen, insbesondere in den Städten, die an den projectirten Linien lagen, hatte unterdessen, wie leicht zu begreifen, die plötzliche Erklärung der Compagnie Talabot eine nicht geringe Aufregung hervorgerufen. Von der Compagnie angeworbene Beamte und Arbeiter waren in Gefahr, plötzlich an die Luft gesetzt zu werden; die Bürger der neapolitanischen Provinzen im Allgemeinen sahen grosse Störungen voraus und die Ausführung des ersehnten, so höchst nöthigen Eisenbahnnetzes in eine unabsehbare Ferne gerückt. Indessen hatte Cialdini durch die militärische Besetzung der Bauplätze sogleich Vorsorge getroffen, dass Unruhen vorgebeugt werde und dass die einmal begonnenen Arbeiten fortgesetzt werden konnten. Schon in den ersten Tagen des September war es dem Minister Peruzzi möglich geworden, die Strecken von Salerno nach Eboli und vom Tronto nach Foggia an Unternehmer auszugeben. Dies entschiedene Auftreten beruhigte einigermassen die Geister, gab aber allerdings keineswegs eine Bürgschaft dafür, dass die sämmtlichen neapolitanischen Eisenbahnen in der kurzen Zeit, auf welche man nach dem Vertrag mit der Compagnie Talabot gerechnet hatte, vollendet sein würden.

Intriguen gegen Cialdini.

So glänzend dem ferner Stehenden und oberflächlich Urtheilenden, so angenehm ihm die Stellung des Generalstatthalters der neapolitanischen Provinzen scheinen mochte, so wenig war sie es in der That. Der ihm beigegebene Civiladjunct, der parmesanische Graf Cantelli, im Wesentlichen ein untergeordneter Bureaukrat, und der Generalsecretär für das Innere und die Polizei, de Blasio, machten ein Compagniegeschäft, ihn zu bespioniren und im Sinne der Consorterie oder der ministeriellen Majorität über ihn an den Minister des Innern Minghetti zu berichten. Dieser Mann, welcher im Ministerium Ricasoli die Uebermässigung insbesondere vertrat, erschrak im höchsten Maasse über die cavalièren Manieren, mit denen Cialdini die Demokraten, die Menschen der verhassten Actionspartei, an sich zu ziehen suchte. Den Bassermann'schen Gestalten Deutschlands entsprechen aufs Haar die Minghettischen Gestalten Italiens. Von Minghetti werden wir bald noch des Weiteren zu reden haben. Dieser Minister schrieb nun häufige Briefe hinter Cialdini's Rucken an Cantelli und de Blasio und ermahnte sie in denselben, den wühlerischen Bestrebungen Cialdinis, den er nach der Art, wie die Advocaten gewöhnlich von den Soldaten urtheilen, als einigermaassen unzurechnungsfähig betrachtete, mit ihren Mitteln entgegenzutreten. Es versteht sich von selbst, dass Cialdini keine greifbaren Beweise von diesen Durchstechereien in die Hände bekam, indessen erfuhr er auf hundert Wegen davon. Er wendete sich an Ricasoli und dieser gab ihm, wie wir annehmen wollen, aus vollster Ueberzeugung recht, bat ihn aber, nicht zu schroff aufzutreten; die Sache werde sich mit der Zeit schon ins Gleiche bringen lassen. Die unnützen Hin- und Herredereien, das Intriguenspiel sehr unbedeutender und eckelhafter Persönlichkeiten hatten schon Mitte August, kaum vier Wochen nach dem Antritte der Statthalterschaft Cialdini, seine ganze Stellung so vergällt, dass er bat, man möge ihn von den Civilgeschäften ganz befreien und ihm lediglich das Militärcommando überlassen.

Indessen musste es gerade in dieser Zeit Ricasoli darauf ankommen, dass die Civil- und Militärgewalt in den neapolitanischen Provinzen in einer Hand und in der eines Soldaten vereinigt bleibe. Er suchte daher auf alle Weise Cialdini zn beschwichtigen und dazu diente in erster Instanz die Abberufung des Grafen Cantelli; derselbe ward Ende August durch den Generalintendanten von Piacenza, Visone, einen noch unbedeutenderen, aber geschmeidigeren Bureaukraten als Cantelli, ersetzt; Visone behielt sich für den Fall seiner Wiederabberufung von Neapel den alten Posten in Piacenza vor, was sehr bezeichnend für die italienischen Verhältnisse ist.

Minghetti willigte in das Opfer Cantellis, wie man sagt, weil er noch hoffte, sich als Minister des Innern zu behaupten, was allerdings schon in allen Richtungen unmöglich geworden war. Bald flog er seinem Günstling nach, schon am 1. September.

Die unzweifelhaften Wühlereien, welche die Consorterie in Neapel gegen Cialdini betrieb, hatten zu dem nicht ganz ungegründeten Gerüchte Veranlassung gegeben, dass vier Personen von Ansehen sich geradezu um Abberufung des Statthalters an das Ministerium zu Turin gewendet hätten. Diese vier Personen schrieben nun an Cialdini, um dagegen zu protestiren, und ihm zu versichern, dass Keiner mehr als gerade sie von seiner Nothwendigkeit überzeugt sei, und ihm ihre Hulfe anzubieten. Er fertigte sie ziemlich kurz ab. Dies und seine ungefähr in dieselbe Zeit fallende, von uns schon erwähnte Correspondenz mit der Municipalbehörde von Neapel vermehrte die Zahl seiner Gegner, und die Intriguen in Turin gegen ihn erhoben sich mit doppelter Stärke.

Wir haben so eben gesagt, dass Ricasoli gerade Mitte August, als man von den beabsichtigten Reactionsstreichen Franz II. eine so hohe Meinung hatte, dass man sogar eine englische Flotte im Hafen von Neapel nicht für überflüssig hielt, eine Abberufung Cialdinis nicht wünschte. Im Allgemeinen aber war Ricasoli gegen das hauptsächlich von Minghetti vertheidigte System der „Regionen“ und der Statthalterschaften für die Regionen (Provinzencomplexe) Italiens. Er war dafür, dass die 59 Provinzen Italiens jede für sich direct vom Turiner Ministerium abhingen. Im September war nun auch die Furcht vor den grossen Brigandenoperationen wieder geschwunden, — die Unternehmungen von Borjes erlangten erst nach der Mitte October eine grössere Bedeutung, wie wir gesehen haben, — es schien nicht mehr so bedenklich, Cialdini aus Neapel abzuberufen. Diesen General vor den Kopf zu stossen, war nicht sehr gerathen. Alles liess sich vereinigen: das allgemeine System der directen Abhängigkeit der Provinzen von Turin durchführen, Cialdini schonen, ihn trotzdem abrufen, um der Consorterie einen Gefallen zu thun, wenn man die Regionsstatthalterschaft von Neapel abschaffte, wie es ja für Toscana längst geschehen. Und dem neigte sich nun Ricasoli immer entschiedener zu. Nur wollte er durchaus die Formen gegen Cialdini beobachten und diesen nicht eher abberufen, als bis er selbst erklären würde, dass seine Wirksamkeit als Statthalter in Neapel nicht mehr nöthig sei.

Cialdinis Entlassung. Aufhebung der Statthalterschaft von Neapel. Lamarmora wird Präfect der Provinz Neapel.

Diese Zeit kam sehr bald heran; Cialdini, der zu guter letzt noch ganz im Gegensatz zu dem Verfahren, welches er am 7. September beobachtet, eine Demonstration, die am 1. October bei Gelegenheit der Feier der Volturnoschlacht stattfinden sollte und deren Sinn sich in die Worte der Anschläge: mit Garibaldi nach Rom! zusammenfassen lässt, verboten hatte, — als er sah, dass auch die Entlassung Minghettis seine wirkliche Stellung zum Ministerium nicht besserte, gab seine Demission ein.

Er erhielt die verlangte Entlassung; zugleich ward aber die neapolitanische Statthalterschaft aufgehoben und die Provinzen wurden direct von der Turiner Regierung abhängig.

Cialdini kehrte mit einem tiefen Grolle gegen das Ministerium Ricasoli nach Bologna zurück, um dort wieder das Commando des vierten Armeecorps zu übernehmen. Ja, man sprach eine Zeitlang davon, dass er den Dienst ganz zu quittiren gedenke.

Nach Neapel ward an Cialdinis Stelle der General Alfons Lamarmora gesendet, als Commandant des sechsten Armeecorps und zugleich als Präfect der Provinz Neapel.

Die Familie der Ferrero della Marmora stammt aus Toscana, wo sie unter dem Namen Acciajuoli schon im 14. Jahrhundert bluhte. Ein Zweig wanderte nach Piemont aus und liess sich dort in der Gegend von Vercelli nieder. Von diesem Zweige stammt Alfons Lamarmora ab. Er ward 1804 geboren, der jüngste von drei Brüdern, deren ältester, Albert, insbesondere durch seine genaue Erforschung der Insel Sardinien bekannt geworden ist, über welche er zwei geschätzte Werke geschrieben, während der zweite, Alexander, der Schöpfer der italienischen Nationaltruppe der Bersaglieri ist.

Alfons trat im Jahre 1823 als Lieutenant der Artillerie aus der Militäracademie. Er avancirte sehr langsam, und obgleich er die Einförmigkeit des Dienstes durch mehrfache Reisen nach Frankreich, England, Deutschland, Spanien, Egypten und Algier unterbrach und auf diesen seine militärische Bildung bereicherte, befreite ihn dies doch nicht von jenem Pedantismus und jener Lust an Kleinigkeiten, welche das friedliche Garnisonsleben grade bei pflichteifrigen Officieren nur zu leicht gross zieht.

Im Jahre 1848 zog er als Batteriecommandant ins Feld und hatte insbesondere bei Pastrengo Gelegenheit sich auszuzeichnen. Am Ende des Feldzuges war er Major. Von der Beschäftigung mit der Politik hatte er nahezu dieselben Ansichten, welche dem preussischen Officiercorps officiell vorgeschrieben sind. Als am 5. August 1848 der König Carl Albert zu Mailand, im Palast Greppi, von dem aufgeregten Volke belagert ward, war es Lamarmora, welcher die erste Bersaglierícompagnie zur Befreiung des Monarchen herbeiführte. Wenn ihm bisher weder das Alter seiner Familie, noch sein Diensteifer, noch seine wirklichen militärischen Kenntnisse geholfen hatten, so änderte dieses Ereigniss nun plötzlich den Stand der Dinge. Alsbald rückte er zum General auf und trat am 27. October 1848 mit dem Portefeuille des Krieges in das conservative Ministerium Pinelli. Sein herrschender Gedanke war nicht die Vergrösserung des piemontesischen Heeres, sondern dessen innere Verbesserung, die Herstellung der durch das Unglück am Mincio und in der Lombardei gelockerten Disciplin, die Ausscheidung der vielen neuen und heterogenen Elemente, welche durch die zeitweise Verfolgung der italienischen Idee in dasselbe hineingekommen waren.

Doch das Ministerium Pinelli war von kurzer Dauer, schon am 15. November trat es ab. Als der verschrobene Pfaffe Gioberti, an der Spitze des Ministeriums, es für die wichtigste Aufgabe Piemonts hielt, die Republik in Toscana über den Haufen zu werfen und die constitutionelle Monarchie dort herzustellen, erhielt Lamarmora das Commando der Division, welche zu dieser grossen That bestimmt war. Aber er war kaum unterwegs, als Ratazzi, Giobertis Nachfolger, dem Marschall Radetzki den Waffenstillstand aufkündigte und Lamarmora nun die Bestimmung erhielt, mit seiner Division das rechte Poufer zu schutzen. An dem fünftägigen Feldzuge, der mit der Niederlage von Novara endigte, nahm er auf diese Weise keinen Theil. Doch die allgemeine Aufregung, welche der Waffenstillstand von Novara hervorrief, gewann eine besonders drohende Gestalt zu Genua, wo das Volk sich gegen die königlichen Truppen erhob und eine provisorische Regierung einsetzte. Lamarmora empfing jetzt den Auftrag, Genua wieder zu nehmen und entledigte sich desselben mit leichter Mühe.

Am 2. November 1849 übernahm Alfons Lamarmora wiederum das Portefeuille des Krieges, welches er nun mit geringen Unterbrechungen bis zum Jahre 1860 führte. In dieser Stellung ward er der Schöpfer des piemontesischen Heersystems, wie es 1855 in der Krim, 1859 gegen Oestreich, 1860 gegen Lamoricière seine Probe zu bestehen hatte, wie es die Grundlage des italienischen Heersystems geworden ist, und wie wir es im ersten Buche in seinen Grundzügen dargestellt haben.

Als im Jahre 1855 Graf Cavour es für zweckmässig hielt, dass Piemont sich an dem Kriege gegen Russland betheilige, erklärte sich Lamarmora anfänglich dagegen, einerseits wohl aus der Vorliebe, welche die Conservativen ganz Europas für das heilige Russland hegten, andererseits aber auch, weil er es für das nothwendigste hielt, dass Piemont sich innerlich, insbesondere durch die Verbesserung seiner Finanzen stärke, wozu bekanntlich ein Krieg nicht das geeignetste Mittel ist. Als aber die Expedition einmal beschlossen war, übernahm er willig das Commando des 15,000 Mann starken, nach der Krim bestimmten Corps und sorgte, auf die Erfahrungen gestützt, welche Franzosen und Engländer vor Sebastopol gemacht hatten, für dessen sachgemässeste Organisation und Ausrüstung. Die Piemontesen traten als die bestversehenen Truppen in der Krim auf. Schon dies verschaffte ihnen Ansehen.

In der Verwaltung des Kriegsministeriums ward Lamarmora für die Zeit seiner Abwesenheit durch Jacob Durando ersetzt. Die einzige Waffenthat von Bedeutung, an welcher das piemontesische Contingent theilnahm, war die Schlacht an der Tschernaja, am 16. August. Die Behauptung, dass diese Schlacht minder vortheilhaft für die Verbündeten ausgefallen sein möchte, wenn nicht die Piemontesen den Posten an der obern Tschernaja gehabt hätten, ist nicht unbegründet, da die Franzosen sich eben am 15. August, als dem Napoleonstag, allen Freuden und Zerstreuungen hingegeben hatten, welche die Krim bot. Als grossen Feldherrn sich zu zeigen, hatte Lamarmora freilich keine Gelegenheit, dagegen wusste er die Würde des piemontesischen Contingents als eines selbstständigen und gleichberechtigten, und folglich die Würde Piemonts selbst mit Takt und Festigkeit zu wahren, sowohl gegenuber den Anmassungen des englischen Generals, welcher Neigung zeigte, die Piemontesen als eine englische Soldtruppe zu behandeln, als bei Gelegenheit des mannigfachen Haders, den Omer Pascha erregte, welcher sich nicht darin fügen mochte, dass seine asiatischen Banden den europäischen Truppen auch des kleinsten Staates nachgesetzt werden mussten. So trug Lamarmora nicht wenig zur Erreichung des Zweckes bei, zu welchem uberhaupt das piemontesische Corps nach der Krim gesendet worden war: Piemont eine Stimme im Rath Europas zu verschaffen, welche es für Italien erheben könnte.

Nach der Rückkehr aus der Krim übernahm Lamarmora bald wieder das Kriegsministerium. Mit dem ganzen Verlauf, den die Dinge in Italien im Jahre 1860 nahmen, konnte er seinen Grundanschauungen nach nicht eben zufrieden sein. Er zog sich aus dem Kriegsministerium auf das Commando des 2. Armeecorps zurück. Indessen erkannte er die Macht der vollendeten Thatsachen, wie schon früher, so auch diesmal, und nahm die Ernennung zum Präfecten der Provinz Neapel und zum Commandanten des 6. Armeecorps an.

Die Aushebung in den Südprovinzen.

Das hauptsächlichste, was er zunächst that, war die Anordnung der Aushebung der vom Parlament bewilligten 36,000 M. durch Circular vom 16. November.

Auch in Sicilien, wo die Statthalterschaft noch

nicht aufgehoben wurde und wo erst im September der zum Kriegsminister berufene della Rovere durch den General Pettinengo als Statthalter ersetzt war, wurde die Aushebung der für diese Insel bewilligten Recruten angeordnet.

Man war im Allgemeinen sehr gespannt auf den Erfolg und Fortgang der Aushebung in den Südprovinzen, ganz insbesondere in Sicilien, wo zum ersten Male die Conscription ins Leben treten sollte. Die Sache ging besser als man sich vorgestellt hatte, und unsern Lesern wird dies nach demjenigen, was wir über das italienische Heersystem und die Stellung der Bourgeoisie einerseits, des armen Volkes andererseits zu ihm gesagt haben, viel weniger wunderbar und überraschend vorkommen, als es der italienischen Bourgeoisie selbst erschien. Bei dem Processe der Aushebung selbst veranstalteten die Liberalen und die besitzenden Classen Festlichkeiten aller Art, um die Recruten gutes Muths zu machen, man hielt ihnen ellenlange Reden, die durch passende Evvivas zu begeisternden gestaltet wurden, man empfing auf ihrem Durchzuge nach den Depots die Recrutentransporte überall mit Feierlichkeiten, — und alle officiellen, officiösen, nicht officiellen und nicht officiösen Blätter Italiens schwammen an der Scheide der Jahre 1861 und 1862 in Wonne über das Herbeieilen der muthigen künftigen Vaterlandsvertheidiger zu den Fahnen und brachten enthusiastische Berichte von allen Enden und von allen Tagen über Abmärsche, Durchmärsche und Einzüge von Recrutentransporten für das nationale Heer Italiens. Dass hie und dort

Widersetzlichkeit gegen die Aushebung vorkam, wen sollte das grade Wunder nehmen, der die Sache unbefangen und ohne vorgefasste Meinungen betrachtet? Im Innern Siciliens, welches die Italiener sowenig beherrschten als es die Neapolitaner einst beherrscht hatten, so wie in den abgelegenen Gegenden der neapolitanischen Provinzen suchten sich nicht wenige junge Leute, zum Theil von der Geistlichkeit und der Reactionspartei aufgewiegelt, durch Flucht in die Gebirge oder zu den Brigandenbanden der Aushebung zu entziehen. Auch reactionäre Gemeindebehörden leisteten hie und da den Processen der Aushebung bald passiven, bald selbst activen Widerstand; aber alles dies konnte nichts daran ändern, dass das Resultat im Ganzen, sowohl was die Ruhe und Ordnung mit der Alles vor sich ging, als was den Ertrag betraf, ein sehr befriedigendes war.

Wir nehmen hier vorläufig wieder Abschied von dem im Winter, wie gewöhnlich so ruhig scheinenden Südprovinzen, um uns nun wieder der römischen Frage zuzuwenden.

IX.

Die römische Angelegenheit unter dem Ministerium Ricasoli.

Ricasolis Ideen über die Lösung der römischen Frage. Unabgesendete Briefe an den Papst und Antonelli.

Die römische Frage hängt so innig mit allen anderen Beziehungen der italienischen Politik zusammen, dass man ihren Fortgang in keinem ihrer Stadien füglich getrennt von andern Beziehungen darstellen kann. Sie spielt überall hinein. Indessen müssen wir ihr doch auch hier wieder ein eigenes Capitel widmen, in welchem wir sie ins Centrum stellen, hauptsächlich um nicht anderen Angelegenheiten, die gleichfalls wichtig sind, in der Behandlung Abbruch zu thun. Das Hinüberspielen in die anderen Verhältnisse wird dabei von uns nur kurz angedeutet werden können und es mag sich finden, dass Manches erst durch nachfolgende Capitel zur völligen Klarheit gebracht werden kann. Das ist eben ein Mangel der schriftlichen oder mündlichen Darstellung, der mit in den Kauf genommen werden muss, dass wir nicht mehrere Dinge zugleich, sondern nur nacheinander sagen können, wie wünschenswerth auch das erstere sein möchte. Der Hauptsache soll übrigens bei unserer Darstellung kein Abbruch geschehen.

Frankreich hatte Italien anerkannt, und wenn es auch den Ministerposten in Turin noch nicht sogleich besetzte, fand doch alsbald ein Austausch ausserordentlicher Höflichkeitsgesandtschaften statt. Auf die Sendung des Grafen Arese nach Paris antwortete Napoleon mit der Sendung seines Grossstallmeisters utriusque, des Generals Fleury nach Turin.

Das italienische Parlament war im Juli bis auf den Spätherbst vertagt worden und Ricasoli dachte nun darüber nach, wie er gemäss dem von ihm gegebenen Versprechen, die römische Frage im Sinne des bekannten und hinlänglich breit getretenen: freie Kirche im freien Staate! lösen könne. Wie die Diplomaten nun einmal sind, obgleich sie recht gut wissen, dass sie selbst niemals eine Ueberzeugung, die sie nicht hatten oder nicht haben wollten, sich von einem Andern haben beibringen lassen, bilden sie sich doch immer ein, andere überzeugen zu können. Dies war auch Ricasoli's Fall, und er kam auf die sonderbare Idee, im August zwei versöhnliche Briefe an den Papst und an den Cardinal Antonelli zu schreiben.

In dem Briefe an den Papst führte er den Conflict zwischen jenem und dem italienischen Volk auf den Umstand zurück, dass der heilige Vater zugleich Haupt der Kirche und italienischer Fürst sei, auf den Unabhängigkeits-Kampf von 1848 und die Stellung, die der heilige Vater zu diesem angenommen. Jeder Streit zwischen zwei Gegnern, fuhr er dann fort, könne entweder nur mit der Niederlage oder dem Tod des einen oder mit der Versöhnung endigen. Die Kirche sei nun unvergänglich, unvergänglich aber auch seien die Rechte der Nationalität. Fur die beiden Gegner also, die in diesem Conflict einander gegenüberständen, bleibe nur die eine der beiden möglichen Lösungen: die Versöhnung. Als guter Katholik und guter Italiener habe er oft und ernst über die Möglichkeit der Versöhnung, die Art sie herbeizuführen, nachgedacht und er habe gefunden, dass die Versöhnung nicht nur möglich, sondern auch äusserst nützlich, weil nothwendig sei. Er halte es nicht blos fur seine Pflicht, seine Meinung uber den Gegenstand dem heiligen Vater vorzulegen, sondern handle damit auch nach dem bestimmten Auftrag des Königs Victor Emanuel. Die Versöhnung würde unmöglich sein, ja die gut katholischen Italiener würden sie gar nicht zu erstreben und zu hoffen wagen, wenn ihr eines der Principien und Rechte, welche den Schatz des Glaubens ausmachen, oder irgend ein Theil der unsterblichen Institution des Gottmenschen zum Opfer gebracht werden müsste. Darum handle es sich aber gar nicht, gerade im Gegentheil wolle Italien, dass die Kirche sich nur immer kräftiger, schöner und fruchtbringender entwickle. Wäre die Kirche unfähig, bei jedem Schritt, den die Civilisation vorwärts thut, der neuen erreichten Stufe anpassende Formen zu finden, so würde sie ja nicht die universelle und ewige göttliche Schöpfung sein, welche sie doch ist. Habe sie doch auch im bisherigen Verlauf der Geschichte allerdings die Fähigkeit gezeigt, sich, obwohl unwandelbar im Wesen, in den Formen den einander folgenden Civilisationsstufen anzupassen. Warum solle das jetzt aufhören? Seien nicht vielmehr diejenigen, welche die Kirche auch in allem Formellen und Aeusserlichen für unveränderlich erklären, ihre wahren Feinde, als diejenigen, welche die Fähigkeit zu Aenderungen und Fortschritten ihr zuerkennen?

In ihrem Kampfe für Unabhängigkeit und Nationalität hätten die Italiener kein einziges Princip der Religion oder der bürgerlichen Ordnung verletzt. Wie sehr hatten sie nicht anfangs gewünscht, dass der Papst die Eigenschaften des Oberhaupts der

Kirche und eines weltlichen Staatshauptes versöhnend vereinigen könne! Aber die Thatsachen selbst hätten sie gezwungen, genauere Nachforschungen über Ursprung und Eigenthümlichkeit der weltlichen Herrschaft des Papstes anzustellen. Möchte nun diese weltliche Herrschaft in früheren dunkeln Zeiten selbst eine Nothwendigkeit gewesen sein; sie könne es unmöglich sein in unserer Zeit des allgemeinen Rechtsschutzes. Möge der heilige Vater dies selbst zugestehen. Der Conflict, welcher lediglich aus der Behauptung der weltlichen Herrschaft hervorgehe, habe die übelsten Folgen für die Grösse der Kirche und das Heil der Seelen; seine Lösung durch die Abtretung der weltlichen Herrschaft werde die Kirche auf die höchste Spitze erheben. Um grösser zu werden als die Könige der Erde brauche der Papst sich nur von den Elendigkeiten dieses weltlichen Königthums zu befreien, welches ihn nur jenen gleich mache.

Die dem Briefe beigelegten Accordpunkte waren die folgenden zwölf:

„1. Der Papst (sommo pontefice) bewahrt die Würde, die Unverletzlichkeit und alle andern Prärogativen der Souveränetät, sowie den Vorrang vor dem König (von Italien) und den übrigen Souveränen, welcher durch das Herkommen geheiligt ist. Die Cardinäle der heiligen Mutter-Kirche behalten den Fürstentitel und die bezüglichen Ehren.“

„2. Die Regierung S. M. des Königs von Italien verpflichtet sich, den Acten, welche der Papst zufolge dem göttlichen Recht als Haupt der

Kirche und laut dem kanonischen Recht als Patriarch des Occidents und Primas von Italien vornimmt, bei keiner Gelegenheit ein Hinderniss in den Weg zu legen."

„3. Dieselbe Regierung erkennt dem Papste das Recht zu, seine Nuntien ins Ausland zu senden und verpflichtet sich, sie zu schützen, so lange sie sich auf dem Gebiete des Staates befinden."

„4. Der Papst wird in freier Verbindung stehen mit allen Bischöfen und Gläubigen, und so diese mit ihm, ohne Einmischung des Staates. Ebenso kann er an den Orten und in der Weise, die er für angemessen hält, die Kirchenconcilien und Synoden berufen."

„5. Die Bischöfe in ihren Diöcesen und die Pfarrer in ihren Kirchsprengeln, werden in der Ausübung ihrer Aemter unabhängig von jeder Einmischung der Regierung sein."

„6. Sie bleiben indessen dem gemeinen Recht unterworfen, insofern es sich um Vergehen handelt, die nach den Gesetzen des Königreichs strafbar sind."

„7. S. M. verzichtet auf jedes Patronat über kirchliche Beneficien."

„8. Die italienische Regierung verzichtet auf jede Einmischung in die Ernennung der Bischöfe."

„9. Dieselbe Regierung verpflichtet sich, dem heiligen Stuhl eine feste und in der Summe, über welche man sich verständigen wird, unberührbare Dotation zu liefern."

„10. Die Regierung seiner Majestät des Königs von Italien wird, damit alle katholischen Mächte und Völker mitwirken können an der Aufrechthaltung des heiligen Stuhles, mit jenen Mächten die geeigneten Unterhandlungen anknüpfen, um die Quote zu bestimmen, mit welcher eine jede von ihnen für die im vorigen Artikel erwähnte Dotation eintritt."

„11. Die Verhandlungen werden zum weiteren Gegenstand haben die Erlangung von Bürgschaften für die in den vorhergehenden Artikeln getroffenen Bestimmungen."

„12. Auf Grund dieser Bedingungen wird der Papst mit der Regierung S. M. des Königs von Italien durch die Vermittlung dazu ernannter Commissarien einen Vertrag abschliessen."

Das Schreiben an Antonelli fasste den Inhalt des Briefes an den Papst kurz zusammen und bat den Cardinal, diesen Brief an seine Adresse zu befördern.

Was die Sache selbst betrifft, so werden wohl die meisten unserer Leser erstaunt darüber sein, dass Ricasoli entweder selbst glauben konnte, oder denken konnte, andere Leute davon zu überzeugen, es sei auf dem von ihm eingeschlagenen Wege überhaupt eine Lösung der römischen Frage zu erzielen und die Lösung werde eine für Italien annehmbare sein. Lagen denn nicht in der grossen Macht, welche die zwölf Puncte dem Papste speciell in Italien einräumten, in diesem dem Papste so äusserst günstigen Concordat nothwendig neue Keime des Zwiespaltes, der Conflicte? Und wer sollte denn diese Conflicte zwischen Papstthum und Königthum schlichten? Lag es denn nicht auf der Hand, dass Italien durch ein solches Concordat der Einmischung der katholischen Mächte alle Thore zu „legal berechtigten" Interventionen in seine inneren Angelegenheiten öffnen musste? Glückliche Aussicht! Man hätte meinen sollen, der Papst hätte mit beiden Händen nach diesem Concordate greifen müssen. Doch bei der bekannten Verstockung und Verranntheit des Papstthums, bei den unsern Lesern hinlänglich bekannten Meinungen, die von der Kirchenpartei über die Nothwendigkeit, Eigenthümlichkeit und Bedeutung der weltlichen Herrschaft des Papstes so lange gepredigt worden waren, durfte man auch dies nicht einmal voraussetzen. Man musste obenein auf eine Abweisung dieser dem Papstthume so höchst günstigen Bedingungen rechnen. Was also sollte das ganze Unternehmen Ricasolis? Bekanntlich sind die Diplomaten nie mit Ausreden verlegen, und Ricasoli konnte schliesslich sagen: Wenn der Papst die Hand, die ihm Italien so weit entgegenstrecke, dennoch zurückweise, so müsse doch wohl die katholische Welt begreifen, müsse vor allen Dingen Frankreich begreifen, dass mit dem Papstthum nicht durchzukommen sei, müsse dieses sich selbst und dem Belieben des Königreichs Italien überlassen. Für uns ist mit dieser Ausrede nichts gewonnen, weil die Mächte zum grossen Theil ein Interesse daran hatten, oder zu haben glaubten, den Krebs am Busen Italiens fortzehren zu lassen, weil namentlich Frankreich aus ganz andern Gründen als aus Liebe zum Papstthum Rom besetzt hielt.

Der Protest der Actionspartei gegen die französische Besetzung Roms und der Minister Minghetti.

Für die grosse Masse der Gebildeten in Italien lag die römische Frage sehr einfach: Mit dem Papstthume, sagten sie, ist eine Verhandlung, ein Uebereinkommen unmöglich; ziehe Frankreich freiwillig seine Truppen aus Rom zurück; es wird uns dadurch die beste Unterstützung gewähren. Wenn wir in Rom nicht mehr die Franzosen uns gegenüber haben, mit dem Papst und dem Papstthume werden wir sehr bald fertig werden.

In diesem Sinne ward im Juli in Süditalien von der Actionspartei ein Protest gegen die französische Besetzung Roms in Umlauf gesetzt; gerichtet an Frankreich und an ganz Europa. Derselbe bedeckte sich mit zahlreichen Unterschriften. Der Protest war aber noch gar nicht behufs der Unterzeichnung in Circulation gesetzt, das Kind war noch gar nicht aus dem Mutterleibe, als der superlative Herodes-Minghetti schon dagegen zu wüthen begann.

Schon am 21. Juni erliess er ein geheimstes Circular an die Präfecten. Er wisse bestimmt, sagte er in diesem Rundschreiben, dass neuerdings die Actionspartei von Mazzini aufgefordert sei, mit allen Mitteln durch das ganze Königreich, unter Benutzung aller Anlässe, eine dumpfe Agitation hervorzurufen, die dann „zu den bekannten Zwecken" ausgenutzt werden solle. Und weil die von der Actionspartei ausgesprengte Verläumdung von der Abtretung der

Insel Sardinien an Frankreich nicht durchgeschlagen hätte, so solle jetzt die Lüge verbreitet werden, die italienische Regierung habe die Integrität der päpstlichen Staaten anerkannt und „es sollen die Geister gegen die Anwesenheit der Franzosen in Rom aufgeregt werden". Die römische Frage aber biete viele Schwierigkeiten, sie müsse mit Rücksicht angefasst werden und es sei höchst gefährlich, „sie auf die Gasse zu werfen und zum Gegenstand von Discussionen des Volks zu machen". Das wahre Ziel der beabsichtigten Agitation sei übrigens das, der Regierung im Innern und nach Aussen Schwierigkeiten aller Art zu bereiten.

Nach diesen Vorausschickungen wurden nun die Präfecten eingeladen, das Volk durch Belehrung von dem Unterzeichnen des Protestes gegen die französische Besetzung Roms, zu welchem es sich vielleicht durch die mässige Form dieses Protestes könnte verleiten lassen, abzuhalten, und dort, wo die Mittel der Actionspartei, Unterschriften zu erlangen, sich aus den Grenzen der Gesetzlichkeit entfernten, mit allen Mitteln dagegen einzuschreiten.

Es liegen einige schöne Müsterchen vor, welche Wirkung das Circular Minghettis auf die Präfecten, Gouverneure und Intendanten, an welche sie gelangte, übte. Die Anweisungen, welche sie den Polizeibehörden ertheilten, waren nicht einmal so vorsichtig gehalten, als das Circular des Ministers, und die Polizisten konnten aus diesen Anweisungen deutlich erkennen, dass sie sehr schief angesehen werden würden, wenn sie nicht mit allen Mitteln, wobei es auf ein bischen Illegalität mehr oder weniger nicht genau ankam, dem Unterzeichnen des Protestes entgegen wirken wurden.

Das Circular Minghettis war auch eine der Veranlassungen, welche das schliessliche Austreten desselben aus dem Ministerium zur Folge hatten. Ricasoli liebte es, den legalen Boden festzuhalten, nicht zu viel Polizeiwirthschaft zu uben; ja er konnte ausserdem von seinem Standpuncte aus nicht einmal sehr viel gegen den Protest einwenden. Sprach er es doch, wenn gleich in mildester Form selbst aus, ein wie grosses Hinderniss fur die vollständige Constituirung Italiens die Anwesenheit der Franzosen in Rom sei. Dies geschah in einer Circularnote vom 24. August an die italienischen Agenten bei den auswärtigen Mächten, welche von dem Stande der Brigandage im Neapolitanischen handelte. In dieser Note trat er den neuerdings wieder hervorgeholten Zweifeln entgegen, ob Italien überhaupt die Einheit ertragen könne, Zweifeln, die eben vorzuglich aus dem Wuthen des Räuberwesens in den Sudprovinzen hergeleitet wurden. Er suchte nachzuweisen, dass ganz ähnliche Ereignisse, wie diejenigen, unter welchen jetzt Italien litt, auch die grossen Umwälzungen der Staatsform in Frankreich, England, Spanien begleitet hätten. Er stellte die Brigandage ihrem Umfange nach viel unbedeutender dar als sie war. Nach seinen Angaben beschränkte sich dieselbe nur auf fünf von den sechszehn neapolitanischen Provinzen, was, wie wir wissen, entschieden unrichtig war, da es eigentlich keine einzige Provinz gab, welche ganz frei von der Geissel des Räuberwesens gewesen wäre. Er fügte eine kurze Uebersicht der Geschichte der Brigandage in den neapolitanischen Provinzen bei und sprach sich sehr strenge über die ehemalige neapolitanische Armee aus, die 100,000 Mann stark, 1860 schmählich auseinandergestoben sei und deren Elemente nun die Räuberbanden bildeten oder verstärkten. Sicherlich sei die Brigandage, und leider die Hoffnung der Reaction in Europa, und diese leitende Reaction habe ihren Sitz in Rom, und hier stände sie unter dem Schutz der französischen Waffen, welche allerdings zu einem viel heiligeren und höheren Zwecke dort wären. Die Verbindung des römischen Hofes mit dem Brigandenwesen sei unzweifelhaft festgestellt. Die Ueberzeugung davon müsse nothwendig zu der andern führen, dass die weltliche Herrschaft des Papstes nicht blos von der Logik der nationalen Einheit verdammt werde, sondern sich auch unverträglich erweise mit der menschlichen Civilisation. Die allgemeine Verbreitung dieser Ueberzeugung werde die Lösung der römischen Frage ungemein erleichtern.

Ricasolis Schreiben an den Papst mit den zwölf Puncten konnte durch Antonelli an Pius IX gelangen; aber wie gelangten die beiden Schreiben an den Cardinal Antonelli? Allerdings fanden fortwährend Zwischenträgereien zwischen Turin und Rom statt, insbesondere durch das Mittel verschiedener sonderbarer Pfaffen, von denen wir nur den Pater Giacomo, der den sterbenden Cavour absolvirt hatte, und den Pater Passaglia erwähnen, welcher heute die unbefleckte Empfängniss der Mutter Mariä nachweist und morgen mit gleicher Langweiligkeit gegen die Berechtigung der weltlichen Herrschaft des Papstes schreibt. Das letztere äusserst langweilige Opus ist sogar ins Deutsche übersetzt worden. Wir können nicht des näheren darüber urtheilen, da es uns bei drei wiederholten Anläufen begegnete, dass wir bei der dritten Seite unwiderruflich einschliefen; aber wie uns von Beharrlicheren und Kennern der Kirchengeschichte versichert worden, ist der Pater Passaglia ein ausserordentlich gelehrter Kirchenvater. Uebrigens hatten diese Zwischenträgereien der erwähnten Pfaffen höchstens in kirchlicher Beziehung einen officiellen Character. Als Ueberbringer von Staatsnoten konnten die Pfaffen nicht gebrancht werden. Italien war mit dem Papste nicht in officiellem Verkehr; es blieb also nichts weiter übrig, als dass es die Vermittlung einer befreundeten Macht für die Uebergabe der Ricasolischen Briefe an den päpstlichen Hof anrief. Am liebsten wäre wohl Ricasoli England darum angegangen; allein England als protestantische Macht konnte sich mit dieser Angelegenheit nicht wohl befassen, auch wäre es nicht besonders klug gewesen, Frankreich zu übergehen, welches doch in der ganzen Sache die erste und entscheidende Stimme hatte. Ricasoli wendete sich daher an Frankreich, welches um so möglicher war, als eben der regelmässige diplomatische Verkehr Italiens mit Frankreich wieder angeknüpft worden war.

In den ersten Tagen des August war der Ritter Nigra als ordentlicher italienischer Gesandter nach

Paris abgegangen und am 28. August traf der neue Gesandte Frankreichs am italienischen Hofe, Benedetti, in Turin ein. Am 30. August ward er von Victor Emanuel in feierlicher Audienz empfangen und überreichte seine Creditive. Die geheimen Instructionen Benedettis besagten: dass er darauf hinwirken solle, die italienische Politik in den gehörigen Schranken zu halten. Italien sollte namentlich wegen Roms nicht drängen, es sollte sich an das halten, was früher zwischen Cavour und Napoleon ausgemacht war, die Garibaldiner und Mazzinisten sollten der italienischen Regierung fern gehalten werden. Ausserdem sollte an die Stelle des sich England zuneigenden Ministeriums Ricasoli ein Frankreich freundliches Ministerium Ratazzi treten.

Ricasoli konnte es kaum verborgen bleiben, dass seine Regierung nicht mehr lange dauern werde. Man muss es gestehen, dass ihn lediglich Motive des wahren Patriotismus in seinem unfruchtbaren Amte noch eine Zeit festhielten, Motive, welche wir weiter unten zu erwähnen haben werden. Er übermittelte seine fur Antonelli und den Papst geschriebenen Briefe durch die Gesandtschaft zu Paris der französischen Regierung. Dieselbe hielt es nicht für gerathen, diese Briefe zu besorgen. Dass eben in dieser Zeit auch ein bald zu erwähnender Span zwischen den Papst und Frankreich gekommen war, hatte die Italiener, die in der römischen Frage so gerne nach jedem Strohhalm griffen, mit neuen Hoffnungen erfüllt, Napoleon werde jetzt seine Besatzung aus Rom zurückziehen, und selbst Ricasoli mochte nicht ganz frei von solchen Hoffnungen sein. Die Gründe, aus welchen es die französische Regierung für jetzt abwies, directe Verhandlungen zwischen Rom und Turin anbahnen zu helfen, soweit sie öffentlich genannt wurden, waren, dass von solchen Verhandlungen nichts zu hoffen sei, da die beiden streitenden Parteien starr jede auf ihrem Terrain blieben, da ihre Standpuncte diametral einander entgegengesetzt seien. Auch durch die neuesten Briefe Ricasolis ändere sich darin nichts. — Ausserdem kam noch die Circularnote Ricasolis vom 24. August über die Brigandage hinzu, welche Napoleon sehr missfiel und über welche Thouvenel eine sehr ernste Unterredung mit Nigra hatte, in welcher er diesem auseinandersetzte, dass die französische Regierung durch ihre eigenen Agenten hinlänglich über die Zustände in Rom und im Neapolitanischen unterrichtet sei, keine andere Belehrung darüber brauche, dass sie sich in ihrem Verfahren in der römischen Frage lediglich von den Interessen Frankreichs werde leiten lassen und dass der Ton der Note im Allgemeinen nicht der Art sei, um besonders gefallen zu können.

Ratazzis Reise nach Paris. Seine Parlamentsrede über die römische Frage.

Im October reiste Ratazzi nach Paris, um sich dort, wie man sich ziemlich allgemein ausdrückte, die Instructionen für das erwartete, von ihm zu bildende Ministerium zu holen. Nach anderer Ausdrucksweise hatte er eine officiöse Sendung, um sich mit dem Kaiser Napoleon über Lösung der römischen Frage zu verständigen. Diese officiöse Sendung verhüllte er damit, dass er sich während seines Aufenthalts zu Paris mit einer Anzahl von Redacteurs der verschiedenen Blätter in Verbindung setzte, in der ausgesprochenen Absicht, ihnen richtige Begriffe von Italien und den italienischen Angelegenheiten beizubringen und sie Italien günstig zu stimmen. Er kehrte erst gegen Mitte Novembers, kurz vor der Parlamentseröffnung zurück.

Die Wiedereröffnung des seit Ende Juli vertagten Parlamentes fand am 20. November 1861 statt. Ricasoli hatte nun nichts Eiligeres zu thun, als dem Parlament Mittheilung von seiner neuesten Idee in der römischen Frage und von dem bezüglichen Versuche zu machen, der an der Weigerung Frankreichs, die Depeschen nach Rom zu übermitteln, gescheitert war. Er sprach die Hoffnung aus, dass bald die Zeit kommen werde, wo sein Versuch unter günstigern Umständen wieder aufgenommen werden könne.

Die gewohnten Interpellationen über Rom und Neapel gaben zu weitläufigerer Behandlung der Fragen und Schritte die bequemste Gelegenheit. Wir wollen auf diese Interpellationen im Allgemeinen nicht eintreten, weil wir die Gesichtspuncte hinreichend festgestellt haben, aus welchen wir die ganze Frage ansehn, weil wir den Verlauf der neusten Verhandlungen Ricasolis gegeben und weil die verschiedenen Redner der Natur der Sache nach sich wesentlich in Wiederholungen ergingen, was in Parlamenten, wie in Zeitungen ebenso gebräuchlich als in der Ordnung ist. Eine Ausnahme indessen müssen wir machen und zwar zu Gunsten der Rede, welche in der römischem Frage am 4. December Ratazzi hielt, nachdem er das Präsidium an den Vicepräsidenten Tecchio abgegeben Es ist von Wichtigkeit, die Ansichten dieses Mannes, der sich in einer fur die römische Frage entscheidenden Zeit am Ruder befand, über dieselbe zu kennen, wie sie eben im December 1861 und unmittelbar nach der Pariser Reise waren.

Er halte, sagte Ratazzi, den von Ricasoli eingeschlagenen Weg nicht fur den richtigen. Doch er lasse dies bei Seite; er wolle auch nicht mit den allzueifrigen Freunden des gegenwärtigen Ministeriums rechten, welche sich damit beschäftigt hätten, die Thore Roms dem italienischen Volke schon in allernächster Zeit sperrweit geöffnet zu zeigen.

Die Frage Roms sei keine Principienfrage mehr, als solche sei sie bereits vom Parlament gelöst; seitdem bleibe sie nur noch eine Frage der Zeit. Unglücklicherweise könne jetzt Rom dem Papste nicht abgenommen werden, weil von den Franzosen besetzt. Trotz diesen könne man nicht nach Rom gehen. Aber die französische Besetzung könne nicht ewig dauern. Frankreich selbst habe den höchsten Wunsch, dieser Besetzung ein Ende zu machen, welche einerseits die reactionäre Partei in Frankreich mit ihren viel weiter gehenden Forderungen doch nicht befriedige, andererseits dem seine Befehle von Wien empfangenden Papste geradezu lästig sei.

Nach dem Frieden von Villafranca habe allerdings die französische Regierung die Conföderation fur die geeignetste Form der Neugestaltung Italiens erkannt. Aber davon sei sie längst zurückgekommen; wie die Aufstellung und Aufrechthaltung des Princips der Nichtintervention, wie die Anerkennung des Königreiches Italien hinlänglich beweise. Die letztere sei erfolgt, nachdem das italienische Parlament Rom fur die Hauptstadt Italiens erklärt. Mit der Anerkennung des Königreichs Italien habe daher Frankreich auch dessen Rechte auf Rom anerkannt. Von den beiden Wegen, welchen die französische Politik in Bezug auf Italien folgen könne: Italien getheilt erhalten, um es zu unterdrücken, oder es einigen und stärken, um einen guten Verbündeten zu haben, habe das zweite Kaiserreich den letzteren gewählt.

Man solle doch sehen, wer eigentlich in Frankreich der italienischen Sache feindlich gegenüberstehe. Es seien nicht etwa blos die Katholiken, welche die weltliche Herrschaft des Papstes für eine Nothwendigkeit hielten, es seien auch die Protestanten, die Voltairianer, kurz alle diejenigen, welche auch Feinde der gegenwärtigen kaiserlichen Regierung seien. Diese begriffen wohl, dass jeder Schlag, den sie der Einheit Italiens beibringen könnten, auch die gegenwärtige französische Regierung träfe. Davon habe er sich bei seiner letzten Reise überzeugt.

„Und, fügte Ratazzi ein, da ich auf meine Reise zu sprechen gekommen bin, so erlauben Sie mir, meine Herrn, noch einige Worte darüber. Wenn es sich von meiner Person handelte, würde ich nicht reden; man hat aber aus dieser Reise zu schwere Folgerungen gezogen, als dass ich schweigen könnte. Unter den Gerüchten, welche über diese Reise in Umlauf gesetzt wurden, hat mich am meisten das betroffen, ich sei nach Paris gegangen, um mir ein Portefeuille zu erobern. Meine Herrn! ich zähle vierzehn Jahre politischen Lebens, die genügend bekannt sind. Vier Mal habe ich im Rath der Krone gesessen. Aber alle vier Mal habe ich das schwere Amt in dem Glauben angenommen, dass ich zu ihm von dem Vertrauen des Parlaments und von dem Vertrauen des Königs berufen sei. Und als ich das letzte Mal aus dem Ministerium schied, that ich es mit der Ueberzeugung, dass jenes Vertrauen mir weder von der einen noch von der andern Seite entzogen sei, aber ich schied, weil ich es dem Interesse des Landes gemäss hielt, das Opfer meiner Person zu bringen. Ich erwartete daher nicht, dass sich Jemand für berechtigt halten könne, einen solchen Verdacht gegen mich vorzubringen. Die Portefeuilles kann man nur zu Turin erhalten, vom Vertrauen der Krone und dem des Parlaments, nie von einem fremden Fürsten oder Minister. Ich habe den Glauben an die französische Alliance, und dieser Glaube datirt nicht von gestern; aber ich verwechsle nicht die Alliance mit der Abhängigkeit. Und ich glaube, ich würde der französischen Regierung mit der Voraussetzung unrecht thun, sie wolle ihren Einfluss soweit ausdehnen, uns die Minister aufzudrängen. Aber man fragt auch, was ich denn in Paris zu thun gehabt habe? Ich könnte darauf antworten, dass wenn ein freier Mann für sich und auf seine Kosten eine Reise macht, er keine Rechenschaft darüber schuldig ist. Ich antworte indessen, dass ich diejenige Mission hatte, welche ich mir selbst ertheilte, und welche mir die Bedürfnisse meines Landes auflegten. Ich habe geglaubt, dass meine lange Theilnahme an der Verwaltung meines Landes, die Autorität selbst, welche ich aus der Ehre, Ihr Präsident zu sein, hernehme, es mir besonders erleichtern würden, die wahre Stimmung der Staatsmänner jener grossen Nation kennen zu lernen und mich mit ihnen über unsere Lage, über unsere Bedürfnisse auszusprechen. Ich glaube diese Mission erfüllt zu haben; wenn nun noch Jemand sich erlauben sollte, meiner Reise eine andere Auslegung zu geben, so gedenke ich nicht anders darauf zu antworten, als mit Schweigen und Verachtung. Die Ehre verbietet mir, mich zu weiteren Erläuterungen herbeizulassen."

Nach dieser Abschweifung, welche geschickt den Faden der Rede unterbrach und es so die Zuhörer weniger bemerken liess, wie wenig ihnen der Redner eigentlich von der römischen Frage mittheilte, ging er wieder auf diese über: die Zurückberufung der französischen Truppen von Rom sei eine Frage der Zeit; unzweifelhaft müsste der Papst, sobald die Franzosen Rom verliessen, auch fliehen, und die weltliche Herrschaft wäre auf immer dahin. Nun gäbe es aber in Frankreich viele Leute, welche die weltliche Herrschaft des Papstthums zum Bestand der Kirche überhaupt für nothwendig hielten. Allerdings breche sich die entgegengesetzte Meinung immer mehr Bahn; aber man musse abwarten, dass sie allgemein werde. Musse Italien in dieser Erwartung die Hände etwa in den Schooss legen? bleibe ihm nicht genug zu thun für die innere Organisation, fur die Finanzen, fur die Nationalbewaffnung?

Der Redner ging nun auf die Lage der einzelnen Provinzen und die hauptsächlichen Schwierigkeiten, welche in den verschiedenen Provinzen der Regierung erwachsen, näher ein und kam endlich auch auf die neapolitanischen Provinzen und auf die in ihnen wüthende Brigandage zu sprechen, welcher ein Ende gemacht werden müsse. Dies sei zu erreichen durch zweierlei Mittel, die der Verwaltung und die der Diplomatie. In letzterer Beziehung müsse man sich der Proteste und Reclamationen bei den benachbarten Regierungen bedienen; er glaube, dass die französische Regierung gegen ernste Vorstellungen der italienischen nicht taub bleiben, sondern vielmehr den Anforderungen derselben Genüge thun werde.

So Ratazzi im italienischen Parlament. Napoleon unterdessen war gar nicht zufrieden damit, dass Ricasoli geglaubt hatte, seine abortirten diplomatischen Versuche dem Parlament vorlegen zu müssen. Thouvenel ward angewiesen, sofort eine bezügliche Note an Benedetti nach Turin zu richten. In dieser Note vom 26. November fuhrte Thonvenel die offenen Gründe auf, welche die französische Regierung bestimmt hatten, die Depeschen Ricasolis an Antonelli und den Papst nicht nach Rom zu besorgen. Er sprach dann die Hoffnung aus, dass die — noch zu erwartende — Discussion der römischen Frage im italienischen Parlament sich in den Grenzen halten werde, in welche so viele Interessen sie bannen mussten, deren Nichteinhaltung selbst die Lösung über Gebühr hinausschieben könne. Noch im Lauf der Woche solle der Marquis von Lavalette sich auf seinen Posten als französischer Gesandter nach Rom begeben. Es wäre nun schmerzlich, wenn durch eintretende Zwischenfälle der Papst neuerdings so aufgeregt würde, dass dem neuen Gesandten ein Auftreten in versöhnlichem Sinne von vornherein unmöglich gemacht werde. Uebrigens, angesehn seine Weltstellung schwäche sich nicht Italien, wenn es fortwährend proclamire, dass es unter den grossen und berühmten Städten, welche es besitze, keine Hauptstadt finde, die möglich sei? und dass Venetien die unentbehrliche Ergänzung seines Territoriums sei? Des weitern hätten die italienischen Staatsmänner vorerst doch genug zu thun und genug Gelegenheit sich unsterblich zu machen, wenn sie nur erst das gegenwärtige Gebiet Italiens in Ordnung und zur Blüthe brächten.

Lavalette als französischer Gesandter nach Rom. Goyon und Merode.

Wie wenig Napoleon an einer Lösung der römischen Frage wie sie Italien einzig conveniren konnte, und an einer schnellen Lösung dieser Frage gelegen war, schien es ihm doch angemessen, wieder einmal den Italienern eine Illusion hinzuwerfen und ihnen glauben zu machen, er steure ernstlich auf eine solche Lösung zu.

Im Sommer war Frankreich in Rom lediglich durch einen Geschäftsträger, Herrn von Cadore, vertreten, eigentlich diplomatisch. Nimmt man das Wort im weiteren Sinne, so trat freilich noch ein weiterer Vertreter hinzu. Es war der General Goyon, Commandant der französischen Besatzungstruppen. Dieser Herr war, wie bekannt, dem Papste äusserst ergeben. In allen seinen Reden, an seine Officiere namentlich, sprach er sich in solchem Sinne aus. Ja er galt dafür, nicht blos aus Frömmigkeit auf Seiten des Papstes zu stehen, sondern auch aus politischer Wahlverwandtschaft sehr zur Unterstützung Franz des II. und seiner Brigandage hinzuneigen, und jetzt eben war in dieser Beziehung eine Thatsache hervorgeholt, die hauptsächlich ihm von den Italienern auf die Rechnung gesetzt ward und ihn bei diesen nicht beliebt machte.

Der Leser erinnert sich, dass nach den Gefechten am Garigliano im Jahre 1860 ein gegen 30,000 M. starkes neapolitanisches Corps auf päpstliches Gebiet übertrat und hier von den Franzosen entwaffnet ward. Die Entwaffnung brachte gegen 30,000 Gewehre, 48 Kanonen, viele Säbel und andere Ausrüstungsstücke ein. Die Waffen behielt nun Goyon weder unter unter dem Schutze der französischen Truppen zurück, noch lieferte er sie dem Königreich Italien aus, sondern dem König Franz II, als dieser sein Hauptquartier in Rom aufgeschlagen hatte, nach einer andern Version, welche die Sache sollte in milderem Lichte erscheinen lassen, schon, als Franz noch zu Gaëta regierte. Franz II. nun übergab diese Waffen dem Papst, als eine Compensation dafür, dass dieser auf seinem Gebiete längere Zeit die neapolitanischen Truppen verpflegt hatte. Was nun das schlimmste ist, war, dass mindestens ein Theil dieser Waffen vom Papste wieder hergegeben ward, um die Brigandenbanden auszurüsten, welche im päpstlichen Gebiete ihre Depots und ihre strategische Basis hatten. Dies, sagte man, könne nicht ohne Wissen Goyons geschehen sein und er habe sicherlich die Gewalt, es zu hindern. Da er das nicht thue, habe er nicht den Willen dazu nnd werde vollends der Connivenz mit dem Räuberkönig und dem Räuberwesen im Neapolitanischen verdächtig.

Goyon war also dem Papste geneigt und man musste voranssetzen, dass er demselben genehm sei. Aber selbst für diesen Reactionär sollte die Stunde eines Conflictes mit dem liebenswürdigen päpstlichen Gouvernement schlagen: Ein päpstlicher und ein französischer Soldat waren, wie dies sich sehr oft ereignete, mit einander in Streit gerathen, und der letztere war vom erstern verwundet worden. Goyon, dem trotz aller seiner reactionären Gelüste doch Ehre und Vortheil der französischen Armee vor Allem am Herzen liegen mussten, verlangte die Auslieferung des päpstlichen Soldaten, der vor ein französisches Kriegsgericht gestellt werden sollte. De Merode, der päpstliche Kriegsminister, verweigerte die Auslieferung und lief höchst erhitzt selbst zu Goyon, um ihm dies anzukündigen. Die Discussion war sehr lebhaft und Merode bediente sich einiger unpassender Ausdrücke über die Person des Kaisers Napoleon. Nun gerieth Goyon in eine officielle Wuth und bot dem Cardinal Kriegsminister Ohrfeigen an, die derselbe für moralisch-genossen annehmen möchte, da der General durch das priesterliche Kleid des Cardinals gehindert sei, sie ihm materiell zu verabreichen. Uebrigens, fügte er hinzu, könne der Cardinal seine Soutane ausziehen und er, der General, werde seine Uniform ausziehen, und nichts verhindere sie mehr, sich zu schlagen. Merode lehnte das freundliche Anerbieten ab, worauf Goyon ihm noch einmal ausdrücklich zu Gemüthe führte, dass die moralischen Ohrfeigen auf ihm hafteten. Goyon schickte ausserdem den französischen Gensdarmeriecommandanten nach Castel S. Angelo und liess den schuldigen päpstlichen Soldaten halb mit Gewalt requiriren. Ausserdem verlangte er Genugthuung.

Auf diesen Vorfall bauten die Italiener die lebendigste Hoffnung, dass die Franzosen Rom räumen würden; ja es ward so viel davon gesprochen, dass man schon italienische Truppen an den Grenzen des päpstlichen Gebietes sah, um von der losgelassenen Beute Besitz zu ergreifen.

Begreiflicher Weise ging Alles sehr ruhig ab, da Napoleon gar keinen Vorwand haben wollte, Rom zu verlassen. Der päpstliche Soldat ward vor ein französisches Kriegsgericht gestellt und von diesem freigesprochen, Merode blieb im Amt und sollte vom Papst einen Verweis erhalten, der gewiss nicht zu scharf ausfiel; es ward ferner ausgemacht, dass Merode von jetzt ab mit Goyon nur durch Vermittlung Antonellis verkehren solle. Goyon ging auf einige Zeit ins Seebad nach Civitavecchia, um sich dort abzukühlen.

Wie wenig er durch die Affaire geneigt geworden war, dem Papste zum Trotz den Italienern gefällig zu sein, zeigte sein Benehmen bei allen Gelegenheiten.

Auf den 7. September, an welchem in so vielen Städten Italiens der Einzug Garibaldis in Neapel gefeiert ward, fürchtete Antonelli einen Ausbruch in Rom; ja er war selbst geneigt zu glauben, dass italienische Truppen von den Grenzen her den Aufstand unterstützen möchten. Er theilte seine Befürchtungen, ausgeschmückt und zu bestimmten Nachrichten umgewandelt, dem französischen General mit und dieser erlies sogleich am 6. September nachfolgenden Befehl an die französischen Truppendetachements:

„Civitavecchia, den 6. September."

„Ein Angriff wird beabsichtigt. Ich ward davon benachrichtigt. Haltet euch bereit, kräftig und mit den Waffen diesen allzukühnen Piemontesen zu antworten, welche uns überraschen wollen. Sagt mir, ob ihr Munition genug habt."

Am 7. September eilte er dann in Person von Civitavecchia nach Rom.

So oft sich durch Italien das Gerücht verbreitete, die Franzosen im Römischen würden nun mit den

Italienern zusammenwirken, um der Ernährung der Brigandage im Neapolitanischen und ihrer Unterstützung vom päpstlichen Gebiet her ein Ende zu machen, — und dies geschah bei der von der ministeriellen Partei geflissentlich und mit allen Mitteln unterhaltenen Hoffnungsseligkeit sehr oft, — so oft das mindeste Ereigniss einen auch noch so geringen Anschein dieser Art hatte, beeilte sich Goyon, in Worten oder mit der That dagegen zu protestiren und jenen Anschein zu verwischen.

Unter den vielen einzelnen Ereignissen, welche die Italiener gegen das päpstliche Regiment erbitterten, von denen sie glaubten, dass sie auch die Regierungen und namentlich die französische von der Unverträglichkeit jenes Regiments mit der modernen Civilisation überzeugen und sie bestimmen müssten, Rom und den Papst endlich sich selbst zu überlassen; wollen wir nur der Hinrichtung Locatellis erwähnen, welche im September stattfand. Locatelli, ein junger Taglöhner, war beschuldigt, in einem Streit und Volksauflauf, am Peter-Paulstage, den 29. Juni, einen päpstlichen Gensdarmen getödtet zu haben. Er ward zur Untersuchung gezogen und obgleich sich gar keine Beweise beibringen liessen, verurtheilt und hingerichtet. Der wirkliche Mörder des päpstlichen Gensdarmen, ein gewisser Castrucci, hatte sich nach Florenz geflüchtet, und als die Hinrichtung Locatellis sicher zu erwarten war, stellte er sich selbst den dortigen Gerichten. Er kam indessen zu spät. Die Nachricht von dem Justizmord, von der Hinrichtung des unschuldigen Locatelli lief gleichzeitig mit der andern durch Italien, dass der wahre Mörder gefunden sei.

Bei der festen Ueberzeugung, welche die Mehrzahl der Italiener hatte, dass Rom die natürliche Hauptstadt Italiens sei, dass keine andere Stadt es sein könne, bei der infiltrirten Aussicht zugleich, dass man von Paris die Entscheidung darüber erwarten müsse, ob Italien seine Hauptstadt haben solle oder nicht, bei der fortwährend genährten Hoffnung und Spannung ist es begreiflich, dass der Pariser Himmel und sein römischer Wiederschein von den Italienern mit grösserer Aufmerksamkeit beobachtet wurden, als es zu Paris oder Rom selbst geschehen konnte.

Als im October Goyon eine Reise nach Paris machte, theilweis um sich dort neue Instructionen zu holen, musste dies ein Zeichen sein, dass die Franzosen nun bald die heilige Stadt räumen würden. Besonders gierig aber wurden alle Nachrichten über die Ordnung der französischen Gesandtschaftsverhältnisse zu Rom in Empfang genommen; würde der Herzog von Grammont, der sich so lange fern den Geschäften zu Frascati aufhielt, wieder als Gesandter in Function treten, oder würde ein Italien günstigerer Gesandter, wie es seit dem September hiess, nach Rom geschickt werden? Auch das sollte wieder über die Absichten Napoleons, über Räumung oder fernere Behauptung Roms entscheiden. Bald ward nun auch der Name des neuen, Italien günstigern Gesandten in die Arena der Hoffnungen und Zweifel geworfen. Es war Lavalette. Nachdem dieser Name drei Monate lang umhergetragen war, kündigte endlich Thouvenel Ende November officiell an, dass Lavalette nächstens als französischer Gesandter nach Rom gehen werde. Aber gerade in derselben Zeit kehrte auch Goyon nach Rom zurück. Man sieht wohl, wie verwirrend diese Dinge auf die Zeichendeuter wirken mussten, welche die einzig feste Basis für richtige Beobachtungen beharrlich verschmähten.

Endlich erschien anfangs December der Marquis de Lavalette in Rom. Die Depeschen Ricasolis nahm auch er nicht mit; aber allerdings hatte er die Instruction, das päpstliche Regiment zu directen Verhandlungen mit der Regierung des Königreichs Italien zu bestimmen und auf die Entfernung des Königs Franz II. von Rom zu dringen. Ferner sollten die französischen Truppen die römische Grenze gegen Neapel mehr bewachen, um die Brigandage nicht allzustark von Rom her unterstutzen zu lassen.

Lavalettes Verhandlungen mit Antonelli. Deren Veröffentlichung. Antipäpstliche Demonstrationen in Italien.

Lavalette ging nach Rom nicht blos mit gutem Willen, für Italien zu wirken, sondern auch mit grossem Selbstvertrauen, es zu können. Napoleon seinerseits, der den päpstlichen Hof gut genug kannte, wusste recht wohl, dass er bei der Sendung des Italien günstig gestimmten Mannes nichts für seine Zwecke riskire; dass Lavalette, mochte er nun Instructionen erhalten haben, welche man immer wollte, an dem passiven Widerstand des Papstthums eben so gut scheitern werde, wie jeder andere. Was die militärischen Operationen betraf, so war von diesen gar nicht zu fürchten, dass sie den Alp der Brigandage von den neapolitanischen Provinzen nehmen würden. Dafür bürgte Goyon hinreichend. Von ihm war nicht zu besorgen, dass er mit Eifer mit den italienischen Truppen zusammenwirken werde. Der Zeitpunkt also, in welchem nach allen bisher von ihm abgegebenen Erklärungen Napoleon Rom würde räumen können, war und blieb trotz Lavalette und seinen Instructionen in nebelgrauer Ferne. Aber die hoffnungsvollen Italiener wurden durch den Rumor, welchen Lavalette zu Rom machte, doch wieder einmal über Napoleons Willen getäuscht.

Lavalette fand bei der ersten Unterredung, die er mit Antonelli hatte, diesen so honigsüss, dass er schon ganz siegesgewiss war und alle Thore und Thüren zu directen Unterhandlungen zwischen Rom und Turin offen sah. In diesem Sinne berichtete er nach Paris, von wo er die Antwort erhielt: man sehe wohl, dass er noch nicht lange in Rom sei. Noch ehe er diese Antwort empfangen, hatte er schon Gelegenheit, sich von der Wahrheit derselben zu überzeugen. Als er mit dem Papste selbst sprach und ihm die Nothwendigkeit, in directe Unterhandlung mit Turin zu treten, vorstellte, erhielt er von diesem keine andere Erwiderung als das ewige: Non possumus, non possumus! und Antonelli, an welchen er sich wendete, wiederholte nur mit vielen Umschweifen dasselbe. In sehr kurzer Zeit wurde das Benehmen des heiligen Vaters sowohl als seines getreuen Ministers ein geradezu flegelhaftes. Es ging soweit, dass man dem Gesandten Frankreichs auf die unmotivirteste Weise die Thüre vor der Nase zuschloss und ihn förmlich hänselte. Auf alle Vorstellungen, die auf eine Entfernung Franz II. von Rom hinzielten, erwiederte Antonelli nur mit dem Hinweis auf die Pflichten der Gastfreundschaft, welche ja das päpstliche Rom unter Anderm ebenso gegen verschiedene Glieder der Familie Bonaparte geübt habe.

Unter diesen Umständen fand sich Thouvenel veranlasst, am 11. Januar 1862 eine Note an Lavalette zu richten, in welcher er demselben noch genauere Instruction insbesondere bezüglich der directen Verhandlungen zwischen den Höfen von Rom und Turin, welche zu erzielen seien, ertheilte.

Die französische Regierung, sagte er darin, habe nicht nöthig, wiederholt ihr Missvergnügen über die für den heiligen Vater so schmerzlichen Ereignisse von 1860 auszudrücken. Indessen in der Politik könne man nicht immer im Gebiet der Gefühle bleiben; man müsse schliesslich der Vernunft ihr Recht einräumen. So handle es sich denn heute darum, endlich zu erfahren, ob die päpstliche Regierung, in ihren Beziehungen zu dem neuen Königreich auch ferner jene Unbeugsamkeit bewahren wolle, die in Glaubenssachen allerdings ihre erste Pflicht sei, oder ob sie das Recht vollendeter Thatsachen anerkennen wolle. Frankreich sei nicht die einzige katholische Macht, welche das Königreich Italien anerkannt habe und die drei katholischen Mächte, welche es nicht anerkannt hätten, Oestreich, Spanien und

Baiern, hätten es wohl lediglich aus dynastischen Interessen nicht gethan. Alle im übrigen respectirten das Princip der Nichtintervention in den Angelegenheiten Italiens, und der Papst werde daher wohl schwerlich auf eine bewaffnete Einmischung zu seinen Gunsten rechnen. Sollte es daher nicht im Interesse des heiligen Stuhles selbst liegen, ohne auf seine Rechte zu verzichten, sich dem Königreich Italien durch Verhandlungen zu nähern? Die Art der Lösung wolle der Minister hier gar nicht discutiren; in dieser Beziehung bewahre sich die Regierung des Kaisers Napoleon die vollständigste Freiheit des Urtheils und der Handlung. Lediglich um die Frage handle es sich für Frankreich gegenwärtig, ob es die Hoffnung auf ein versöhnliches Entgegenkommen des Papstes hegen dürfe. Wenn die Grundlage einer Versöhnung Roms und Turins zwischen dem päpstlichen Stuhle und der kaiserlichen Regierung von Frankreich festgestellt sei, so würde diese letztere nichts unversucht lassen, jene Basis der Turiner Regierung annehmbar zu machen. Italien und das Papstthum würden dann bald wieder ihre natürlichen Beziehungen zu einander aufnehmen und das Papstthum würde grade dort einen Schutz finden, von wo es jetzt nur Gefahren drohen sähe. Diese Dinge möge Lavalette bei seinen Verhandlungen mit Pius und Antonelli stets vor Augen haben.

Am Tage, nachdem Lavalette die Depesche Thouvenels erhalten hatte, begab er sich zu Antonelli und machte diesem erneute Vorstellungen im Sinne der Anweisungen Thouvenels. Antonelli erwiderte darauf: „Jede Transaction zwischen dem heiligen Stuhl und denen, die ihn beraubt haben, ist unmöglich. Es liegt weder in der Gewalt des Papstes, noch selbst in derjenigen des heiligen Collegiums, auch nur den kleinsten Theil vom Gebiet der Kirche abzutreten.“ Lavalette entgegnete, dass er ganz von der Frage des Rechtes abstrahire, er wünsche ganz auf dem Gebiete der practischen Thatsachen zu bleiben und auf diesem der päpstlichen Regierung die Gelegenheit zu bieten, während sie alle ihre Rechte vorbehalte, aus einer Lage herauszukommen, die eben so verderblich für sie selbst als bedrohlich für den Frieden der christlichen Welt sei. Das sei auch die einzige Absicht des Kaisers Napoleon. Und nun, obgleich er dazu keinen Auftrag erhalten hatte, gab er doch dem Cardinal die letzte Depesche Thouvenels zu lesen.

Dieser, nachdem er sie durchgegangen, sagte: er finde in derselben den Ausdruck des wohlwollenden Interesses, welches Frankreich nie aufgehört habe, dem päpstlichen Stuhle zu zeigen. Indessen sei es nicht richtig, dass zwischen dem heiligen Stuhl und Italien Nichtübereinstimmung bestehe. Wenn der heilige Vater allerdings mit dem Turiner Cabinet gebrochen habe, so seien doch seine Beziehungen zu Italien die ausgezeichnetsten. Der Papst sei selbst Italiener, und der erste der Italiener leide er unter Italiens Leiden und beobachte mit Schmerz die grausamen Versuchungen, welche die italienische Kirche betroffen. Was aber Unterhandlungen mit den Beraubern betreffe, so könne der

Papst sich nie dazu hergeben. Er, der Cardinal, könne nur wiederholen: jede Transaction auf diesem Gebiet sei unmöglich. Welches immer die Vorbehalte bei einer solchen Transaction sein möchten, mit welchen achtungsvollen Ausdrücken sie umhüllt werden möchte: von dem Augenblicke an, von welchem die päpstliche Regierung sie annehme, würde sie billigen und weihen, was sie nicht billigen und weihen könne. Wie alle Cardinäle bei ihrer Ernennung, habe auch der Papst den Eid geleistet, nichts vom Gebiet der Kirche abzutreten. Der Papst werde daher kein Zugeständniss solcher Art machen; ein Conclave habe kein Recht dazu, ein neuer Papst könne es ebensowenig; seine Nachfolger von Jahrhundert zu Jahrhundert würden keine grössere Freiheit haben.

Antonelli sprach dies Alles mit der vollkommensten Ruhe und grosser Salbung, so dass Lavalette einsah, eine Discussion zwischen der einfach weltlichen Macht anderer Regierungen und der theocratischen des Papstthums, sei eigentlich ganz unmöglich, jede von diesen Mächten bewege sich in einem anderen Ideenkreise, und die beiden Ideenkreise könnten sich auch nicht einmal berühren. Es war eben dies, was Napoleon III. sehr gut wusste. Aus diesem Umstand hatte er sich die hauptsächlichste Waffe geschmiedet, um die Italiener hinzuhalten und anzuführen, ohne dass er doch dem Anschein nach es aufgab, ihre Sache in Rom zu führen. Lavalette musste schon anstandshalber den Cardinal Antonelli fragen, ob die eben abgegebenen Erklärungen eine definitive Antwort des päpstlichen

Stuhles seien. Nach einiger Ueberlegung sagte Antonelli, er wolle mit dem Papste selbst darüber reden, obgleich er diesen Schritt eigentlich für überflüssig halte, und dann das Resultat dem französischen Gesandten schriftlich oder durch Vermittlung eines Prälaten mittheilen. Am 18. Januar 1863 erhielt nun Lavalette ein Billet Antonellis, in welchem dieser ihm einfach anzeigte, dass er den abgegebenen Erklärungen weder etwas hinzufügen, noch etwas von ihnen hinwegzunehmen habe.

Lavalette berichtete noch am 18. Januar an Thouvenel über alle zuletzt erzählten Vorgänge und sprach seine Ueberzeugung aus, dass der Papst sich auf keine einzige Combination einlassen werde, welche seine Interessen mit denjenigen Italiens vereinigen könnte.

Die auf die letzten Verhandlungen Lavalettes bezüglichen Depeschen wurden schon Ende Januar von der französischen Regierung veröffentlicht.

Diese schnelle Veröffentlichung erregte nun von Neuem die lebhafteste Hoffnung in Italien, dass jetzt Frankreich vollständig mit dem Papste brechen und diesen seinem Schicksal überlassen werde. Diese Hoffnung war eine ebenso freudige als unberechtigte. Sie zu verstärken kam, wie auch das sich schon mehreremale wiederholt hatte, eine Kleinigkeit hinzu, ein neuer Zank Goyons, welcher von Lavalette zum Einschreiten gegen das Brigandenthum gedrängt ward, mit der päpstlichen Regierung. Goyon wollte die kleine Stadt Alatri, nördlich von Frosinone, von welcher aus die Banden Chiavones hauptsächlich genährt und verstärkt wurden, mit einer französischen Besatzung versehen und liess endlich am 11. Januar, trotz des Widerstandes Antonellis, französische Truppen in Alatri einrücken und zehn bourbonistische Officiere dort verhaften. Die päpstliche Besatzung blieb indessen neben der französischen in Alatri und der Zank darüber zerplatzte nach der Gewohnheit wie eine Seifenblase.

Die Veröffentlichung der Documente über die letzten Anstrengungen Lavalettes gab in Italien zu zahlreichen Demonstrationen Veranlassung, durch welche theils gegen die Behauptung Antonellis protestirt werden sollte, dass der Papst zwar zu Turin nicht, aber wohl zu Italien in den vortrefflichsten Beziehungen stehe, theils die freudige Hoffnung ausgedrückt werden sollte auf ein baldiges Verschwinden Pius IX. aus Rom. Solche Demonstrationen fanden zu Florenz, Pistoja, Piacenza, Rieti, Parma, Bergamo, Reggio, Mailand und nachher an vielen andern Orten, ja zu Rom selbst statt. Napoleon erklärte sich höchst unzufrieden mit diesen Demonstrationen; er liess dies durch Thouvenel an Nigra sagen, der es wiederum an Ricasoli berichtete, und Ricasoli erliess schon am 4. Februar ein Circular an die Präfecten, in welchem er sie aufforderte, Demonstrationen zu verhindern, welche nur geeignet wären, die Thätigkeit der Turiner Regierung in der römischen Frage zu stören, und theilweise wohl gradezu bestimmt, Misstrauen gegen die Regierung zu erwecken.

Antonelli seinerseits beschwerte sich in einem Circular an die päpstlichen Nuntien über die ungenaue Darstellung, die Lavalette von seiner Unterhaltung mit dem Cardinal in der betreffenden Depesche an Thouvenel gegeben, in welcher er mindestens die Hälfte dessen, was Antonelli über das Turiner Cabinet gesagt, ausgelassen habe.

Im Uebrigen machte sich zu Paris alsbald der offene und geheime Einfluss des neuen Nuntius, welchen Pius IX. an den Tuilerienhof gesendet, des Monsignor Chigi, bemerkbar. Dieser einschmeichelnde und gewandte Diplomat, welcher im Jahr 1847 noch einfach päpstlicher Nobelgardist war, im Jahr 1860 zum Bischof von Nura und apostolischen Nuntius in Munchen ernannt ward, verliess Rom am 12. Januar 1862, um sich auf seinen neuen Posten zu begeben. Seine Instruction war im Wesentlichen, in Paris die Dinge dergestalt hinzuhalten, dass von dort aus keine Aenderung für Rom zu besorgen sei. Die Hoffnungen Roms gingen und gehen, wie leicht begreiflich, auf eine grosse europäische Reactionsbewegung, welche die Aenderungen der letzten Jahre an der Karte Europas wieder abschafft und alle Legitimitäten wieder herstellt. Um diesen günstigen Moment ausnutzen zu können, hielt der römische Hof weiter nichts für nöthig, als dass der Papst sich bei seinem Eintreten noch in Rom und in der bisher bewahrten Stellung befinde.

Nachdem Chigi in feierlicher Audienz vom Kaiser Napoleon empfangen worden war und seine Bestallungsbriefe überreicht hatte, machte er auch der Kaiserin Eugenie einen Besuch, um ihr die Versicherung der väterlichen Zuneigung des Papstes für sie und ihren Sohn zu überbringen. Durch diese bigotte und abergläubische Frau gedachte er vorzüglich auf die Entschliessungen des Kaisers Napoleon einen Einfluss zu gewinnen. Und er hatte nicht unrecht, — abgesehen davon, dass Napoleon selbst durchaus keine Neigung hatte, an dem Status quo zu Rom irgend etwas zu ändern, seine Truppen von dort hinwegzuziehen.

Wir wollen uns unter den obwaltenden Verhältnissen nicht damit aufhalten, die Dinge, welche die den französischen Kammern bei ihrer Wiedereröffnung vorgelegte allgemeine Exposition über die Lage des Kaiserreichs von den römischen Angelegenheiten sagte oder die Reden, welche über diesen Gegenstand in den französischen Kammern gehalten wurden, weitläufig zu analysiren. Die ewige Wiederholung derselben Gemeinplätze für und wider Italien, für und wider Rom, Gemeinplätze, welche zum grossen Theil nicht einmal auf einer richtigen Grundanschauung beruhen, wird endlich auch dort, wo es sich um die entscheidendsten Fragen der Menschheit handelt, langweilig.

Wir brechen also hier vorläufig die Erzählung der römischen Angelegenheiten ab, um sie erst unter dem nachfolgenden Ministerium wieder aufzunehmen.

X.

Thätigkeit, innere Verhältnisse und allgemeine Stellung des Ministeriums Ricasoli während der Parlamentsferien.

Die Anleihe und die Tarifirung der alten Münzen.

Wir haben das Ministerium Ricasoli theils vor dem Parlament, theils in seiner Thätigkeit in den Hauptfragen, welche Italien beschäftigten, kennen gelernt; es ist dabei indessen Manches zur Seite liegen geblieben, welches wir jetzt nachholen müssen. Neben Anderem gehören dazu auch die unglücklichen inneren Verhältnisse dieses Ministeriums, welche hauptsächlich zu seinem Sturze führten und welche fast von seinem Eintritte ab auf denselben hinarbeiteten.

Eine der vornehmsten Arbeiten des Ministeriums nach der Vertagung des Parlamentes war die reelle Zustandebringung der vom Parlamente bewilligten Fünfhundertmillionenanleihe. Ein königliches Decret vom 21. Juli setzte die Art und die Termine der Einzahlung fest; die Bestimmung des Preises der Renten und der sonstigen Bedingungen wurde dem Finanzminister überlassen. Da der Preis äusserst günstig für die Rentenkäufer gestellt war, auf nur 70 Procent, so wurde das Geschäft ein sehr einträgliches für die Bankiers, welche deshalb auch von allen Seiten her stark zeichneten. Dem Publicum war die Zeichnung von 150 Millionen Capital ausschliesslich uberlassen; dieselbe wurde am 6. August geschlossen. In Turin waren sehr bald 300 Millionen gezeichnet, welche hauptsächlich auf auswärtige, namentlich Pariser Bankhäuser fielen; in Genua 125 Millionen. Die Summe aller Zeichnungen belief sich auf mehr als 900 Millionen, so dass eine entsprechende Reduction eintreten musste. Ein Decret vom Ende August regelte die Reduction, von welcher nur die kleinsten Zeichnungen von 10 Francs Rente ausgeschlossen blieben.

Bei Gelegenheit der Anleihe ward auch ein höchst nützliches Decret vom 17. Juli über die Tarifirung der vielen Münzen der alten Staaten, welche noch im Königreich Italien umliefen, erlassen. Es steuerte wenigstens in etwas der bis dahin herrschenden Willkür und Confusion im Münzwesen, welche den Verkehr sehr erschwerte. Besser wäre freilich ein umfassendes Herstellen neuer Münzen gewesen, so dass die alten verschiedenartigen in kürzester Frist aus dem Verkehr gänzlich verschwinden mussten.

Die Gesetze über die innere Verwaltung Italiens. Minghetti, dessen Austritt aus dem Ministerium.

Ein anderer wichtiger Gegenstand, der vielfach in die innern Verhältnisse des Ministeriums Ricasoli hineinspielt, war ein Gesetz über die innere Verwaltung des Königreichs. Schon am 13. März 1861 hatte Minghetti als Minister des Innern der Deputirtenkammer einen Complex von vier Gesetzen darüber vorgelegt, durch dessen Annahme die Einheit und Gleichförmigkeit in der Verwaltung hergestellt werden sollte. Im Allgemeinen sollte danach Italien eingetheilt werden in Regionen, Provinzen, Bezirke (Circondarii) und Gemeinden. Die Einführung der Region als eines Vereins von Provinzen, stiess aber in der mit Prüfung des Gesetzes beauftragten Kammercommission auf grossen Widerstand. Man hielt dieses Glied der Eintheilung des Reiches nicht blos für überflüssig, sondern auch für schädlich: die Regionsverwaltung vermehrte die Zahl der anzustellenden Beamten und schien ausserdem ganz geeignet, Trennung und selbst Zwiespalt der früher unter verschiedenen Regierungen gestandenen Länder, welche jetzt das Königreich Italien bildeten, zu verlängern. Die Regionseintheilung ward demnach von der Commission verworfen; der ganze Gesetzcomplex erschien überhaupt, abgesehen von der Rückwirkung, welche diese Verwerfung auf die gesammte übrige Verwaltungseintheilung üben muste, einer genaueren Durchsicht sehr bedürftig. Mit der von der Commission vorzunehmenden Arbeit musste aber eine lange Zeit hingehen, und das Ministerium, obgleich es in Hauptpuncten keineswegs in allen seinen Gliedern mit Minghetti einverstanden war, glaubte doch, dass man wenigstens im Nothwendigsten nicht mit der Herstellung wünschenswerther Gleichförmigkeit zuwarten dürfe. Es verlangte demnach Vollmacht, die für die Regierung störendsten Ungleichförmigkeiten wegzuschaffen. Es verlangte, dass vorerst die Titel und die Gehalte der Chefs der Provinzen und der Bezirke gleichgestellt würden, es verlangte grosse ausserordentliche und zeitweise Vollmachten für sich und für die Chefs der Provinzen, dann, dass in der

Emilia und den Marken die in den alten Provinzen geltenden Gesetze über die öffentliche Wohlthätigkeit, in der Emilia die in den alten Provinzen geltenden Gesetze über die Medicinalverwaltung und die Impfung eingeführt würden.

Die Commission glaubte den Forderungen des Ministeriums nicht in allen Stücken zustimmen zu können und legte dem Parlament nun einen eigenen Vorschlag vor, welcher am 5. Juli zur Discussion gelangte. Die Hauptpuncte desselben waren folgende: die Titel, Besoldungen und Vortheile der Chefs der Provinzen (Präfecten) und Bezirke (Unterpräfecten) sowie der Regierungsräthe werden für alle Provinzen auf Grund der in Piemont geltenden Vorschriften gleichgestellt. Die Vicegouverneurs werden abgeschafft. In jeder Provinz wird ein Regierungsrath bestellt, der den Chef der Provinz im Verhinderungsfall vertritt. Die Chefs der Provinzen werden in mehrere Classen nach der Grösse der Provinzen eingetheilt. Die Bezirkschefs erhalten eine Miethsentschädigung. Die Verwaltungsbeamten erhalten in Versetzungsfällen Umzugsentschädigungen. In den ausserordentlichen Theil des Budgets des Ministeriums des Innern wird die Summe von 300,000 Francs aufgenommen, um die durch die vorerwähnten Anordnungen erwachsenden Kosten decken zu können. Alle Chefs der Provinzen erhalten die Vollmachten, welche gesetzlich dem Minister des Innern zustehen, bezüglich sämmtlicher Anordnungen, die nicht lediglich durch ein königliches Decret getroffen werden können. Die früher erwähnten Gesetze über die öffentliche Wohlthätigkeit u. s. w. werden in der Emilia und bezüglich in den Marken eingeführt.

Die Kammer billigte diesen Vorschlag für eine Uebergangszeit; indessen konnte auch er erst nach dem Austritte Minghettis aus dem Ministerium ins Leben treten. Für die neue definitive Ordnung der Administration des Königreiches, welche der Feststellung in einer späteren Zeit überlassen werden musste, sah die Kammer noch einem sehr harten Kampfe entgegen, wenn bis dahin nicht das Ministerium geändert und ein homogeneres hergestellt ward, als das gegenwärtige.

Das störendste Element in diesem Ministerium war der Minister des Innern, Marco Minghetti. Geboren im Kirchenstaat, aus einer bürgerlichen Familie, die durch die Industrie reich geworden war, zeigte er sich von Jugend auf als eine jener berechnenden Naturen, welche viel mehr an den eigenen Vortheil als an das allgemeine Wohl denken und aufsteigend, weil sie kein Mittel zu diesem Zweck verachten, leicht in Stellen gelangen, welche auszufullen ihre Kräfte nicht im Mindesten genügen. Durch seine Artikel in einem Journal, dem Felsineo, machte er sich in der Zeit der Reformanläufe Pius des IX. bekannt, ward zuerst in die Consulta, dann in die constitutionelle Kammer berufen, endlich zum Minister Pius IX. ernannt. Als Ende April 1848 der Papst sich durch die berüchtigte Encyclica gegen den Krieg Italiens wider Oesterreich erklärte, legte Minghetti sein Portefeuille nieder und ging nach Piemont, wo ihn Azeglio, den er kannte, als höchst unnützes Glied im Generalstab Carl Alberts unterbrachte. Indessen nach dem Ende des Feldzugs kehrte Minghetti nach Rom zurück, machte hier dem Ministerium Mamiani Opposition und arbeitete dann, nachdem der Papst von Rom entflohen war, aufs eifrigste für dessen Rückkehr. Nachdem dieselbe erfolgt war, blieb er in den besten Beziehungen zum Papst. Als aber 1858 die Kriegswolken sich zusammenzogen, ging Minghetti nach Egypten, um dort den Gang der Dinge zu erwarten und, ohne seine Sicherheit und seine Aussichten zu compromittiren, seine Partei ergreifen zu können. Nach der Kriegserklärung kehrte Minghetti von seiner Flucht in Egyptenland zurück und begab sich zu Cavour, der ihn in seinem Cabinet anstellte, um die Kenntniss des Mannes von den Zuständen der Romagna und seinen Einfluss in derselben auszunutzen. Später nach der Romagna gesendet, arbeitete er für die Annexion derselben an Piemont, aber auch gegen die beabsichtigten Unternehmungen der Actionspartei und Garibaldis. Die Verdienste, die er sich damit um die piemontesische Partei erwarb und die er von seinen Creaturen gehörig ausschreien liess, führten ihn in das Ministerium.

Als die Frage der administrativen Ordnung des Königreichs zur Entscheidung gelangen sollte, als nun Minghetti mit seiner Idee der Regionseintheilung, die thatsächlich jetzt keinen Sinn mehr hatte nach der sofortigen unbedingten Annexion Süditaliens, nach der Aufhebung der Autonomie Toscanas, in offenbaren Widerspruch zu der Ansicht der Kammermajorität trat, als er auch nach den wiederholten Erklärungen der Kammer keineswegs darauf verzichtete, seine Regionen in die administrative Eintheilung des Königreichs hineinzubringen, gab ihm Ricasoli zu verstehen, dass es fur ihn Zeit sein möchte, sein Portefeuille niederzulegen. Minghetti gab dies zwar äusserlich zu, dachte aber innerlich noch gar nicht daran, dem Rathe nachzukommen, vielmehr sann er darauf, ob er nicht Ricasoli vom Ministersitze stossen könne. Es bildeten sich jetzt zwei Parteien im Ministerium; auf der einen Seite stand Ricasoli, welcher eigentlich nur von Cordova, bisweilen auch von Miglietti unterstützt ward, auf der andern Minghetti, der seine Hauptstütze in Bastogi fand; die ubrigen Mitglieder des Cabinets waren nicht neutral, aber schwankend, und der verschlagene, mit kleinen Mitteln operirende Minghetti konnte mehr auf sie rechnen, als der offenere und täppischere Ricasoli.

Minghetti conspirirte also gegen Ricasoli. Er rechnete dabei vorzugsweise darauf, dass Ricasoli an der Popularität, deren er ursprünglich bei den ministeriellen Deputirten genossen, bereits nach vier Wochen beträchtlich verloren hatte. Die Kammermajorität sah mit Kopfschutteln, dass der Ministerpräsident sich erlaubte, nicht der absolute Diener Napoleons III. sein zu wollen, dass er wohl gar gedachte, auf eigene Hand, etwa mit Hülfe Englands venetianische und römische Politik treiben zu wollen; diese Majorität sah in dem Ministerpräsidenten Ricasoli mindestens einen Revolutionär, und die Revolution war ihr ein Gräuel. Auch mochten sich mit Minghetti bessere Geschäfte in der Aemterjägerei für diejenigen, welche ihn unterstützten, machen lassen, als mit Ricasoli. Dazu kam, dass Napoleon selbst sich mehrmals über die Richtung beschwerte, welche Ricasoli in der römischen Frage einzuschlagen geneigt war. Wenn Ricasoli austrat, so musste das Ministerium ergänzt werden und Minghetti hatte seine Augen auf Farini geworfen, der ihm in mancher Beziehung nahe stand.

Ricasoli konnte, um Minghetti zum Austritt zu bestimmen, im Ministerium immer Fragen zur Sprache bringen, welche auf die Regionseintheilung hinausliefen, mit dieser zusammenhingen, und welche nach der allgemeinen Lage der Dinge nicht wohl anders als gegen Minghetti entschieden werden konnten. Höchstens hätte er sich dann wohl zu einigen Concessionen in Bezug auf die Stellung zu Napoleon entschliesen müssen, und als eine solche konnte es angesehen werden, wenn er den Napoleon genehmen Ratazzi in das Ministerium aufnahm. Von dieser Concession war alsbald viel die Rede.

Darüber war man einig, dass jede Aenderung im Ministerium verschoben bleiben sollte, bis die 500 Millionen-Anleihe gezeichnet wäre, um nicht den Credit Italiens im Inland wie im Ausland zu stören.

Als aber die Anleihe gezeichnet war, brach der Streit von Neuem lebhafter aus, und er ward zu Gunsten Ricasolis entschieden. Sehr geschadet hatte es dem Minister des Innern, dass er sich auch zu Cialdini in Opposition gesetzt hatte, den er in seiner Statthalterschaft von Neapel nicht gehörig unterstützte. Ausserdem war die öffentliche Meinung sehr gegen ihn aufgebracht worden durch das Circular, mit welchem er die Polizei gegen den Protest der

Actionspartei wider die französische Besetzung Roms hetzte.

In den letzten Tagen des August kam es im Ministerrath zu lebhaften Discussionen über die Frage der administrativen Organisation des Königreichs einerseits, über die römische Frage andererseits. Obgleich Minghetti geneigt war, um seinen Ministerposten behaupten zu können, in der ersten Sache nachzugeben und die gegen seine Ideen hineingebrachten Anordnungen für Formalitäten zu erklären, vergass er sich doch bei der römischen Frage, machte Ricasoli Vorwurfe über seine napoleonfeindliche Haltung und behauptete, dass derselbe mit seiner Politik dem Abgrunde zueile. Ricásoli antwortete darauf so, dass nun Minghetti nichts anders übrig blieb, als dem König seine Entlassung einzureichen. Er entschloss sich zu diesem Schritt mit schwerem Herzen und erhielt die verlangte Entlassung am 1. September.

Della Rovere wird Kriegsminister. Vergebliches Suchen Ricasolis nach einem neuen Minister des Innern.

Es handelte sich nun darum, das ganz unvollständige Ministerium zu completiren.

Ricasoli leitete schon das Ministerium des Aeussern und des Krieges, jetzt blieb nun noch das Ministerium des Innern unbesetzt.

Ricasoli nahm vorläufig auch dies auf seine Schultern. Und um dem grossherzigen Alliirten zu Paris eine Concession zu machen, ubernahm er das Portefeuille des Innern definitiv, während er dasjenige des Aeussern nur interimistisch versehen wollte.

Der Posten des Kriegsministers, was höchst nöthig war, ward eben, als Minghetti abging, neu besetzt. Der General della Rovere, mit welchem deshalb schon seit längerer Zeit Unterhandlungen gepflogen worden waren, der anfänglich ganz abgelehnt hatte, nahm jetzt an. Zurückgekehrt von der Statthalterschaft Siciliens, trat er mit einem einfachen Tagesbefehl an die Armee am 1. October 1861 in sein neues Amt.

Nicht so leicht aber ward es dem Ministerpräsidenten für die andere freie Stelle, sei es nun des Ministers des Aeussern, sei es des Innern, einen Mann zu finden.

Ricasoli schlug im Ministerrath Ratazzi vor. Dagegen erhob nur de Sanctis Opposition, welcher fürchtete, seinen Posten zu verlieren, da Ratazzi ohne Zweifel den ihm nahestehenden Mateucci zum Unterrichtsminister berufen lassen würde. Indessen ward trotzdem eine Anfrage an Ratazzi gerichtet. Dieser lehnte den Eintritt in das gegenwärtige Ministerium ab: er sei ohnehin nicht populär, sagte er, die Aufhebung der noch bestehenden Statthalterschaften von Neapel und Sicilien, welche nun alsbald erfolgen werde, und welche auch er allerdings für nothwendig halte, werde nicht ohne grosses Geschrei vor sich gehen, man werde sie auf seine Rechnung setzen und er würde so auch noch den Rest der Popularität verlieren, welchen er sich bisher bewahrt habe. In der That rechnete Ratazzi schon jetzt darauf, bald als

Präsident an die Spitze eines neuen Ministeriums zu treten.

Auf der Oberfläche der Ministerbewegung trat nach dem Abgange Minghettis eine gewisse Ruhe ein, Ricasoli bemühte sich, nachdem Ratazzi abgelehnt, nicht mehr zu sehr, Jemanden zu finden, der ihm eins seiner Portefeuilles abnähme. Im Stillen ward aber fortgewühlt; bis zum bevorstehenden Wiederzusammentritt des Parlaments musste sich Ricasoli nun auch entschliessen. in welcher definitiven Eigenschaft er vor dieses treten wollte: ob als Minister des Aeussern, ob als Minister des Innern. Er entschloss sich für das erstere; es galt also nun bestimmt, einen Minister des Innern zu finden. Wie dies auch späterhin missglückte, werden wir weiter unten sehen.

Eröffnung der Ausstellung zu Florenz. Amnestirung der 1860 zu Garibaldi desertirten Militärs des regulären Heeres.

Während der Ruhezeit ward am 15. September die grosse italienische Kunst- und Industrieausstellung zu Florenz vom König Victor Emanuel eröffnet.

Der neue Kriegsminister, della Rovere, der im Uebrigen sich damit beschäftigte, die von Fanti projectirte und begonnene Neuorganisation des Heeres durchzuführen, ordnete nun auch eine Angelegenheit, welche sich zum Scandal Italiens ein ganzes Jahr lang hingezogen hatte. Im Jahre 1860 war eine Anzahl von Officieren, Unterofficieren und Soldaten des regulären Heeres zu Garibaldi desertirt und in die Südarmee eingetreten. Nach dem Plebiscit und als Victor Emanuel ins Neapolitanische kam, um die

Herrschaft über die neu gewonnenen Provinzen zu übernehmen, war es eine der ersten Sorgen Garibaldis, für diese sogenannten Deserteurs eine vollständige Amnestie mit Wiedereinsetzung in alle ihre Grade und Vortheile zu erwirken. Der König erliess auch von Sessa am 30. October ein bezügliches Decret; dies aber ward von Fanti unterschlagen und es begannen also die Proceduren gegen die Deserteurs, deren man habhaft werden konnte. Sie wurden entsetzt, eingesperrt, mit allen möglichen Strafen belegt. Durch die Kammerverhandlungen im Frühjahr schon ward dieser Scandal aufgedeckt, der sicherlich ohne Beispiel in der Geschichte und ohne Entschuldigung dasteht. Jetzt erst, nachdem della Rovere das Ministerium übernommen, befahl der König die Verkündigung und Ausführung des Decretes von Sessa, am 27. October 1861, und am 5. November 1861 erliess der Kriegsminister die Specialdispositionen für die Ausführung.

Abberufung des italienischen Gesandten von Madrid.

Die spanische Regierung hatte, wie aus früherem hinreichend bekannt, eine durchaus nicht freundliche Stellung zum Königreich Italien eingenommen; bei einer an sich unbedeutenden Gelegenheit schien die Unfreundlichkeit sich in offene Feindseligkeit umgestalten zu sollen. Die spanische Regierung weigerte sich nämlich, der italienischen die Archive der früheren bourbonisch-neapolitanischen Consuln, welche von jener verlangt wurden, auszuliefern, und gebrauchte dabei ungewöhnlich grobe Formen. Die Angelegenheit verbitterte sich im September so, dass im Ministerrath bereits die Abberufung des Barons Tecco, italienischen Gesandten, von Madrid zur Sprache kam, als der Kaiser Napoleon seine Vermittlung anbot. Diese ward angenommen und die italienische Regierung versprach, ihren Gesandten zu Madrid lassen zu wollen, bis Napoleon sein Vermittlungswerk so oder so zu Ende geführt habe.

Gleichzeitig erhielt der Graf San Martino, welcher sich als Gesandter Franz II. noch immer am Madrider Hofe aufhielt, von der Königin Isabella das Commandeurkreuz des Ordens Carls des III., was hinreichendes Zeugniss von den Dispositionen der spanischen Regierung gab. In der That erklärte diese, als die französische Vermittlung eintrat, sich bereit, die Papiere, welche sich auf individuelle Interessen italienischer Unterthanen bezögen, an die Localbehörden ausliefern zu wollen. Dagegen wollte sie die auf Staatsangelegenheiten bezüglichen Papiere zurückbehalten. Die italienische Regierung verlangte die Herausgabe sämmtlicher Documente, da die Rechtsfrage zu ihren Gunsten entschieden sei. Nun zeigte sich Calderon-Collantes, der spanische Minister des Aeusseren geneigt, sämmtliche Papiere an die Localbehörden auszuliefern unter der Maske, sich überzeugt zu haben, dass sämmtliche Papiere Privatpapiere seien. Ricasoli war bereit, diesen Ausweg anzunehmen, nur empfahl er dem Baron Tecco, bei der Annahme einen Vorbehalt einfliessen zu lassen, der einer falschen Auslegung der Nachgiebigkeit vorbeuge.

Davon aber wollte Calderon-Collantes nichts hören, vielmehr forderte er von Tecco die Zurückziehung der beiden Noten, durch welche derselbe die Rechtsfrage klar gestellt hatte. Ricasoli wollte selbst hierauf eingehen, jedoch nur unter der Bedingung, dass Calderon-Collantes es unterlasse, in der Anweisung an die spanischen Consuln zur Auslieferung der Documente, ausdrücklich anzugeben, dass dieselben keine Staatsdocumente seien. Selbst diesen Vorschlag lehnte Calderon-Collantes ab. Darauf ward nun der italienische Gesandte von Madrid zurückberufen und Ricasoli zeigte dies unter weitläufiger Entwickelung des Herganges den Vertretern Italiens im Auslande durch Note vom 30. November an.

XI.

Das Ministerium Ricasoli vor dem wiedereröffneten Parlament.

Die Interpellationen in der römischen und neapolitanischen Frage und das Vertrauensvotum für Ricasoli. Verschiedene Zwischenfälle in der Discussion.

Am 20. November hatte die Vertagung des Parlaments ein Ende; dasselbe trat am genannten Tage wieder zusammen. Nachdem einige minder wichtige Dinge erledigt waren, kamen vom 2. December ab die Interpellationen über die römische und die neapolitanische Frage an die Reihe, deren wir beiläufig, soweit überhaupt erforderlich, schon Erwähnung gethan haben. Die Verhandlungen darüber dauerten bis zum 11. December. Obwohl die Majorität es nicht zugab, fühlte doch auch sie instinctiv, dass die Lösung der römischen und neapolitanischen Frage wesentlich von der andern der Stärke des Königreichs Italien abhänge. Die Deputirten der Opposition brachten mit vollem Bewusstsein diese Frage der Stärke immer wieder zum Vorschein. Und da die Stärke nicht etwa blos von der Zahl der Truppen, die man unterhält, oder von der Zahl der Schiffe, oder von dem Stand der Finanzen, oder von der innern Verwaltung, sondern von dem Stande aller Zweige des Lebens eines Volkes abhängt, so mussten auch alle Ministerien bei dieser Gelegenheit die Revue passiren, mussten alle Minister der Opposition Rede stehn.

Obgleich nun bei tieferem Einblick kein redlicher Mann sich von den Resultaten der Ricasolischen Verwaltung befriedigt fühlen konnte, wenn er auch die bescheidensten Ansprüche erhob, obgleich keiner die Ueberzeugung gewinnen konnte, dass die Lösung der Hauptfragen auf den vom Ministerium eingeschlagenen Wegen möglich und wahrscheinlich sei, ward doch am Schlusse der Discussion am 11. December die folgende von Conforti eingebrachte, von Buoncompagni amendirte Tagesordnung von 232 gegen 79 Stimmen angenommen, während 6 Deputirte sich der Abstimmung enthielten:

„Die Kammer bestätigt das Votum vom 27. März, welches Rom für die Hauptstadt Italiens erklärt; sie vertraut, dass die Regierung sich auf das lebhafteste damit beschäftigen wird, die Nationalbewaffnung und die Organisation des Reiches zu vollenden, die Sicherheit des Eigenthums und der Personen zu begründen.

Sie nimmt auch Act von den Erklärungen des Ministers des Innern, bezüglich der öffentlichen Sicherheit, bezüglich der Wahl eines ehrlichen, geschickten, der nationalen Sache aufrichtig ergebenen Personals, bezüglich der Reorganisation der Magistratur, der grösseren Entwicklung der öffentlichen Arbeiten und der Nationalgarde und aller Massregeln, welche geeignet sind, einen guten Zustand in den Südprovinzen herzustellen und geht zur Tagesordnung über."

Dass die Lage Ialiens im Allgemeinen keine goldene war, dass dies mindestens zum grossen Theil in den verschiedenen Zweigen der Verwaltung seinen Grund haben musste, ist aus unserer ganzen Darstellung genügend klar geworden. Und dennoch ward diese Tagesordnung angenommen, welche Ricasoli selbst acceptirt hatte, und welche er als ein dem Ministerium gegebenes Vertrauensvotum ansah. Wie war es möglich, dem Ministerium ein Vertrauensvotum in dieser unbedingten Weise zu geben?

Ward es blos möglich dadurch, dass es der Kammermajorität an der nothwendigen Einsicht fehlte, um richtig zu beurtheilen, welches die Lage Italiens war, um in den Angaben der Minister das Wahre von dem Irrigen zu unterscheiden, das Erreichte von dem zu Erreichenden und Gehofften, welches als erreicht dargestellt ward, das nothwendig zu Erstrebende von demjenigen, welches nebensächliches Beiwerk ist? Es lag nicht blos darin; der Hauptgrund für das Vertrauensvotum liegt tiefer. Die Majorität sah wohl ein, dass wenn wirklich das Heil Italiens erzielt werden sollte, auf einen durchgreifenderen, auf den revolutionären Weg zurukgegangen werden musste, keineswegs blos auf dem Gebiet der äussern Politik, sondern viel mehr noch auf demjenigen der innern Verwaltung. Aber diese Censusmajorität konnte von der Revolution absolut nichts wissen wollen. Diese Kammer, welche lediglich die Bourgeoisie vertrat, musste ihrer ganzen Natur nach vor allen entscheidenden Maassregeln zurückschrecken. Wenn nun ohne diese doch nichts zu ändern war und wenn die Kammer sie nicht wollte, wozu dann ein Ministerwechsel? Auch er musste ohne Resultate bleiben. Die Majorität beschloss daher, wenn man das edle Wort „beschloss" überhaupt gebrauchen darf, wo Unentschiedenheit, Unentschlossenheit, *Laissez aller*, Hinschieben und Hinziehn den Ausschlag geben, — sie beschloss das Vertrauensvotum für das Ministerium Ricasoli in einer ihrer Vorversammlungen, ehe noch die Discussion begonnen war.

Es war dieser schwachen, unentschlossenen Majorität aber auch tüchtig und auf die für sie passendste Weise eingeheitzt worden. „Wenn ihr, Deputirte der Majorität, hatte man gesagt, dem jetzigen Ministerium kein Vertrauensvotum gebt, was folgt dann? Ricasoli ist viel zu loyal, als dass er ohne eine Majorität im Parlament fortregieren sollte; er wird seine Entlassung geben und muss sie erhalten. Wer folgt ihm dann? Ratazzi, — Ratazzi, der eben von Paris zurückgekehrt ist, wo er sich seine Instructionen geholt hat; Ratazzi weiss recht gut, dass wenn Ricasoli nicht einmal eine Majorität im Parlamente finden konnte, er sie noch weniger solide finden wird. Was also wird er thun? Er wird die Deputirtenkammer auflösen und zu Hause schicken. Aber er wird dabei nicht stehen bleiben. Was soll er mit einer neuen Kammer, die aus Wahlen nach dem alten Princip hervorgegangen ist? sie würde doch wieder ungefähr dieselbe Zusammensetzung haben. Ratazzi wird also den König zu einem Staatsstreich, zu einer Abänderung der Verfassung, etwa einigermaassen nach französischem Muster bestimmen. Dabei wird aber auch das allgemeine Wahlrecht zu uns kommen. Wird es bei diesem in Italien ebenso sanft abgehn, als in Frankreich? Hat unser Gouvernement die Stärke des französischen? Ist nicht für uns das allgemeine Wahlrecht gleichbedeutend mit der Revolution? mit dem Aufhören der friedlichen Herrschaft des „gebildeten Bürgerstandes"? werden nicht alle rothen Gespenster wieder das Haupt erheben, die wir in der letzten Zeit für völlig abgethan erklärt und gehalten haben?"

Die erschreckte Majorität antwortete solchen Reden mit dem Nothruf: Vertrauen! Vertrauen! halten wir hin! halten wir die Dinge in der Schwebe! der gute Gott da oben wird ja weiter helfen. Nur vorläufig wieder einmal Ruhe! Das Vertrauensvotum ward eine ohne weiteres abgemachte Sache.

Bei dem Mangel aber an Kraft der Ueberzeugung, an Glauben an sich selbst, bei dem rein negativen Wesen, welche in der Majorität herrschten, bei der Hoffnungslosigkeit der Minorität, mit ihrer geringen Zahl und mit ihrer eindringlichen Rede der Trägheit der Masse irgend etwas abzugewinnen, nahm die Discussion über die Interpellationen wegen Roms und Neapels begreiflicherweise zu wiederholten Malen einen äusserst gereizten Character an und ward durch mehrere scandalöse Zwischenfälle gekennzeichnet, die auch wir nicht mit Stillschweigen übergehen können.

In der Sitzung vom 7. December hielt der Deputirte Bertani eine äusserst lange Rede, welche als das Programm der Revolution gegenüber dem Programm der Regierungspolitik bezeichnet werden mag. In dieser Rede klagte er unter Anderm Minghetti, ohne ihn zu nennen, der Verletzung des Briefgeheimnisses an. Minghetti, der bei dieser Stelle eben nicht in der Kammer vorhanden war, erhob sich später, um den Vorwurf zurückzuweisen. Damit schien die Sache bereits abgemacht, als Peruzzi auftrat und von Bertani Aufklärungen darüber verlangte, ob von Postbeamten die Verletzung des Briefgeheimnisses begangen wäre. Er würde sich für entehrt halten, sagte Peruzzi, wenn Beamte seiner Administration das Briefgeheimniss verletzt hätten. Bertani gedachte den Scandal zu vermeiden, den, öffentlich von ihm gegeben, weitere Aufklärungen erregen mussten, und wollte schweigen. Die Verhandlung war auch schon im Begriff, auf ein anderes Gebiet überzugehen, als Peruzzi sie mit Gewalt wieder auf die Verletzung des Briefgeheimnisses zurück führte. Crispi wollte Bertani beispringen und machte den Vorschlag, eine Commission zur Untersuchung der von Bertani erhobenen Anklage einzusetzen; Peruzzi aber wollte von Schonung pflichtvergessener Beamten nichts hören; ebenso Ricasoli. Die ganze Majorität erhob einen fürchterlichen Lärmen und forderte, dass Bertani entweder seine Anklage zurücknehme oder dass die Sache dem Fiscus übergeben und der Deputirte der Linken für einen Verläumder erklärt werde. Mit Mühe nur verschafften sich Bertani, welcher sagt, dass er die Beweise für seine Anklage augenblicklich nicht bei sich habe und folglich auch nicht augenblicklich produciren könne, und Crispi, der seinen Vorschlag einer Untersuchungscommission wiederholt, in dem erschrecklichen Tumulte einiges Gehör. Nachdem der Lärmen, in welchen auch die Tribünen sich einmischen, gestillt ist, ergreift Brofferio das Wort, um in friedlichen Worten die Kammer zu erinnern, dass sie ihre eigene Würde in Acht nehme, dass sie, welche die Schützerin der Gesetze sein solle, sie nicht dürfe verletzen wollen obenein an einem ihrer Mitglieder.

Darauf macht Lanza zwei Vorschläge: entweder Anzeige an die Gerichte, oder die Niederlegung der Documente auf den Tisch des Präsidenten und Ernennung einer Commission von fünf Mitgliedern zur Prüfung. Der letztere Vorschlag wird angenommen; und obgleich die Minister, sowie eine grosse Zahl von Deputirten der Rechten und des Centrums fordern, dass Bertani eine bestimmte Zeit gesetzt werde, in welcher er seine Beweise beizubringen habe, wird doch dies verworfen. Der Präsident ernennt in die Commission die Deputirten Lanza, Mellana, Restelli, Depretis und Zanolini.

Die Commission ging noch den gleichen Abend an ihr Werk und arbeitete diese ganze Nacht so wie den folgenden Abend. Am 14. December berichtete der Präsident der Commission, Zanolini, in der Kammer über das Ergebniss der Untersuchung: es scheine, dass bisweilen von einigen Postämtern Briefe an die politischen Behörden ausgeliefert worden seien, jedoch ohne Betheiligung des Ministeriums. Gegen Minghetti oder andere Minister hätten sich keine Beweise gefunden, wohl aber gegen Beamte, namentlich frühere. Beide Theile könnten zufrieden sein.

Die Kammer ging darauf einfach zur Tagesordnung über. Bertani hatte also Recht. Dass man in solchen geheimen Polizeigeschichten nicht immer die letzten Verzweigungen und die ersten Ursprünge auffinden kann, ist an sich klar. Die ganze Unvernunft der Majorität trat in dieser Angelegenheit aufs Entschiedenste an das Tageslicht.

Auch Silvio Spaventa hatte in der Rede Bertanis eine Stelle gefunden, welche ihn unangenehm berührte. Bertani hatte von der Consorterie gesprochen, welche sich in Süditalien unter der Dictatur ersogleich rührte und dieser alles Schaffen so sehr erschwerte. Spaventa erhielt am 8. das Wort zu einer persönlichen Bemerkung; er erklärte, dass er zu jener Consorterie gehöre, er vindicirte ihr alle Lorbeeren des Erfolgs, er verglich sie mit der Antiannexionspartei, warf dieser alle möglichen Ungehörigkeiten vor und erlaubte sich die gröbsten Ausfälle persönlicher Art gegen Bertani. Dabei ward er von Massari durch wiederholte laut gebrüllte Bravos, von der Majorität im Allgemeinen durch Scandal aller Art unterstützt, sobald ein Redner der Linken gegen derartigen Gebrauch der Rednerbühne protestiren wollte.

Spaventa behauptete, dass unter der Dictatur 650 Galeerensclaven entlassen seien; er kam auf die Brigandage zu reden. „Manche Deputirte der Opposition, rief er, nennen sich geehrt, weil sie fur Revolutionärs gehalten werden. Nun, welches sind die Meinungen der Vertreter jener Landstriche, in denen die Brigandage erblühte. Ich frage es die Herrn Saffi, Avezzana, Nicotera und Andere."

Alle Deputirte der Linken verlangten bei diesen Worten Spaventas das Wort. Es entstand die höchste Verwirrung, aus welcher heraus man nur die vereinzelten Rufe: zum Reglement! es ist genug! das ist eine unwürdige nichtsnutzige Partei! heraushörte. Die Linke verlangte, dass der Redner verhindert werde, in so gemeiner, unwürdiger Weise fortzufahren.

Tecchio, welcher an diesem Tage präsidirte, beschwor die Kammer, sich zu mässigen. Spaventa erklärte darauf, dass er Niemand persönlich habe beleidigen wollen und fuhr etwas mässiger, aber unter fortwährenden Hieben auf die Actionspartei fort.

Nachdem er geendet, forderte Galenga den Schluss der Discussion. Avezzana aber protestirte dagegen: wenn die Kammer Galengas Antrag annehme, müsse Spaventa zuerst seine Anklage zurücknehmen. Avezzana verwahrte sich zugleich seinerseits gegen die Anklage Spaventas, insoweit sie auf ihn angewendet werden solle durch die Erzählung von den Opfern, die er zu allen Zeiten der Sache Italiens gebracht; mit Verachtung wies er unter Beifall die Bemerkungen und Anspielungen Spaventas ab.

Bertani sagte, er könne der Reihe nach alle

Vorwürfe Spaventas widerlegen, und werde es bei passender Gelegenheit thun. Aber indem er mit seinen Freunden um des Friedens willen den Antrag Galengas auf Schluss annehme, begnüge er sich hier nur zu erklären, dass, als er Generalsecretär unter der Dictatur war, keine Gefangenen entwichen oder man sie gar absichtlich entweichen liess. Er berief sich dafür auf Conforti, zu jener Zeit Minister der Gnaden und Gerechtigkeit, und Conforti bestätigte Alles was Bertani gesagt, und bezeugte, dass Neapel niemals ruhiger gewesen als unter der Dictatur.

Saffi, welcher die Wahlbezirke von Acerenza, Genzano und Ruoti in der Basilicata vertrat, in welchen wie wir wissen, seit dem April die Brigandage wüthete, behauptete, dass dieselbe in diesen Bezirken nicht einheimisch, sondern importirt sei. Die ganze liberale Bevölkerung, und ihr gehörte weitaus die Hauptmasse der Wähler an, habe sich wacker gegen die Brigandage zusammengeschaart und gegen sie gekämpft.

Nicotera endlich sagte: auch er wolle den Zwischenfall nicht hinausziehen, der durch Spaventas Maasslosigkeit herbeigeführt worden sei. Er wolle desshalb nicht sagen, was Spaventa gethan, als er im Amte war, er würde denselben sonst erröthen machen, wenn er des Erröthens noch fähig wäre. Als Garibaldi nach Sicilien gekommen, sei Nicotera noch auf den Galeeren (auf Favignana) gewesen mit 1200 anderen Personen, und als die bourbonischen Truppen sich zurückzogen, habe er, Nicotera, der Revolutionär, diese Gefangenen bestimmt, im Gefängniss zu bleiben. Er frage also, wer sie befreit habe?

Der Zwischenfall, welcher durch die Angriffe Spaventas herbeigeführt war, sollte zu einem Duell zwischen diesem und Nicotera führen, welches indessen durch die beiderseitigen Secundanten abgewendet ward, freilich nicht, ohne dass noch viel darüber geredet wurde, da auch die Verhandlungen über das Zustandekommen des Duells und seine Art wieder zu gegenseitigen Vorwürfen Veranlassung gaben.

Am 9. December führte die Discussion über die römisch-neapolitanische Frage den Deputirten Mellana auf die Rednerbühne. Er sprach eben von der Lage Neapels, als dem Deputirten Brofferio ein Stück vom Abzug einer liberalen Zeitung (der Italie) zugebracht wurde. Darauf befand sich die Nachricht, der General Lamarmora habe einen langen Rapport über die Lage der Südprovinzen an das Ministerium gerichtet, schliesslich sage Lamarmora in demselben, wenn die Regierung ihr Verfahren bezüglich der Südprovinzen nicht von Grund aus ändere, so müsse er dem Beispiel Cialdinis folgen und seine Entlassung geben.

Die Direction des Journals, in welchem dieser Artikel erscheinen sollte, hielt es für geeignet, vom Ministerium Aufklärungen über dessen Inhalt herauszuziehen, zumal dasselbe erst die reizendsten Schilderungen von dem Zustand der Südprovinzen gemacht hatte.

Brofferio liess nun in der Sitzung den betreffenden Zeitungsartikel dem Deputirten Mellana zukommen, der eben das Wort hatte. Mellana hielt es nicht für passend, den Artikel ohne Weiteres der

Kammer mitzutheilen, sondern gab ihn dem Ministerpräsidenten Ricasoli, damit dieser selbst und allein darüber urtheile, ob die Sache der Kammer vorgetragen werden solle.

Ricasoli las den Artikel vor und fügte dann hinzu, dass kein wahres Wort daran sei, und unter dem Applaus der Majorität schloss er: „verläumden wir uns nicht selbst, machen wir uns nicht zum Echo verläumderischer Gerüchte und Schwätzereien, seien wir ehrlich!"

Darüber Tumult von der Linken und erwidernder anhaltender Tumult von der Rechten. Von der Linken wird verlangt, dass Ricasoli den Vorwurf der Unehrlichkeit zurücknehme, welchen er, wenn auch indirect, der Opposition zugeschleudert hatte; mit Mühe nur konnte Brofferio das Wort erhalten, um den Hergang mit dem Zeitungsartikel aufzuklären. „Der Deputirte Mellana, sagte er unter Anderm, und dies unter wüthendem Lärmen der Rechten, hat auf das Ehrenhafteste gehandelt, wie wir immer handeln, indem er das Billet dem Ministerpräsidenten zukommen liess." Er setzte dann hinzu, wie er nicht begreife, dass eine falsche Zeitungsnachricht die Majorität dermaassen in Harnisch bringen könne. Brächten doch auch die ministeriellen Journale, ja selbst das officielle Blatt täglich falsche Nachrichten, warum solle es nicht ein anderes Blatt ebenso gut thun? Die Nachricht von der Drohung Lamarmoras finde in der Kammer viele Ungläubige; die Zeit werde ja lehren, was daran sei.

Lamarmora, von dem Zwischenfall telegraphisch

benachrichtigt, replicirte sehr lebhaft darauf; durch eine neue Depesche des Ministeriums begütigt, sendete er eine Erklärung, dass er niemals daran gedacht habe, mit seiner Entlassung zu drohen. Diese Erklärung ward von Ricasoli am 11. December auf den Tisch der Kammerpräsidentschaft niedergelegt.

Wir haben uns bei diesen Zwischenfällen länger verweilt, als es Manchem gerechtfertigt erscheinen mag, weil sie die Majorität der Kammer in einem Character erscheinen lassen, der sehr wesentlich auf den ganzen Gang der italienischen Angelegenheiten einwirkte und ihn zu einem vielfach unerfreulichen gestaltete, dem Character einer Heerde, die durch das Drohen mit dem rothen Gespenst in jedem beliebigen Augenblick zu einer unraisonnirten und furchtsamen Wuth aufgestachelt werden kann.

Neues Suchen Ricasolis nach einem Minister des Innern.

Von dieser Heerde hatte am 11. December Ricasoli mit seinem Ministerium ein Vertrauensvotum erhalten. So sehr viel werth das Vertrauensvotum einer selbstständigen, gross gesinnten Volkskammer, der wahren Vertreterin ihres Landes für ein constitutionelles Ministerium sein mag, so wenig Werth hatte das Vertrauensvotum der Heerde. Und so viele sich den Anschein gaben, ihm äusserlich einen Werth beizulegen, so wenige glaubten innerlich und wahrhaft daran. Alle sahen in dem Vertrauensvotum eigentlich nur eine Galgenfrist, wie sie blosse Ehrenerfolge einem constitutionellen Ministerium gewähren können.

Dies zeigte sich aufs deutlichste bei den vergeblichen Versuchen, die jetzt Ricasoli, um das Vertrauensvotum auszunutzen, von Neuem machte, einen Minister des Innern zu finden. Er knupfte mit dem Grafen Ponza di S. Martino an, und als dieser nach längeren Verhandlungen das und jenes Hinderniss, diese und jene Differenz der Ansichten vorschob, mit dem Doctor Giovanni Lanza, einem Piemontesen von echtem Schrot und Korn, dem baldigen Präsidenten der Majorität in ihren Fractionssitzungen, einem Manne, der wegen des Einflusses den er auf die Majorität hatte und der Art, wie er ihn ausubte, den Spitznamen der Gensdarme (il Carabiniere) erhalten hatte. Hatte Ricasoli von der Majorität sein Vertrauensvotum erhalten, so war doch wohl anzunehmen, dass einer der Häuptlinge der Majorität ein Anerbieten nicht ausschlagen werde, dessen Annahme allen constitutionellen Gebräuchen nach nur als eine Bestätigung jenes Votums angesehen werden, dessen Annahme sogar unter Umständen nothwendig erscheinen konnte, insofern es galt zu zeigen, dass es der Majorität mit ihrem Vertrauensvotum Ernst gewesen sei.

Aber auch Lanza bezeigte nicht die mindeste Lust in das Ministerium Ricasoli einzutreten. In aller Augen wandelte dasselbe nur noch wie ein Gespenst umher, und schon Anfangs Januar 1862 war auch Ricasoli müde geworden, noch ferner nach einem Minister des Innern zu suchen.

Das Vertrauensvotum, welches Ricasoli davongetragen, konnte, das Formelle in Betracht gezogen, zugleich als ein Misstrauensvotum für Ratazzi angesehen werden; hatte dieser doch erklärt, dass er den von Ricasoli in der römischen Frage eingeschlagenen Weg nicht für den richtigen halte. Ratazzzi hielt es daher für angemessen, der Kammer seine Entlassung als ihr Präsident „aus Gesundheitsrücksichten" einzugeben. Die Kammer nahm die Entlassung eventualiter an, beschloss aber zugleich auf Minghettis Antrag, Ratazzi zu bitten, dass er sein Amt als Kammerpräsident mindestens noch bis zum Schlusse der gegenwärtigen Session fortführe. Ratazzi gab den Bitten der Kammer nach, indem er nur um Nachsicht bat, wenn sein Gesundheitszustand ihm nicht erlaube, sein Amt so kräftig, wie er es wünschte, zu verwalten. Der Vicepräsident Tecchio konnte dies schon am 21. December der Kammer anzeigen.

Auch bei dieser Gelegenheit zeigte sich wieder die gewaltige Unklarheit, die vollständige Unfähigkeit der Majorität, irgend eine Sache entschieden und rein zu betrachten und zu behandeln.

Steuergesetze.

Den äusserst stürmischen Verhandlungen über die römische und neapolitanische Frage folgten im Parlamente zunächst höchst ruhige Sitzungen. Es war, als ob Alles ermüdet sei.

Hauptsächlich waren es jetzt finanzielle Fragen, welche die Deputirtenkammer beschäftigten.

Am 21. December kam ein Gesetz zur Verhandlung, nach welchem das Ministerium ermächtigt wurde, die Steuern bis Ende März zu erheben und die budgetirten Ausgaben zu machen; durch welche es ferner ermächtigt wurde, Schatzbons bis zum Belauf von 50 Millionen Franken in Anticipation auf die Steuern des Jahres 1862 auszugeben.

Das Gesetz, welches im Grunde ein neues Vertrauensvotum war und von Ricciardi und de Blasiis auch als ein solches behandelt wurde, ward mit 202 gegen 39 Stimmen angenommen. Wie sehr aber die Kammer aus den wiederholt von uns angefuhrten Gründen beständig zwischen Vertrauen und Misstrauen schwankte, das zeigte der von Lanza vorgetragene Commissionsbericht. Durch die Art, wie Lanza ihn vortrug, zeigte er noch mehr, als der Inhalt es that, wie ferne selbst die Majorität von einer vollständigen, aus Ueberzeugung von seinem zweckmässigen Walten hervorgehenden Zufriedenheit mit dem Ministerium Ricasoli sei.

Alle Aemter der Kammer, hiess es in dem Bericht, hätten die Nothwendigkeit erkannt, dem Ministerium die Forterhebung der Steuern und Fortzahlung der Ausgaben bis Ende März 1862 zu bewilligen, alle wären aber auch darüber einverstanden gewesen, dass der Finanzminister zu schleunigster Einbringung des Bndgets für 1862 aufgefordert werden müsse, da ein längerer Verzug nur dem Staatscredit und der Autorität der constitutionellen Regierung schaden könne.

Die Commission müsse auch im Namen der Aemter ihr Bedauern darüber aussprechen, dass der vorliegende Gesetzentwurf nicht früher eingebracht sei, da sich an ihn Fragen anknüpften, die einer genauen Prüfung dringend bedürften.

Trotz dieser und ähnlicher Bemerkungen ward das Gesetz, wie wir es oben im Wesentlichen angegeben haben und wie es von der Kammercommission unter Zustimmung des Finanzministers gestaltet worden war, fast ohne Discussion angenommen.

Die Bewilligung zur Ausgabe der 50 Millionen Schatzbons war im Grunde nichts als die Bewilligung einer Anleihe in anderer Form und zeigte somit in sehr kurzer Zeit, wie recht diejenigen gehabt hatten, welche bei der Berathung der Fünfhundertmillionenanleihe ihre entschiedenen Zweifel daran äusserten, dass diese den Abgrund des grossen Pumpwerkes schliessen werde.

Wenn die Finanzen eines Staates in Unordnung sind und es sich nun um die grosse Aufgabe handelt, sie in Ordnung zu bringen, oder wie der Kunstausdruck lautet, das Gleichgewicht des Budgets herzustellen, so wird die Lösung dieser Aufgabe von den gegenwärtgen Staatsmännern und bei den gegenwärtigen leichtsinnigen Anschauungen von finanziellen Verhältnissen schon in Perioden der Ruhe selten genug durch die Einführung von Ersparungen im Staatshaushalt versucht, gar nicht aber in den Perioden einer grossen Bewegung; vielmehr sucht man nun Einnahmequellen soviel als möglich zu eröffnen, einerseits durch Anlehen, andererseits um regelmässig einlaufende Einnahmen zu erzielen, durch die Auflage neuer Steuern, von denen wieder die indirecten den directen vorgezogen werden, weil jene besser als diese die Wahrheit über die liederliche Wirthschaft zu verbergen scheinen. Es wird dabei gänzlich ausser Acht gelassen, dass eine indirecte Steuer fast nicht denkbar ist, die nicht hemmend auf Verkehr und Anbau einwirkte, die also nicht den Aufschwung des Volkswohlstandes zurückhielte.

Nach der beliebtesten Manier und unter Anleitung des Ministerium begann nun anch die Majorität des Parlaments das Königreich Italien mit einer ganzen Reihe neuer Steuern, namentlich indirecter, zu belasten.

Am 22. November 1861 ward ein Gesetz angenommen, vermöge dessen der Steueraufschlag von zehn Prozent, welcher für die alten Provinzen seit dem 5. Juli 1859 unter dem Titel Kriegssteueraufschlag bestand, vom 1. Januar 1862 auf alle Provinzen ausgedehnt werden sollte. Dieser Aufschlag erstreckte sich auf die Grundsteuer, soweit sie für den Staat erhoben wird, Kopf- und Klassensteuer, Gewerbs- und Handelssteuern, Steuern auf die Einnahmen von Körperschaften oder Etablissements zu todter Hand, Zölle, mit Ausnahme derjenigen auf den Vertrieb von Oel und Getreide, Steuern für den Verkauf von Jagd- und Minenpulver, Gerichtssporteln aller Art, Stempelsteuern, Steuern auf Hypothekeneinschreibungen und Umschreibungen.

Vom 17. December ab ward das Gesetz über die Registertaxe, d. h. über eine Steuer auf die Einregistrirung von Käufen und Verkäufen und überhaupt der Uebergänge von Gütern aus einer Hand in die Andere behandelt. Dasselbe stiess auf sehr vielen Widerstand; es ward ihm mit Recht vorgeworfen, dass es seinen Zweck insofern nicht erfülle, als es keine Einnahmenvermehrung hervorbringen werde, dass es aber ausserdem die nach den bisherigen verschiedenen Gesetzen von den Bürgern erworbenen Rechte verletze und ruinös sei. Die Verhandlung, unterbrochen durch die Weihnachts- und Neujahrsferien, gedieh erst am 7. Januar 1862 zu Ende. An diesem Tage ward das Gesetz mit 170 gegen 46 Stimmen angenommen.

Am 9. Januar 1862 ward ein neues Gesetz über die Stempelsteuer mit 176 gegen 37 Stimmen angenommen. Der Zeitungsstempel, welchen der Abgeordnete Gallenga hineinbringen wollte, und von welchem er der Kammer eine Einnahme von 20 Millionen Franken versprach, ward verworfen, was vielleicht nicht geschehen wäre, wenn die Kunst des Lesens in Italien bereits weiter verbreitet gewesen wäre, als es der Fall war.

Am 13. Januar gelangte ein Gesetz zur Berathung, laut welchem vom 1. Januar 1862 ab die Provinzen, Gemeinden, Körperschaften aller Art, und Gesellschaften und Institute, kurz die moralischen Personen, deren Besitz wegen Todesfalls nicht in andere Hände übergehen kann, von ihren unbeweglichen Gütern, ihrem Capital, Grund- und andern Renten eine jährliche Steuer zu bezahlen haben. Das Gesetz wurde am 15. Januar mit 194 gegen 30 Stimmen angenommen.

Am 18. Januar begann die Berathung über ein Gesetz, durch welches eine Steuer von zehn Procent auf alle Einnahmen der Eisenbahnen, Staats- wie Privatbahnen, aus dem Transport von Gütern und Personen mittelst Schnellzügen gelegt, und die Bahnverwaltungen ermächtigt wurden, ihre Schnellzugstarife dem entsprechend zu erhöhen. Auch dieses Gesetz wieder ward aus nationalökonomischen Gründen mit grosser Lebhaftigkeit und Entschiedenheit insbesondere von dem Ingenieur Ranco, Deputirten von Asti, bekämpft. Es ward darauf aufmerksam gemacht, wie schädlich es sei, durchaus kein einheitliches Princip für die Steuergesetzgebung aufrecht zu erhalten, vielmehr sich lediglich nach demjenigen zu richten, was augenblicklich bequem erschiene, um Geld in die Staatskasse zu bringen, wie dabei Thätigkeiten aller Art oft doppelt und mehrfach und ohne jedes Verhältniss besteuert, der Verkehr in verderblicher Weise beschränkt würde. Man fragte, wesshalb nur die Schnellzüge, wesshalb nur die Eisenbahnen, wesshalb nicht jede Art des Transportes besteuert werden solle. Wirklich war auch die Gegnerschaft des Gesetzes diesmal ziemlich zahlreich; doch ward es immerhin mit 138 gegen 78 Stimmen angenommen.

Am 24. Januar ward ein Gesetz über verschiedene Taxen für von der Regierung zu ertheilende Concessionen berathen, für übertragene Präbenden, ertheilte Pensionen u. s. w. Das Gesetz passirte mit 161 gegen 52 Stimmen.

Am 5. Februar gelangte das Gesetz über die Steuer auf industrielle und Handelsgesellschaften und auf die Versicherungen zur Berathung. Bei demselben kamen soviele Interessen der herrschenden Bourgeoisie in Betracht, dass es an einer genauen Prüfung nicht fehlen konnte. Die Discussion ward erst am 12. Februar zu Ende geführt und dann das Gesetz mit 143 gegen 71 Stimmen angenommen.

Wenn man die Vermehrung der Steuergesetzgebung

des Königsreichs Italien, welche zu Ende des Jahres 1861 und zu Anfang des Jahres 1862 eintrat, nun nachdem wir sie im Einzelnen betrachtet, im Ganzen ansieht, so wird man sich wohl schwerlich der Bemerkung enthalten können, dass sie wenig vortheilhaft war. Dies Zusammenscharren von Pfennigen aus allen Ecken, dieser gänzliche Mangel eines einheitlichen Princips, die Rücksichtslosigkeit, mit welcher von der Majorität im Allgemeinen die Interessen des Verkehrs behandelt wurden, obgleich sich doch in jedem einzelnen Fall Deputirte, die unmittelbar und speciell von der bezüglichen neuen Auflage betroffen wurden, zur Vertheidigung der besseren Grundsätze und zur Aufdeckung der drohenden Schäden erhoben, macht einen nichts weniger als erfreulichen Eindruck.

Der Obergerichtspräsident Tofano; der Ausbruch des Vesuv u. s. w.

Aus den Parlamentsverhandlungen bis anfangs März 1862 wollen wir jetzt nur dasjenige herausheben, was uns von besonderer Wichtigkeit erscheint oder gestattet, einen tieferen Blick in die allgemeine Lage Italiens zu werfen. Wir haben früher der Entsetzung des Obergerichtspräsidenten Tofano zu Neapel unter der Statthalterschaft Cialdinis gedacht. Tofano trat nun in die Deputirtenkammer ein, in welche er gewählt war und brachte schon am 5. December an dieselbe einen Recurs, durch welchen er die Niedersetzung einer Commission behufs Prüfung seiner Angelegenheit, der rechtlichen Begründung seiner Entsetzung und der Frage verlangte, ob er würdig sei, in der Kammer ferner zu sitzen.

Die Commission, an welche der Recurs gewiesen war, berichtete darüber am 15. Januar 1862: die Bestimmungen über die Unabsetzbarkeit der Richter seien durch die Entlassung Tofanos nicht verletzt, da dieselben nur die Richter mit mindestens dreijähriger Dienstzeit fur uabsetzbar erklärten. Ein Urtheil uber ihre Mitglieder könne die Kammer weder fur noch wider fällen, ein solches würde die Unabhängigkeit der Vertreter der Nation gefährden, es stehe in rechtlicher Beziehung nur den Gerichten, in politischer den Wahlern zu. Die Commission schlug daher einfache Tagesordnung vor. Am 16. Januar versetzte nun Tofano die Kammer in die peinliche Lage, dass er sie zu einer Art Ehrengericht constituirte, indem er selbst vor ihr auftrat. Er fuhrte ihr seine Antecedentien mit jener Ruhmredigkeit vor, welche aus Maulwurfshaufen Berge macht, welche aber in Italien weniger auffällt als anderswo. Die Kammer verweigerte die Einsetzung einer Untersuchungscommission und den Ausspruch eines Urtheils über Tofano, beschloss aber auf den Antrag Massaris die Veröffentlichung der auf die Angelegenheit bezuglichen Documente und ging zur Tagesordnung über. Tofano beschwerte sich später darüber, dass eins der wichtigsten Documente nicht publicirt sei, und da die Kammer seine Sache nicht wieder aufnehmen wollte, verlangte und erhielt er seine Entlassung.

Am 3. Januar ward ein Gesetz über die Volkszählung mit 169 gegen 43 Stimmen angenommen;

verschiedene Indemnitäten für Ueberschreitung der Budgets in einzelnen Ministerien wurden nach dem Herkommen in der Kammer von der Majorität ohne Weiteres in verschiedenen Sitzungen ertheilt.

Am Anfang Januars waren auf der Insel Sicilien an verschiedenen Puncten Tumulte bei Gelegenheit der Aushebung ausgebrochen, angestiftet aller Wahrscheinlichkeit nach von Bourbonisten, welche den Widerwillen der Sicilianer gegen die Conscription benutzen wollten, um der Regierung Verlegenheiten zu bereiten. Einen ernsteren Character nahmen sie nur zu Castellamare westlich Palermo an, wo allerdings die Truppen einschreiten mussten und es zu Blutvergiessen kam. Die angeblichen oder wirklichen Ueberschreitungen der Truppen bei der Unterdrückung dieser Unruhen gaben die Veranlassung zu Interpellationen im Parlament am 11. und am 15. Januar, Interpellationen, die resultatlos bleiben mussten, weil es in solchen Dingen schwer ist, auch nur die Schuld, viel schwerer aber stets, die Schuldigen zu ermitteln.

Am 15. Januar wurde auch eine Concession für die Anlage und den Betrieb eines unterseeischen electrischen Telegraphen zwischen Tarent und Corfu gebilligt und am 29. Januar bewilligte die Kammer 159,210 Franks für die Anlage neuer electrischer Telegraphenlinien in den neapolitanischen Provinzen und auf der Insel Sicilien.

Am 8. December 1861 erfolgte ein heftiger Ausbruch des Vesuv; zwei grosse Lavaströme ergossen sich gegen das Meer in der Richtung auf die Stadt Torre del Greco hin und drohten dieselbe zu begraben. Diese Befürchtung blieb glücklicherweise, was sie war, da die Lavaströme anhielten, ehe sie den Ort erreichten, dagegen ward der letztere durch die zahlreichen Stösse des Erdbebens, welche den Ausbruch begleiteten und sich an diesem Tage und an den folgenden in kurzen Zeitabständen folgten, erheblich beschädigt, namentlich derjenige Theil, welcher auf der Lava des Ausbruches von 1794 erbaut ist. Häuser stürzten ein und bekamen gewaltige Risse, welche sie dem Einsturze nahe brachten, die Strassen wurden gespalten und durch sich öffnende Klüfte unterbrochen. Die Einwohner mussten flüchten; sowohl die Behörden als die Nachbarn von Torre dell' Annunziata kamen ihnen zu Hülfe, um für ihre demnächstige vorläufige Unterkunft, Verpflegung und theilweise Bekleidung zu sorgen. Die Flüchtlinge wurden meist in Torre dell' Annunziata und in der grossen Caserne der Granili bei Neapel untergebracht. Die Wohlthätigkeit regte sich sofort durch ganz Italien, um über die Bestreitung ihrer nächsten Bedürfnisse hinaus den armen Bewohnern der verwüsteten Stadt ihren Schaden zu ersetzen, und der lange in das Jahr 1862 hinein fortarbeitende Vesuv hielt mit der Neugierde auch die Wohlthätigkeit wach.

In dieser Zeit hielt es auch Franz II. für passend, zu zeigen, dass er, wie er so oft von sich gerühmt, ein Herz für Neapel habe. Römische Blätter kündigten Mitte Januar an, dass der frühere König von Neapel dem vertriebenen Erzbischof Riario Sforza 800 Scudi zur Unterstützung der Armen von Torre del Greco übermittelt habe und dass auch andere Mitglieder der bourbonischen Königsfamilie eine Sammlung für diesen Zweck veranstalteten.

Der Gemeinderath von Torre del Greco, indem er zugleich anzeigte, dass er von diesen Geschenken noch nichts gesehen habe, wies dieselben zurück: zwischen den wahren Freunden der Heimat und ihren Feinden gähne ein solcher Abgrund, dass er niemals ausgefüllt werden könne. Auch die Nationalgarde von Torre del Greco protestirte gegen die bourbonistischen Geschenke: wer die Mörderhand bewaffne und Nothzucht, Verwüstung und Raub mit Beifall begrüsse, könne den edlen Schmerz der torresischen Bevölkerung nicht mitfuhlen, und diese Bevölkerung, welche zur Abstimmungsurne geeilt sei, um ihr Votum für Einheit und Grösse der italienischen Nation abzugeben, könne die Geschenke des Abkömmlings einer Dynastie nicht annehmen, welche statt der Hülfe für die Völker Neapels, nie etwas anderes als Galgen, Bajonnette und Kanonen gehabt habe.

Dagegen wendete sich nun der Gemeindrath von Torre an das Parlament mit der Bitte um eine zeitweise Befreiung von der Steuerzahlung und um die Anweisung einer verzinslichen Summe zum Wiederaufbau der öffentlichen und Privatgebäude. Auf den Vorschlag der Commission übergab die Kammer diese Petition dem Ministerpräsidenten mit der Anweisung, bald ein abhelfendes Gesetz vorzulegen.

Am 4. Februar wies die Kammer auf das Budget von 1862 ausserordentlich anderthalb Millionen Franken für die Vervollständigung des sicilianischen Strassennetzes durch Neubauten, ordentlich 795,000 Fr.

für Verbesserung und 480,979 Fr. für Unterhaltung der in Sicilien bereits vorhandenen Strassen an.

Die alten piemontesischen Gesetze über die Befreiung der Erblehne und Erbpachtgüter, ihre Verwandlung in freies Eigenthum durch Ablösung, wobei die zeitigen Inhaber als die nächst zu begünstigenden betrachtet werden, waren nach und nach auch auf die neuen Provinzen, so auch auf Umbrien und die Marken angewendet worden. Den Inhabern ist, wie billig, ein bestimmter Termin gesetzt, innerhalb dessen sie von ihrem Vorrecht Gebrauch machen müssen, insofern es nicht verfallen soll. Es wird aber dem einen Inhaber offenbar schwerer als dem andern, sein Anrecht innerhalb der bestimmten Zeit zur Geltung zu bringen; es wird schwer dort, wo die Inhaber arm, wenig unterrichtet sind, wo das Hypotheken-, Cataster- und Einregistrirungswesen wenig geordnet ist, die Hauptsachen vielleicht nur durch Tradition feststehen. Dies war nun vielfach in Umbrien und den Marken der Fall. Zum Theil kann dann dem Schaden durch eine Verlängerung der Zeit abgeholfen werden, innerhalb deren die Lehns- oder Erbpachtträger ihr Vorrecht geltend machen können. Ein Gesetz nun über die Terminsverlängerung für Freimachung der Erblehn- und Erbpachtgüter in Umbrien und den Marken nahm die Kammer am 14. Februar an. Sie stimmte ferner dem vom Senat etwas abgeändert zurückgekommenen Gesetz über die Volkszählung in seiner neuen Gestalt bei. Sie wies dann am 15. Februar fünf Millionen zu sofortiger Verausgabung an, um auf zwei Strecken in Calabrien zwischen Tarent und Reggio sofort die Eisenbahnarbeiten aufnehmen zu können. Bekanntlich fällt diese Linie in die der Compagnie Adami und Lemmi ertheilte Concession. Die sofortige Anhandnahme erschien aus politischen Rücksichten wünschenswerth, um recht viele Hände beschäftigen zu können, die nach Beendigung der Olivenernte brach liegen würden und unbeschäftigt sich vielleicht dem Brigandenhandwerk zuwendeten.

Cumulation der Aemter.

Am 20. Februar gelangte ein Gesetz über die Cumulation mehrerer Aemter auf eine und dieselbe Person zur Berathung. Dasselbe hatte den Zweck zu verhindern, dass mehrere Aemter von einer und derselben Person verwaltet werden können, dass mit dem Solde des Amtes, mit dem Wartegeld oder der Pension noch andere Einkünfte vereinigt werden können, dass eine Pension mit einer Besoldung vereinigt werden könne.

In der Discussion kam wieder der ganze Schaden der italienischen Bureaucratie, des Ueberflusses an Stellen, die also grossentheils einerseits unnöthig, andererseits schlecht bezahlt sind, dessen unmittelbare Folge somit in doppelter Richtung eine verwirrte, schlechte, theure Verwaltung ist, zur Sprache. Man warf dem Gesetze vor, dass es nicht die theuer bezahlten höheren Beamten mit 15,000 oder 20,000 Frcs. Gehalt, sondern die kleinen, kärglich besoldeten treffe, die von dem Solde eines Amtes nicht leben könnten. Ein Gesetz, welches die Cumulation der Aemter verbietet, macht offenbar die Unterbringung einer grösseren Anzahl von Personen auf Staatskosten möglich. Da es aber die möglichen Einkünfte des Einzelnen beschränkt, reducirt, so wirkt es auch nothwendig darauf hin, dass die meisten Stellen, insbesondere die so wichtigen niedern, mit unfähigen, auch wohl gewissenlosen Individuen besetzt werden, die dem Anreiz, ihre Einkünfte durch Missbrauch ihres Amtes zu vermehren, nur zu leicht erliegen. In der That kann ein Gesetz, welches nur die Cumulation der Aemter verhindert, nie geeignet sein, die Verwaltung in Ordnung zu bringen, sie zu verbessern und zu moralisiren. Auf dieses Ziel kann man nur dadurch hinsteuern, dass man die Zahl der Beamtenstellen auf ein Minimum reducirt, und jedem Beamten einen Wirkungskreis anweist, dessen Ausfüllung wirklich seine Kraft in Anspruch nimmt, so dass von einer Cumulation von Aemtern an und für sich gar nicht die Rede sein kann, dass man nun aber auch die Beamten entsprechend ihrem Wirkungskreis und entsprechend den Fähigkeiten und Kenntnissen bezahlt, welche zu seiner Ausfüllung nothwendig sind.

Auch darauf ward hingewiesen, dass die gute, äusserst reichliche Bezahlung der zahlreichen Paschastellen höherer Beamten, welche oft am wenigsten thun, so sehr viele und überflüssig viele Leute, die zum Theil allerdings lange von der Hoffnung zehrten, in die Beamtenlaufbahn hineinlockte und dadurch nicht geringe Schuld an dem Beamtenleiden trüge, welches am Leibe Italiens zehre.

Die Verhandlung schleppte sich eine volle Woche bis zum 26. Februar hin, an welchem Tage endlich das Gesetz mit 182 gegen 34 Stimmen angenommen ward.

Der Gold- und Silberfuss.

Am 26. Februar kam die Frage des Gold- und Silberfusses der Münzen zur Sprache. In Neapel und Toscana war noch der Silberfuss gesetzlich, das Gold ward also als Waare behandelt und hatte seinen Handelscurs. Daraus entstanden viele Ungelegenheiten. Um nun diesen abzuhelfen, schlug das Ministerium ein Gesetz vor, demzufolge die Decimalgoldmünzen im ganzen Königreich gesetzlichen Curs nach ihrem Nominalwerth haben sollten. In der Discussion ward für den Goldfuss oder für den Silberfuss oder für den doppelten Fuss, kurz für jede mögliche Combination mit allen den Gründen gefochten, welche in sämmtlichen Deputirten- und Handelskammern Europas in den letzten zwanzig Jahren hinreichend abgedroschen worden sind. Zwischen den Schluss der Discussion und die endliche Abstimmung aber trat die so lange vorbereitete, so lange vorauszusehende Ministercrisis, welche das Austreten Ricasolis herbeiführte.

Ricasolis Erklärungen an die Majorität über sein vergebliches Suchen nach einem Minister des Innern. Vorversammlungen der Majorität.

Selbst die scheinbare Ruhe, welche seit dem Vertrauensvotum in der römischen Frage dem Ministerium Ricasoli gegönnt worden war, dauerte nicht lange, trotz aller einzelner Zwischenschwankungen.

Schon ehe das Parlament nach den Neujahrsferien wieder zusammentrat, begab sich Lanza im Auftrage einer nicht unbeträchtlichen Anzahl von Deputirten der Majorität zu Ricasoli, um wegen der Vervollständigung des Ministeriums in ihn zu dringen. Ricasoli versprach, über die bisherige Nichtbesetzung des Ministeriums des Innern in der am 2. Januar 1862 stattfindenden Fractionssitzung der Majorität Aufklärungen zu geben. Er erschien wirklich in dieser Sitzung und sagte, dass er überhaupt keine ängstlichen Forschungen nach einem Minister des Innern angestellt haben würde, wenn es nicht gewesen wäre, um den Wünschen der Majorität nachzukommen. Die Schwierigkeit einen Minister des Innern zu finden, liege darin, dass der neu eintretende Minister des Innern nothwendig das fertige Programm des gegenwärtigen Ministeriums annehmen müsse, während jeder tüchtige Mann doch ein eignes Programm habe, welches mehr oder minder von jenem abweichen möge. Der Eintritt eines neuen Ministers des Innern mit neuem abweichenden Programm würde aber nur den inneren Zusammenhang und Halt des Ministeriums stören und es sei also viel besser, lieber keinen besondern Minister des Innern zu haben. Auch früher sei es vorgekommen, dass ein Mann mehrere Portefeuilles geführt habe und die gegenwärtige Zahl der Minister genüge vollständig den Bedürfnissen des Landes. Ricasoli gestand indessen ein, dass er von einer Luft des Misstrauens umweht sei, die ihm die nothwendige moralische Autorität zur Verwaltung der öffentlichen Angelegenheiten mindere und gab aufs deutlichste zu verstehen, dass er, wenn sich demnächst das Parlament gegen ihn ausspreche, seine Entlassung ohne weiteres geben würde.

Die Deputirten Ara von Oneglia und Valerio von Camerino wollten in die „Luft des Misstrauens", den Nebel des Zwiespalts zwischen Majorität und Ministerium tiefer eindringen; die Toscaner Giorgini und Busacca aber sprangen ihrem Landsmann, dem Ministerpräsidenten, mit allen Kräften bei, und Broglio von Lonato rühmte als unzweifelhaft bestehend das vollständige Einverständniss von Regierung, Majorität und Volk. La Farina endlich stellte die ganze Frage als eine reine Personenfrage hin, weshalb ihre Discussion gefährlich und unzeitgemäss und es besser sei, dass jeder mit dem eigenen Gewissen darüber in's Reine zu kommen suche, was dem Lande gut sei.

Allerdings war die Personenfrage in der ganzen Frage ein sehr bedeutender Theil. Die eigentliche Conspiration gegen das Ministerium Ricasoli ging von der piemontesischen Partei aus, welche die compacteste in der ganzen Majorität war, welcher das schon unangenehm war, dass drei Toscaner in diesem Ministerium Ricasoli sassen und welche Antrieb zu Feindseligkeiten und Unterstützung bei ihnen, von dem in Italiens Bureaucratie und ganzer Verwaltung wesentlich herrschenden piemontesischen Beamtenthume erhielt, das mit den italienischen Anschauungen der Minister aus anderen Theilen Italiens sich oft im Widerstreit befand. Zu der piemontesischen Partei gehörten auch einzeln genommen die Hauptwühler gegen das Ministerium Ricasoli, Minghetti und Ratazzi, obwohl der erstere nicht geborner Piemontese war und obwohl dem letztern durch seine besonderen Aspirationen und durch seine Stellung als Kammerpräsident eine etwas abweichende Stellung angewiesen war.

Das unvorsichtige, bisweilen zu scharfe Hervortreten des Piemontesismus war es nun aber grade, welches gar nicht wenig zu einem fast nicht zu hoffenden längeren Fortleben des Ministeriums Ricasoli beitrug. Mit den Toscanern nämlich, die fast alle unbedingt für Ricasoli waren, verbanden sich auch viele Deputirte anderer Provinzen aus der Majorität zum Widerstand gegen das Piemontesenthum, insbesondere Neapolitaner und Lombarden, während die Emilianer von Modena und der Romagna mehr getheilt waren, eine neutralere Gruppe bildeten. Wenn die Piemontesen es auf ein piemontesisches Ministerium abgesehen hatten, so suchten nun die Gegner der piemontesischen Partei die Form ihres Widerstandes in der Stützung des nicht piemontesischen Ministeriums Ricasoli, und die Piemontesen selbst, einsehend, dass sie etwas zu unvorsichtig vorgegangen waren, einsehend, dass sie nicht offen die Fortsetzung jenes Systemes predigen dürften, nach welchem die Vereinigung Italiens unter einem Königsscepter als die einfache Unterwerfung aller übrigen italienischen Provinzen unter die Provinz Piemont angesehen ward, zogen äusserlich mildere Saiten auf und kamen versöhnlich entgegen, ohne darum im mindesten ihre Ideen und ihre Arbeiten aufzugeben.

Ein anderes, was das Ministerium gegenwärtig über den Wogen hielt, war die freundlichere Stellung, die scheinbar Ricasoli eben jetzt zu Frankreich angenommen hatte und die sich wieder einmal intensiver verbreitende Meinung, dass eine Lösung der römischen Frage unter Frankreichs Beistimmung und Mitwirkung wirklich nahe bevorstehe.

Aus diesen Verhältnissen zusammen genommen erklären sich die Beschlüsse, wie die Verhandlungen in den Fractionssitzungen der Majorität, welche am 8. Januar und in den folgenden Tagen gehalten wurden. In der Sitzung vom 8. Januar schlug zuerst Lanza vor, den Kreis der Majorität zu erweitern, indem man auch noch an mehrere Deputirte, die sich allerdings nicht eigentlich zu ihr gerechnet, die aber doch am 11. December mit ihr gestimmt hatten, Einladungen ergehen liess, den Fractionssitzungen beizuwohnen. Der Hauptgegenstand der Berathung war aber dieser, dass man aus der Unentschiedenheit herauskommen und sich definitiv darüber einigen wollte, ob man das Ministerium stützen solle oder nicht.

Minghetti, man kann sich vorstellen mit welcher Aufrichtigkeit, sprach für die Unterstützung des Ministeriums. Das Land brauche innere Ordnung; die Kammer müsse daher eifrig in Berathung der Gesetze fortfahren, die das Ministerium vorgelegt habe. Aber doch wollte Minghetti dem Ministerium nur eine Frist geben. Wenn die Gesetze durchberathen seien, dann, fügte er hinzu, würde es an der Zeit sein, dass die Majorität sich von neuem ein

Urtheil darüber bilde, ob man nicht das Ministerium auffordern solle, sich zu vervollständigen oder sich umzugestalten.

Der Widerspruch war unbedeutend und die Majorität beschloss einstimmig, das Ministerium zu unterstützen

Die beabsichtigte Einladung an verschiedene Deputirte, welche, ohne der Majorität anzugehören, am 11. December mit ihr gestimmt hatten, veranlasste einigen Scandal, da mehrere derselben offen dagegen protestirten, dass sie, wie ihnen untergelegt worden war, gewünscht hätten, der Majorität sich enger anzuschliessen.

Am 11. Januar constituirte sich nun die Majorität in der Fractionssitzung zur Durchführung ihrer Absichten vollständig; sie ernannte zu ihrem Präsidenten Lanza und bestellte das Bureau aus La Farina von Messina, Baldacchini von Andria in Terra di Bari, Minghetti von Bologna, Chiaves von Bra (Cuneo), Capriolo, dem Freund Ratazzis, von Oviglio (Alessandria). Giovanni Fabrizi von Livorno, Finzi von Mailand und Lacaita von Bitonto (Terra di Bari).

Die Häupter der Majorität täuschten sich nicht im Mindesten darüber, dass es mit der Unterstützung des Ministeriums Ricasoli nicht sehr lange dauern werde. Spätestens müsste der Zwiespalt wieder aufwachen, wenn die Abänderungen der Provinzial- und Communalgesetze, welche neuerdings Ricasoli eingebracht hatte und welche im Widerstreit mit den früher von Minghetti entworfenen Gesetzvorschlägen waren, zur Berathung gelangen würden.

Die Opposition und die Interpellationen.

Ebenso wenig als die Häupter der Majorität, täuschte sich darüber die Opposition, welche allerdings in verschiedene Nuancen schillernd, doch wesentlich der Actionspartei angehörig, an Zahl sehr schwach, nur etwa aus 30 Mann bestehend, auf die Beschlüsse der Deputirtenkammer unmöglich einen thatsächlichen Einfluss üben konnte. Die Opposition, welche, wenn sie auch kaum Aussicht hatte, vorerst selbst an die Regierung zu kommen, doch das Ministerium Ricasoli unmöglich stützen konnte, da sie das einzige Heil Italiens in einer neuen bewaffneten Erhebung sah, während Ricasoli glaubte oder vorgab zu glauben, dass er mit diplomatischen Mitteln die grossen Ziele des Reiches erreichen könne, die Opposition beschloss, der Majorität im Wesentlichen die Zerstörung ihres eigenen Werkes selbst zu überlassen. Das einzige Mittel zu Angriffen auf das Ministerium war das der Interpellationen, und von diesem machte sie auch Gebrauch, wie es uns aber scheint, zu wenig planvoll, um ihren Zweck zu erreichen. Wir glauben nämlich allerdings, dass eine schwache Opposition einem von ihr anzugreifenden Ministerium durch Interpellationen schaden könne; aber es ist nur möglich, wenn sie mit Klugheit deren Gegenstände wählt, so nämlich, dass sie dadurch die Trennung ans Licht bringt, welche in der Majorität selbst liegt. Die Majorität kann solche Gegenstände rücksichtsvoll umgehen, uber welche sie, wie sie weiss nicht einig ist, und weil sie es weiss. Aber kommen sie ohne ihren Willen vor, so kann sie das Hervortreten des Zwiespaltes niemals mehr ganz vermeiden. Zum Erfolg derartiger Interpellationen der Opposition gehört immer eine Art von Ueberraschung. Die Ueberraschung durch die Wahl des Gegenstandes der Interpellation ist meist nicht möglich, weil dieselbe im Voraus angezeigt werden muss, aber immer ist es noch möglich, durch die entwickelte genaue Kenntniss der Sache, wegen deren interpellirt wird, durch ihre Darstellung, durch die Motive, welche für die Interpellation angegeben werden, zu überraschen. Nach diesen Regeln, scheint uns, hat die Opposition nicht immer gehandelt. Sie nahm ihre Themata zu sehr vom Zufall und behandelte sie nicht immer zweckmässig. Ueber die Unterstützung, welche die Opposition im Parlament ausserhalb desselben fand, werden wir Veranlassung haben, im folgenden Band mehreres beizubringen.

Uebrigens blieben die Interpellationen nicht lange Specialeigenthum der Opposition, sondern zogen bald auch wieder von andern Seiten heran, wie Sturmvögel, zeigend, wie wenig die Majoritätsunterstützung aus Ueberzeugung hervorging, die Wiederaufnahme des Kampfes andeutend und den baldigen Fall des Ministeriums Ricasoli vorher verkundigend.

Wir wollen eine kleine Uebersicht der Interpellationen im Januar und Februar 1862 um so mehr hier folgen lassen, als es auch eine Interpellation war, welche direct zum Abtreten des Ministeriums Ricasoli fuhrte.

Am 10. Januar interpellirte Pancaldo den Kriegsminister wegen der Citadelle von Messina, deren Schleifung als einer blossen Zwingburg das Volk von Messina fordere. Mellana unterstutzte ihn, indem er die Frage auf das Gebiet der Verfassungsmässigkeit führte: es solle dem Parlament ein Gesetz vorgelegt werden über die Nationalvertheidigung und die Erbauung weniger, aber starker Festungen. Er brachte eine Tagesordnung in diesem Sinne ein. Ueberhaupt wurde nun von mehreren Rednern die Frage verallgemeinert, es wurde gegen die Zwingburgen überhaupt und für deren Zerstörung gesprochen.

Eine solche Schleifungsfrage kann wohl nicht leicht entschieden werden, ohne dass man vorerst untersuche, ob das betreffende Festungswerk wirklich blos eine Zwingburg sei oder ob es andere Vertheidigungszwecke habe. Der Kriegsminister della Rövere sprach die Ansicht aus, dass die Citadelle zur Vertheidigung des Hafens von Messina wesentlich beitrage, und derselben Meinung werden wohl alle Sachverständigen, es wird auch nicht schwer sein, alle Nichtsachverständigen davon zu überzeugen; eine andere Frage ist es freilich, ob nicht bei dem heutigen Stande der Kriegskunst ein anderes Werk als die Citadelle viel besser geeignet sein würde, die Zwecke der äussern Vertheidigung zu erfüllen, denen sie jetzt dient. Diese Frage wird von allen Seiten bejaht werden. Aber jedes zur Vertheidigung des Hafens von Messina, zum Ersatz der Citadelle angelegte Werk, wird auch sicher dazu missbraucht werden können, die Stadt zu bombardiren und sie durch das Bombardement oder dessen Androhung in Unterwürfigkeit zu erhalten. Die Verhandlung schloss mit Annahme der einfachen von Castromediano beantragten Tagesordnung.

Am 10. und 11. Januar interpellirte der Deputirte Castelli von Voltri den Minister des Ackerbaus und Handels wegen des Fischfanges im Comer See. Die Fische hätten sich vermindert und nach angestellten Untersuchungen trage die Schuld daran ein Reglement über den Fischfang, welches vom Präfecten von Como erlassen und obenein ungesetzlich sei, weil es sich nicht, wie es sein sollte, auf ein allgemeines zuvor erlassenes Gesetz gründe. Cordova hielt eine gelehrte Rede über den Nutzen der Fische und der Fischzucht und führte aus, dass nicht Alles durch Gesetze bestimmt werden könne, Vieles nothwendig der localen Ordnung durch Reglemente überlassen werden müsse, eine Sache, die sicherlich ganz richtig ist, wo eine vernünftige Decentralisation der Verwaltung ein selbständiges Gemeinde- und Provinzialleben erzeugt hat. Nachdem die Kammer die Abhandlungen noch mehrerer Deputirten angehört hatte, schritt sie einfach zur Tagesordnung.

Am 17. Januar fragte Brofferio, weshalb die italienische Regierung das Einsammeln des Peterspfennigs im Reiche nicht verbiete und hindere. Italien befinde sich im Kampfe gegen die weltliche Macht des Papstthums; alle Gassen und alle Kanzeln aber seien gefüllt mit Agenten dieser Macht, welche, sehr weltlich handelnd, sehr entschieden auf die weltlichen Angelegenheiten des Königreiches Italien einwirke. In Frankreich, welches doch zu Rom die weltliche Macht des Papstes mit seinen Bajonneten stütze, schreite man nichts destoweniger sehr ernstlich ein gegen jene über ganz Europa verbreitete Gesellschaft von S. Vincenz de Paoli, welche die Könige und die Völker der römischen Inquisition zu unterwerfen trachte, in Italien nicht; die Regierung schreibe Circulare gegen das wuhlerische Treiben der Geistlichkeit, lasse sich aber von den Bischöfen ruhig darauf antworten, dass sie selbst der Feind des Staates sei, Verbreiterin von Irrthümern, eine Ausgeburt der Hölle. Seit zwei Jahren werde aller Orten und öffentlich der Peterspfennig gesammelt; sei er etwa bestimmt oder nothwendig zum Unterhalt des Oberpriesters? nein, es sei eine Finanzhülfe fur den König von Rom, mit welchem man in beständigem Kriegszustand sei, zur Aufrechthaltung der Brigandage, zur Störung der italienischen Entwicklung. Das öffentliche Wohl gebiete, gegen solchen Scandal einzuschreiten. Italien dürfe nicht das Geld zur Beschaffung der Waffen liefern, mit denen es nach offenster Erklärung des Feindes bekämpft werden solle. Mit lebenslänglicher Zwangsarbeit werde nach den Gesetzen derjenige bestraft, welcher mit fremden Mächten conspirire und sie zu Feindseligkeiten gegen sein Land anstachele. Die Regierung schreite überall gegen die Democratie ein, nöthiger sei es, dem Treiben der Pfaffen ein Ende zu machen.

Ricasoli erwiderte, dass in einzelnen Fällen, die zur Kenntniss gelangten, die Sammler des Peterspfennigs bestraft würden. Zu Ausnahmemaassregeln könne er sich um so weniger entschliessen, als in der That Italien in einem sehr geringen Verhältniss zu dem Peterspfennig beisteure.

Miglietti setzte sich mit Ricasoli in Widerspruch, indem er sagte: die Regierung missbillige allerdings höchlichst die Sammlung des Peterpfennigs, aber ihr Einschreiten werde dadurch behindert, dass man den Zweck der Sammlung nicht so eigentlich feststellen könne: ob sie für das Oberhaupt der Kirche, ob sie für das weltliche Oberhaupt Roms bestimmt sei. Wenn fur jenes, könne man sie nicht wohl hindern. Die doppelte Stellung des Papstes bringe Zweideutigkeit in die Sache.

Die Kammer schien die zarte Scrupulosität des Ministeriums, welche grade hier so wenig begrundet und so wenig angebracht war, nachzuempfinden; denn sie ging zur einfachen Tagesordnung uber.

Besonders viele Interpellationen hatte der Unterrichtsminister de Sanctis jetzt auszuhalten. Am 18. Januar forderte Lacaita Aufklärungen von ihm über verschiedene Vorfälle, die in Mädchenerziehungsinstituten in Neapel vorgekommen sein sollten. Man habe Lehrerinnen und Schulerinnen vereidigen wollen, die Frauenzimmer hätten sich geweigert. Es sei Nationalgarde und Polizei gegen sie aufgeboten worden.

De Sanctis erwiderte: im Lehrerpersonal einiger Institute existirten zwei Parteien, eine bourbonistische und eine freisinnige; in der erstern befänden sich Priester und ältere Lehrerinnen, in der letztern die jüngern Lehrerinnen. Die Aufsichtsbehörde habe über Manches, was da vorgekommen, hinweggesehn, da es sich um Frauenzimmer handelte. Wie es das Gesetz verlange, hätten aber die Lehrerinnen — nicht auch die Schülerinnen — vereidet werden müssen. Dem hätten sich die Bourbonistinnen widersetzt, und da alles gütliche Zureden keinen Erfolg gehabt, seien die ungezähmten Widerspenstigen entlassen worden. Dies sei die ganze Wahrheit an der Sache.

Am 22. Januar fragte der Professor Coppino von Alba (Cuneo), wie es mit der Gesetzlichkeit des Decretes stehe, laut welchem die Ackerbauschulen der Oberaufsicht des Ministers des Handels und Landbaus überwiesen wurden.

De Sanctis erwiderte: das Ministerium des Handels und Ackerbaus sei eine neue Schöpfung; um ihm einen Ressort zu schaffen, habe man von den Ressorts aller übrigen Ministerien etwas hinwegnehmen müssen. Unter den dem Minister des Handels und Ackerbaus überwiesenen Gegenständen seien auch die Handels- und Gewerbsschulen gewesen. Da diese nun wieder mit vielen Fäden an den Ackerbauschulen hingen, sei es vorgekommen, dass der Minister des Handels und Ackerbaus seine Einwirkung hin und wieder auch auf sie ausgedehnt habe. Hieraus sei Verwirrung entstanden und eine Commission, zum Behufe der Ordnung dieser Angelegenheit berufen, habe, da zumal die Ackerbauschulen sich noch in einer sehr unvollkommenen Verfassung befänden, sie vollständig dem Ministerium des Handels und Ackerbaus zugewiesen.

Am 27. Januar forderte Bruno Aufklärungen über das medizinisch-chirurgische Collegium zu

Neapel, in dessen Localitäten unmöglich 500 bis 600 Zöglinge die Chirurgie erlernen können, so wie über ähnliche damit zusammenhängende Dinge. De Sanctis gab die Aufklärungen und verbreitete sich dabei mit Wohlgefallen über alle die Verbesserungen im öffentlichen Unterricht, die angeblich die neapolitanischen Provinzen seinem Ministerium verdankten. Mandoj-Albanese von Campagna (diesseitiges Principat) legte dem Selbstlob des Unterrichtsministers etwas den Zugel an, indem er behauptete, dass an der Universität von Neapel zwei Drittel der Professoren Gehalt empfingen, ohne dass sie lesen; unter ihnen sei ein Statthalterschaftsrath, welcher das Professorengehalt bezöge, ohne jemals das Katheder bestiegen zu haben. Dergleichen käme beständig vor. Bei der Wiederherstellung der frühern bourbonischen Academie habe die Regierung 14 Mitglieder ernannt, die andere 16 wählen sollten und dazu alle ihre alten bourbonischen Freunde nahmen. Einer derselben, welcher eine Zeitlang ausgetreten, weil er den Eid nicht leisten wollte, sei sogar nachher wiederberufen worden. Das seien Dinge, welche die Regierung geradezu lächerlich machten. Da de Sanctis die Sache von sich abzuwälzen suchte und von einigen Seiten nach Namen verlangt wurde, erbot sich Mandoj-Albanese, auch Namen zu nennen, und den Missbrauch, der mit der Ertheilung von Sinecuren, mit der Cumulation von Stellen, zur Begünstigung einzelner Favoriten im Ressort des Unterrichtsministeriums getrieben würde, handgreiflich nachzuweisen. Indessen die grosse Majorität, der es gar nicht angenehm war, dass Fälle aufgedeckt würden, in denen sich mehr oder minder alle Deputirte und Deputirtenfreunde zum Nachtheil des Staats und zum eigenen Vortheil befanden, wehrte sich alsbald dagegen und brachte die unvorsichtigen oder geradezu frechen Rufer nach Namen zum Schweigen. Beim Schlusse der Discussion wies nun *de Sanctis* auch noch die einfache Tagesordnung zurück und verlangte eine Tagesordnung, die den Sinn eines *Vertrauensvotums* hätte. Es wurde ihm wirklich sein Wille gethan.

Coppino stellte darauf an den Unterrichtsminister die Anfrage, weshalb die technischen Institute unter die Leitung des Ministers für *Handel* und *Ackerbau* gestellt seien, unter welche sie zweckmässiger Weise nicht gehören sollten, da sie nur bestimmt seien, den Schülern diejenigen allgemeinen Vorkenntnisse zu geben, welche erforderlich wären, um dieselben zu guten Industriellen oder Kaufleuten zu machen, also eigentlich *Realschulen*, obwohl eingetheilt in Sectionen für Ackerbau, Chemie, Gewerbe etc., je nach den Verhältnissen des Orts, in denen sie sich befinden.

Die Discussion war lang. *Sella* vertheidigte ausführlich die Stellung der technischen Institute unter den Handelsminister; *de Sanctis*, der bei dieser Gelegenheit zugab, dass man eigentlich nie ins Reine darüber gekommen sei, ob die technischen Institute allgemeine oder Specialschulen seien, machte im Ganzen die Erklärungen Sellas zu den seinigen. *Cordova*, welcher die Legalität des Decrets vertheidigte, durch welches die technischen Institute dem Handelsminister zugewiesen waren, zog sich einen heftigen Angriff durch die Behauptung zu, dass die Regierung befugt gewesen wäre, dem Ressort der einzelnen Minister zu ubergeben, was ihr gut schien. Die Kammer schritt „nach der Anhörung der Erklärungen der Minister, dass fur den technischen Unterricht werde gesorgt werden," zur Tagesordnung.

In allen Discussionen hörte es sich heraus, dass die Tage des Ministeriums gezählt seien, trotz der sich folgenden Vertrauensvoten und Tagesordnungen des *Laissez aller*, wenn auch nur in einzelnen verlornen Worten. In der eben erwähnten Verhandlung konnte de Sanctis nicht umhin, von den „vielen Aspiranten auf das Unterrichtsministerium" zu reden.

Am 22. Januar interpellirte der Deputirte Sanna-Sanna das Ministerium wegen der oeconomischen, administrativen und Justizverhältnisse der Insel Sardinien. Er griff die administrative Eintheilung als falsch und unzweckmässig an, schilderte den Zustand der Insel in Bezug auf die öffentliche Sicherheit wegen des Mangels an Polizei und der schlechten Gefängnisse als abscheulich, verlangte die Theilung der Gemeindegüter, die Niemandem Nutzen brächten, unter die Gemeindeglieder, behauptete, dass die Domänenverwaltung sich gegen die Gemeinden ganz so benehme, als sei sie der wahre Erbe der alten bedruckerischen Feudalen. Er hob hervor die Vernachlässigung aller Einrichtungen zur Beförderung des Verkehrs und damit des Wohlstandes, namentlich der Strassen, den Mangel einer Seeverbindung Sardiniens mit Neapel. Alles dies erfüllte die Sarden mit Misstrauen und Abneigung gegen die Regierung, während es doch Italien darauf ankommen müsse, im Mittelmeer eine Insel zu besitzen, die mit guten Brüdern bevölkert sei. Die Minister, Ricasoli an der Spitze, wollten begreiflicher Weise nicht zugeben, dass Sardinien vernachlässigt werde. Die Kammer verwarf eine Tagesordnung Saffis, der eine parlamentarische Commission zur Untersuchung der Zustände Sardiniens forderte, und nahm die Tagesordnung Broglios an, durch welche sie sich überzeugt erklärte, „dass auch ferner das Ministerium für die Entwicklung des öffentlichen Wohlstandes der Insel Sardinien Sorge tragen werde."

Wie lästig der Strassenbettel in vielen Städten Italiens, namentlich aber in Neapel war, ist bekannt genug. Die Behörden fanden es endlich passend, dagegen einzuschreiten. Wahrhaft erschrecklich ist das Auftreten der zahlreichen Bettler, welche mit zum Theil ekelhaften Gebrechen geplagt, diese mit Vorliebe dem Wandrer durch die Strassen vorzeigen und ihn dadurch zwingen, damit er nur von dem scheusslichen Anblick befreit werde, ihnen etwas zu schenken. Den Bettlern dieser Art liess man, wie wir hier beiläufig bemerken, ihr Privilegium, Fremde und Einheimische zu belästigen, statt dass man sie zuerst von den Strassen hätte entfernen und für ihre Aufnahme in Heil- und Bewahranstalten hätte Sorge tragen sollen. Dagegen ward nun in einem plötzlichen Anfall von Ordnungsliebe, in Neapel eine förmliche Jagd auf diejenigen Bettler gemacht, welche sich nicht über irgend eine Scheusslichkeit an ihrem Körper ausweisen konnten; man arretirte eine Anzahl, sorgte aber so schlecht für ihre Unterkunft und Verpflegung im Gefängniss, dass einer der Verhafteten vor Hunger und Kälte sogleich starb, ein armer alter Mann. Diese Art von Handhabung der Polizei erregte in Neapel, wie man sich denken kann, allgemeine Entrüstung, zu deren Organ in der Deputirtenkammer sich Giovanni Nicotera in der Sitzung vom 24. Januar machte. Ricasoli versprach Untersuchung und Besserung; er protestirte dabei dagegen, dass der „Nazionale", ein neapolitanisches ministerielles Blatt, welches sich bei dieser Gelegenheit auch gegen die Polizei erhoben hatte, vom Staate subventionirt sei, wie Nicotera das behauptete.

Am 1. Februar fragte Susani, ob es wirklich wahr sei, was das Gerücht behaupte, dass die Regierung zur Liquidation der Kosten der Kunst- und Industrieausstellung von Florenz, wofür die Kammer schon verschiedene Posten bis zum Belauf von 700,000 Fr. bewilligt habe, noch eine neue Summe forden werde, die zu $2^1/_2$ Millionen angegeben werde. Cordova bestätigte, dass er mit neuen Forderungen für die Kosten der Ausstellung an das Parlament gelangen müsse, ohne indessen die Höhe der erforderlichen Summe jetzt schon angeben zu können.

Am 8. Februar setzte Borella von Vercelli auseinander, wie es sich mit der Anlage des Katasters für die Provinzen des alten Königreichs Sardinien verhalte. Die Arbeiten müssten nach Abzug des an Frankreich abgetretenen Nizzas und Savoyens gemäss den ursprünglichen Annahmen in fünfzehn Jahren, vom Anfang an gerechnet, vollendet sein. Man arbeite indessen jetzt 8 Jahre; die Provinzen Turin und Novara hätten schon 1860 vollständig aufgenommen sein müssen, aber jetzt im Jahre 1862 seien nur zwei Fünftel von ihnen aufgenommen. Die Kosten der gesammten Katastrirung einer Hectare würden sich nach den Erfahrungen etwa auf 18 Francs stellen. Die Vollendung des gesammten Katasters würde 40 Jahre erfordern, da jede Feldmesserabtheilung nicht mehr als 400 Hectaren im Jahre aufnehme. Wenn man den Kataster für ganz Italien, Rom und Venedig einbegriffen, vollenden wolle, so würden sich die Kosten der Arbeit auf 372 Millionen Francs belaufen. Borella fragte daher den Finanzminister, ob er nach den bisher erhaltenen Resultaten überhaupt gedenke, die Arbeit fortsetzen zu lassen, ob er dieselbe auch auf alle übrigen Provinzen des Staates ausdehnen wolle, ob es nicht vielmehr besser sei, sich auf einen andern Massstab als auf diesen, für die Ausgleichung der Grundsteuern zu stützen.

Bastogi erklärte sich ausser Stande, dem Interpellanten für jetzt eine eingehende Antwort zu ertheilen. So lange aber das Gesetz von 1855 bestehe, könne er die Katasterarbeiten nicht einstellen. Jedoch habe er eine Commission berufen, um Vorschläge für die vorläufige Ausgleichung der Grundsteuern zu machen und zu prüfen. Diese Commission sei mit ihren Arbeiten erheblich fortgeschritten; in einem Monat hoffe Bastogi der Kammer ein Gesetz über die annähernde Ausgleichung der Grundsteuern vorlegen zu können. Bei dessen Discussion werde dann auch Borella Gelegenheit haben, die Frage, ob die Katasterarbeit fortzusetzen sei oder nicht, zur Sprache zu bringen. Die Kammer nahm Act von der Erklärung Bastogis und schritt damit zur Tagesordnung. Die Discussion hatte übrigens eine ganz beträchtliche Menge von Tagesordnungen erzeugt.

Auf eine allerdings sehr allgemein gehaltene Interpellation wegen des Hafens von Ancona, welche der Interpellant Bixlo in unangenehm devoter Weise mit allerlei Ergebenheitsphrasen für den Marineminister Menabrea umkleidete, erwiderte dieser ziemlich grob, unter Anderem auch, dass er den Hafen von Ancona nicht gemacht habe. Nun sprach Bixio de omnibus et quibusdam alliis rebus, wobei er allerdings auch etwas Näheres von Demjenigen beibrachte, was er über den Hafen von Ancona sagen wollte. Menabrea antwortete, wenn auch etwas höflicher, doch immer noch im belehrenden und abweisenden Ton. Persano unterstützte Bixio; Menabrea erklärte darauf, dass er die Wichtigkeit Anconas nicht unterschätze, übrigens könnten die auf drei Jahre angelegten Arbeiten, für welche das Geld bewilligt sei, nicht in sechs Monaten vollendet sein. Die Kammer ging zu ihrer gewöhnlichen Tagesordnung über.

Am 22. Februar fragte Malenchini, weshalb das Werft für Handelsschiffe zu Livorno, welches im Jahr 1859 zur Erleichterung der Ausschiffung der Franzosen weggeräumt wurde, noch nicht wieder hergestellt sei, erklärte sich aber von den Antworten Menabreas und Peruzzis völlig befriedigt; eine Zwischenrede Bixios, der überall, wo die See in Betracht kam, glaubte mitreden zu müssen, wurde kurz abgefertigt.

Der 24. Februar war ein grosser Interpellationstag.

Ein maltesisches Handelshaus, welches besonders mit der Insel Sicilien in Beziehungen stand, bereitete für den 9. und 10. Februar, zur Feier des Schiffbruchs des heiligen Paulus eine grosse Demonstration für Franz II. und den Papst vor; es liess bourbonistische, päpstliche, österreichische Fahnen und Flaggen anfertigen und warb Gesindel, um Scandal anzufangen. Der italienische Consul auf Malta, von diesen Vorbereitungen unterrichtet, wendete sich an den Gouverneur der Insel, und dieser versprach, dass er politische Inschriften auf den Fahnen nicht dulden werde.

Am 9. und 10. Februar decorirte nun aber das angeworbene Gesindel die Strassen Maltas mit den Fahnen von reactionärer, italienfeindlicher Farbe, und bevorzugte bei der Vertheilung ganz besonders die Häuser, in denen bekannte Italiener wohnten. Wo diese die Fahnen entfernen liessen, da ward in ihre Wohnungen eingedrungen, sie wurden insultirt und misshandelt, wie dieses unter Anderm auch dem italienischen Consul selbst begegnete. Italienische Schiffscapitäns, welche sich weigerten, Franz II. und den König-Papst leben zu lassen, wurden auf der Strasse durchgeprügelt, kurz es ward Unbill aller Art gegen Italiener verübt.

Wegen dieser Vorgänge interpellirte nun am

24. Februar Mordini den Ministerpräsidenten Ricasoli, welcher darauf antworten konnte, dass er sich bereits mit Vorstellungen an die befreundete englische Regierung gewendet habe.

Eine andere Interpellation bezog sich auf eine neue grosse Demonstration des Papstthums und seiner Anhänger. Im geheimen Consistorium vom 23. December 1861 hatte der Papst seine Absicht ausgesprochen, 27 Geistliche verschiedener Orden, welche in Japan ihr Leben fur die Religion verloren hatten, zu canonisiren. Um der Canonisation eine grössere Feierlichkeit zu geben, sollte sie von einem Consistorium vollzogen werden, welches auf den Mai 1862 einberufen ward und an welchem auch die Bischöfe theilnehmen sollten. Die Einladung erging. Das Ganze war offenbar nur ein Vorwand, um eine grosse allgemeine Versammlung der gesammten hohen Geistlichkeit der katholischen Welt zu Rom zu veranstalten, von derselben das Dogma der weltlichen Herrschaft des Papstes feststellen zu lassen und ihr bezügliche Instructionen fur ihr politisches Verhalten in allen Ländern zu ertheilen, also ein neuer Act der Feindseligkeit gegen das Königreich Italien. Petruccelli della Gattina fragte daher Ricasoli, welche Massregeln er betreffs der Bischöfe ergreifen würde, die sich zu dem Maiconcil nach Rom begeben wollten. Ricasoli, der wohl annahm, dass er im Mai nicht mehr Minister sein würde, erwiederte, die Sache sei keineswegs unbeachtet von der Regierung geblieben, sie ginge vorzugsweise den Minister der Gnaden und Gerechtigkeit an und habe überdies noch lange Zeit. Als Petruccelli auf der Feststellung eines Tages bestand, an welchem Ricasoli Aufklärungen über die von ihm beabsichtigten Massregeln ertheilen würde, und wieder nur eine ausweichende Antwort erhielt, kündigte er an, dass er seine Interpellation in passender Zeit wiederholen würde.

An demselben Tage wendete sich Susani, da der Finanzminister abwesend war, an den Ministerpräsidenten und fragte diesen, wie es sich mit der von englischen Zeitungen gebrachten Nachricht verhalte, dass ein Londoner Haus eine Subscripton auf eine italienische Anleihe von 1,400,000 Pfd. Sterling eröffnet habe. Nach längerem Zögern erwiderte Ricasoli, da die Regierung „einige" Actien der Maremmeneisenbahn nicht anderswo habe verkaufen können, habe sie sich entschlossen, es in England zu thun, wo dies auch mit dem besten Erfolge geschehen sei. Susani fand, dass die Antwort Ricasolis mindestens zeige, wie die englischen Nachrichten ungenau gewesen, und dass sie diejenigen wohl beruhigen werde, welche bei dem Credit Italiens interessirt wären.

Die Uebersicht der Interpellationen in der Deputirtenkammer können wir hiermit schliessen, bemerken müssen wir aber noch, dass auch in dem hochconservativen Senat das Ministerium Ricasoli nicht leer ausging.

Am 15. Januar nahm sich der Marchese Pareto das Ministerium vor, um es über die allgemeine Lage des Staates zur Rede zu setzen. Er unterliess es von Rom, von Neapel, ja auch von den Inconvenienzen zu reden, welche die Vereinigung zweier Portefeuilles, des Innern und des Aeussern, in einer Hand mit sich bringe. Er wollte nur einige wesentlich constitutionelle Fragen berühren und warf dem Ministerium 65 Decrete vor, durch welche es Dinge von sich aus und willkürlich geordnet hatte, welche nach der Verfassung die Mitwirkung der Legislative erheischten. Durch diese Decrete waren zum Theil auch bedeutende Geldausgaben veranlasst worden, während verfassungsmässig jede Ausgabe von mehr als 30,000 Francs die Feststellung durch ein Gesetz erfordert. Die verschiedenen Ausschreitungen und die aus ihnen herfliessende Geldverschwendung vertheilten sich auf alle Ministerien mit einziger Ausnahme desjenigen der Gnaden und Gerechtigkeit. Die Minister, sagte Pareto, denen er übrigens die besten Absichten zutraue, müssten in Uebereinstimmung handeln und die Sachen würden besser gehen. Das Statut, Zeichen der Freiheit, Vereinigungspunct aller Parteien, müsse wirklich geachtet werden, andernfalls könnte nur noch von Ministerdespotismus die Rede sein.

Ricasoli antwortete eingehend auch auf diejenigen Puncte, welche Pareto nur leise berührt hatte, ja auf diese am ausführlichsten, wohl um seine Erwiderung auf die eigentliche Frage und den eigentlichen Vorwurf, eine Erwiderung, welche nicht sehr ausreichend war, schamhaft verhüllen zu können. Cordova, Menabréa, Bastogi, Della Rovere, De Sanctis antworteten jeder für sein Theil. San Martino gab in derselben Sitzung auch Aufklärungen darüber, weshalb er den Eintritt in das Ministerium Ricasoli ausgeschlagen habe. Der Senat ging auf den Antrag Galvagnos zur Tagesordnung über.

XII.

Verschiedene Ereignisse aus den letzten Monaten des Ministeriums Ricasoli.

Aufhebung der Statthalterschaft von Sicilien. Feindseliges Auftreten der hohen Geistlichkeit.

Einer der bedeutendsten Acte, welche dem Ende des Ministeriums Ricasoli unmittelbar vorausgingen, war die Aufhebung der letzten Statthalterschaft, welche bisher noch übrig gewesen war, derjenigen von Sicilien, und die Beseitigung der letzten factischen Spur, welche noch wieder zu dem Minghettischen Princip der Regionseintheilung hätte hinüberleiten können.

Die Statthalterschaft von Sicilien hörte mit dem Februar 1862 auf, der General Pettinengo, welcher sie bis dahin verwaltet hatte, verliess am 2. Februar Palermo und das Land. Schon durch ein Circular vom 17. Januar hatte Ricasoli die Präfecten der verschiedenen sicilianischen Provinzen auf die neue Stellung aufmerksam gemacht, in welche sie mit der Aufhebung der Statthalterschaft zu der Turiner Centralregierung traten. Zum Präfecten der Provinz Palermo ward der Senator Commandeur Torelli ernannt, welcher sein Amt mit einer Proclamation vom 3. Februar antrat.

Das Auftreten eines grossen Theiles der Geistlichkeit, insbesondere der hohen, gegen Alles, was dem Königreich Italien förderlich sein konnte, war wohl geeignet, Ricasoli, wenn es denn absolut noch einer Belehrung bedurfte, zu belehren, dass seine Hoffnungen auf die Lösung der römischen Frage durch eine Versöhnung mit Rom auf äusserst schwachen Füssen ständen, auch noch ehe er wusste, wie Antonelli in seinem eignen und in des Papstes Namen sich über diese Hoffnungen ausgesprochen hatte. Dieses Auftreten der Geistlichkeit veranlasste ein Circular des Ministers der Gnaden und Gerechtigkeit, Miglietti, vom 30. October 1861, welches an alle Erzbischöfe, Bischöfe und Capitularen des Königreiches gerichtet, ihnen ihre Sünden vorhielt und sie zu einem andern Verhalten ermahnte, und für den Fall, dass sie die bürgerlichen Gesetze überträten, ihnen mit der Anwendung der Strafgesetze drohte.

Indessen dieses Circular, weit entfernt, seinen Zweck zu erfullen, diente der hohen Geistlichkeit nur zu einem Anhaltspunkte für neue Excesse. Theils antwortete sie darauf in directen Philippiken, in welchen sie der italienischen Regierung nachwies, welchen unchristlichen Lebenswandel dieselbe führe, wie sie alle zehn Gebote täglich übertrete, und wie sehr sie Veranlassung habe, in sich zu gehn und einen andern Weg zu betreten, statt Anderen Lehren geben zu wollen; — theils critisirte die hohe Geistlichkeit die Note Migliettis in Circularen an den niederen Clerus, — und dieser wiederum machte diese Note zum Texte von Predigten, durch welche er das Volk aufreizte.

Endlich wurde es geradezu unmöglich, dass die italienische Regierung den Dingen ruhig zusah, überdies erhielt sie im Parlament mehrfache Mahnungen, Exempel an den römischen Hofdemagogen zu statuiren, und sie wies denn auch die Behörden in den Provinzen an, wo ein gesetzlicher Anhalt sich dazu finde, gegen die geistlichen Ruhestörer einzuschreiten, welche sich für privilegirt hielten. Es hing natürlich immer von der Persönlichkeit der obern Beamten in den verschiedenen Provinzen, von ihren politischen und religiösen Meinungen ab, in welchem Umfange und mit welcher Kraft hier oder dort gegen die widerspenstigen und wühlerischen Geistlichen eingeschritten ward. Nirgends geschah es mit jener Kraft, welche nothwendig gewesen wäre, welche aber allerdings nur auf dem Grunde eines andern Programmes in der römischen Frage, als dasjenige des Ministeriums war, hätte gewonnen werden können.

Die Protectionsagenturen.

Es gibt wohl keinen Staat in Europa, in welchem die reine Gerechtigkeit herrscht, in welchem die Aemter nach der Fähigkeit und lediglich mit Rücksicht auf das Wohl des Ganzen vertheilt, in welchem gerechte und billige Gesetze so gehandhabt werden, dass Jedem im Staate, dem einzelnen Bürger, der Gemeinde, der Provinz, zufalle, was ihm gebührt. Ueberall mischt sich die persönliche Begünstigung von der einen Seite her ein, der von der andern Schmeichelei, unablässiges Drängen nach dem Vortheil, Bestechung aller Art, nicht bloss durch Geld entgegenkommt. So traurig dies ist, so wahr ist es. Aber in keinem Staate auch wohl ist der störende Einfluss des Favoritismus und Nepotismus so gross, als in Italien.

In keinem andern Staate überwuchert er so und drängt so zurück die Regel, das Gesetz, die wahren Bürgschaften der Ordnung. Wir haben schon mehrmals darauf aufmerksam gemacht und sehen darin einen der grössten Schäden Italiens. Dass Deputirte ihren Verwandten und Bekannten gute Stellen verschaffen, ihnen vortheilhafte Concessionen und Lieferungen durch ihre Vermittlung bei den Ministern zuschanzen, dass sie Gemeinden, die sich in passender Weise hinter sie zu stecken wissen, Vortheile aller Art erzwingen, dass für Günstlinge Sinecuren errichtet werden, dass ein Mensch durch die Assiduität seines Drängens, seiner Schmeichelei, durch niedrige aber dem Mächtigen angenehme Handlungen sich Vorzüge verschafft, die ihm nicht zustehen, Alles dies kommt überall vor; aber nirgend ist es so gewöhnlich, so gebräuchlich als in Italien. Den schlimmsten Einfluss äussert dies, wie jetzt die Dinge stehn, auf die Besetzung der Aemter, und die, trotz aller angeblichen entgegengesetzten Versuche zum Gegentheil, beständige Vermehrung der Beamtenstellen, da Alles was gebildet ist oder sich dafür hält, sich zu den Staatsbeamtungen drängt. Die Hebung des Landbaus, der Industrie, des Handels wird dem Grundschaden nicht abhelfen, aber sie wird seine Wirkungen auf ein anderes Gebiet drängen helfen, wo er dem Staatswohl und der Staatsmoral nicht so verderblich ist, als auf demjenigen Gebiete, auf welchem er jetzt um sich frisst.

Die Protection einzelner Personen konnte nicht Allen helfen, welche die Staatshülfe für sich in Anspruch zu nehmen für gut fanden und welche die directe Einwirkung auf die Minister und deren Handlanger zur Erlangung von Vortheilen für einen Weg zum Ziele hielten, der sicherer, kürzer, bequemer sei als jener regelmässiger, nützlicher Arbeit und erworbenen Verdienstes. Da thaten sich nun in Turin förmliche Agenturen auf, welche es zu ihrem Geschäft machten, den hülfesuchenden Aemterjägern, Concessionsjägern, Abenteuerern und Frechlingen, Betrügern aller Art etc. die Thüren der Ministerien und Amtsdirectionen, wenn es nicht vorn sein konnte, von hinten zu öffnen, sie auf ihrem Sollicitationswege zu führen, ihnen die Verbindungen mit Weibern, Kammerdienern, Unterbeamten und Oberbeamten zu vermitteln, die Eingaben im vorschriftmässigen Curialstil abzufassen, die Bestechungen an die rechte Stelle zu bringen, kurz Alles zu thun, zu leiten, zu veranlassen, was auf solchen Schleichwegen nothwendig ist; Alles, wie sich von selbst versteht, gegen angemessene Vergütung.

Diese Agenturen, welche sich frech hinstellten und im Grunde doch riefen: Alles ist in Turin käuflich, Alles was ihr wollt; nur muss man den Handel verstehen, wer ihn nicht versteht, der komme zu uns; dem Mann soll geholfen werden, — wir verstehen den Handel, — diese Agenturen sendeten ihre Circulare nicht bloss auf allen Verkehrswegen an die

Privaten, nein sie schickten dieselben auch den **Gemeindebehörden** des Reiches zu. Ein Unfug, der **Ricasoli** schon am 17. December 1861 veranlasste, ein Circular an die Präfecten der Provinzen zu richten, damit sie den Unterpräfecten der Bezirke und den Gemeindsvorstehern die nothwendige Aufklärung über das Treiben jener Agenturen gäben und sie vor demselben warnten.

Das erste Nationalschiessen und Garibaldi.

Am 11. Januar 1862 trat zum ersten Male die italienische Schützengesellschaft, die zu ihrem Präsidenten den Kronprinzen **Humbert** hatte, zu Turin zusammen und eröffnete das erste Nationalschiessen. Die beiden Vicepräsidenten **Garibaldi** und **Cialdini** waren abwesend. Der letztere entschuldigte sein Ausbleiben mit der Abwesenheit des Generals Villamarina von Bologna, wegen deren er sich aus dem dortigen Militärdepartement augenblicklich nicht auch entfernen könne. Garibaldi gab in dem Entschuldigungsschreiben gar **keinen** Grund an, weshalb er nicht nach Turin komme. Seit seinem Erscheinen in der Kammer im Frühling 1861, als er sein Nationalbewaffnungsgesetz einbrachte, hatte Garibaldi **Caprera** nur einmal verlassen, anfangs December, um als Pathe der Taufe eines Sohnes beizuwohnen, welcher dem General **Bixio** geboren war. Uebrigens erfreute sich Garibaldi auf Caprera der zartesten Fürsorge **Ricasolis**. Unter dem Vorwande, dass von verschiedenen Seiten her Attentate auf das Leben Garibaldis im Werke seien, in der That, um Schritt und Tritt des

Generals zu überwachen, hatte die Turiner Regierung dem auf der benachbarten Insel Maddalena stationirten Detachement die grösste Aufmerksamkeit zur Pflicht gemacht; Patrouillen durchstreiften von Zeit zu Zeit die kleine Felseninsel Caprera und umkreuzten sie in Barken. Auch die Douane wurde gegen Alles, was nach Caprera ging, mit einer über das gebräuchliche Maass hinausgehenden Aufmerksamkeit gehandhabt.

Die permanente Vertheidigungscommission und das Denkmal von Magenta.

Ausser auf Rom schaute Italien stets auch auf Venetien. Allerdings ward auch in Bezug auf dieses die Hoffnung genährt, dass man es ohne ernsten Kampf durch die diplomatische Schlauheit der italienischen Staatsmänner und mit der diplomatischen Hülfe des grossherzigen Alliirten gewinnen werde. Ja man tröstete sich eben im Anfang des Jahres 1862 über das lange Warten auf die Hauptstadt Rom, welches der grossherzige Alliirte noch gar nicht herausgeben wollte, mit der neuen geistreichen Erfindung, dass Napoleon III. auf die Idee gekommen sei, man müsse die römische und venetianische Frage in Connex mit einander bringen und könne sie nur im Zusammenhange lösen. Noch mehr, zuerst ward jetzt ein Gedanke aufgebracht, der erst später theilweise der Wirklichkeit näher rükken sollte. Man sagte: dass Napoleon, welcher eben im Begriffe stand, das mexicanische Reich zu erobern, dies eigentlich nicht für sich, sondern für Italien thun wolle, grade wie er es mit der Lombardei — gegen gute Entschädigung gemacht. Kaum werde Mexico in der Gewalt der Franzosen sein, so werde Napoleon dessen Krone dem Erzherzog Maximilian von Oesterreich antragen, — und Oesterreich werde dafür Venetien an das Königreich Italien abtreten.

Indessen so recht glauben an diese Dinge konnten selbst diejenigen nicht, welche am geneigtesten waren, sich selbst und andere mit solchen Illusionen einzulullen. Während sie auf der einen Seite sich nicht verhehlen konnten, dass der thatkräftigste Theil der italienischen Nation für die einzig mögliche und die einzig Italiens würdige Art, in den Besitz Venetiens zu gelangen, die Eroberung desselben mit den Waffen in der Hand halte, war auch die Annahme oder Befürchtung nicht ganz abzuweisen, dass Oesterreich, welches, so lange der schwankende Zustand dauerte, beständig doch grosse Truppenmassen in Venetien halten musste, einmal den innern Zustand Italiens und sonst hinzutretende, jetzt noch nicht genau vorherzusehende günstige äussere Umstände benutze, um selbst angriffsweise gegen das Königreich Italien aufzutreten. Solche Befürchtungen erwachten mit besonderer Stärke, als der Kaiser Franz Joseph im Winter von 1861 auf 1862 einen längern Aufenthalt in Venetien machte und sich während desselben wie gewöhnlich viel mit Truppeninspectionen beschäftigte. Hoffnung auf und Furcht vor einem Angriffe Oesterreichs liessen selbst viel von einer angeblichen Note reden, in welcher Oesterreich verlange, dass Italien entwaffne. Diese Note existirte allerdings nicht, aber wohl hatte Oesterreich immer erklärt, dass es sich seine Entschlüsse in Bezug auf Italien vorbehalte, dass es principiell auf dem Standpunkt des Zurcher Friedens stehen bleibe, und in seinem diplomatischen Verkehr hatte es zu wiederholten Malen Gelegenheit gehabt auszusprechen, dass es selbst gezwungen sei, gewaffnet bis an die Zähne in Venetien stehen zu bleiben, so lange Italien dabei bleibe, Venetien als eine nothwendige Completirung seines Gebietes anzusehen und es bei passender Gelegenheit sich aneignen zu wollen.

Die Haltung Oesterreichs war nun wieder ein Grund für Italien, nicht bloss sein Heer auf dem gegenwärtigen Stand zu erhalten, sondern, da noch sehr viel fehlte, um es auf die Stufe zu erheben, auf welcher ein Heer des Königreichs Italien stehen sollte, beständig an seiner Verstärkung zu arbeiten. Es genügte nicht, dass Italien seinerseits vom Krieg vorerst abstehn wollte, wenn es Oesterreichs friedlicher Absichten nicht ganz sicher war, und dies konnte Ricasoli dem Grafen S. Martino antworten, als dieser zur Bedingung seines Eintritts ins Ministerium Ersparungen im Staatshaushalt, namentlich im Militärbudget machte, — musste er insbesondere antworten, so lange sich Italien nicht zur Einführung eines ganz neuen, seinen organischen Einrichtungen nach minder kostspieligen Heersystem, entschliessen wollte.

Im Zusammenhang mit den Befürchtungen wegen eines österreichischen Angriffes, stand auch die Einsetzung der permanenten Commission für die allgemeine Vertheidigung des Staates unter dem Vorsitz des Kronprinzen Humbert durch königliches

Decret vom 23. Januar 1862. Die allgemeine Aufgabe dieser Commission war es allerdings, ein umfassendes System der Befestigungen für das Königreich Italien aufzustellen und danach die nothwendigen Neuanlagen zu bestimmen; zu bestimmen, welche alten Befestigungen ganz oder theilweise durch die Neugestaltung Italiens uberflussig geworden. Indessen, wenn man von der Ansicht ausging, wie das doch alle Italiener ohne Unterschied der Parteistellung thaten und thun mussten, dass Italien nicht fertig sei, ehe es nicht Rom und Venetien habe, so konnte fur jetzt das Gesammtsystem der Befestigungen doch nicht durchgefuhrt werden, und es lag nahe, dass man sich auf den nächstbevorstehenden Krieg, der eben der Hoffnung nach zur Constituirung Italiens führen sollte und — Frankreich nach den herrschenden Anschauungen bei Seite gelassen, — gegen Oesterreich gerichtet werden musste, zuerst vorsah. Diese Anschauung herrschte auch in der Commission und sie wendete ihre Aufmerksamkeit daher zunächst den Linien des Mincio, des Po und der adriatischen Küsten zu.

Als sollte aber neben die Vorsicht gegen Oesterreich, welche der Aufenthalt des Kaisers Franz Joseph in Venetien, die kriegerischen Reden Benedeks und anderer österreichischer Generale herausforderten, die Drohung gesetzt werden, wurde am 9. Februar 1862 der Grundstein zu dem Monument gelegt, dessen Errichtung die Gemeinde Magenta zur Erinnerung an die Schlacht vom 4. Juni 1859 beschlossen hatte.

Inhaltsverzeichniss des zweiten Bandes.

CPSIA information can be obtained
at www.ICGtesting.com
Printed in the USA
LVHW110105200422
716647LV00003B/78

9 783752 595857